名家名著经典作品选集

萧红

文集

萧　红◎著
张志伟◎主编

黑龙江美术出版社·哈尔滨

图书在版编目（CIP）数据

萧红文集 / 萧红著. -- 哈尔滨：黑龙江美术出版社，2025.2

（名家名著经典作品选集 / 张志伟主编）

ISBN 978-7-5755-0142-2

Ⅰ.①萧… Ⅱ.①萧… Ⅲ.①中国文学—现代文学—作品综合集 Ⅳ.①I216.2

中国国家版本馆CIP数据核字（2024）第042370号

MINGJIA MINGZHU JINGDIAN ZUOPIN XUANJI XIAO HONG WENJI

名家名著经典作品选集　萧红文集

出 品 人：乔　靓
　　著：萧　红
主　　编：张志伟
责任编辑：颜云飞
责任校对：于　澜
出版发行：黑龙江美术出版社
地　　址：哈尔滨市道里区安定街225号
邮政编码：150016
发行电话：0451-84270524
经　　销：全国新华书店
印　　刷：三河市同力彩印有限公司
开　　本：710mm×1000mm　1/16
印　　张：12
版　　次：2025年2月第1版
印　　次：2025年2月第1次印刷
书　　号：ISBN 978-7-5755-0142-2
定　　价：60.00元

本书如发现印装质量问题，请直接与印刷厂联系调换。

萧红简介

萧红（1911—1942年）出生于黑龙江省呼兰县（现呼兰区）内一个没落地主家庭。写出第一部小说《生死场》时，年仅24岁。鲁迅先生爱惜其才，为书作序，奠定了萧红在中国近代文学史上最初的地位，使她身后所有作品得以传世。《生死场》是萧红早期创作的一个巅峰。麻木的愚夫愚妇们，终于在将要亡国灭种的危难中警醒了，他们奋起投身于民族解放的斗争中，是当时为数不多的描写北方抗日斗争的文学作品之一，使她成为20世纪30年代引人注目的"文学洛神"。她置身于主流话语的中心，表达了整个民族的心声。特别是鲁迅为之作序，胡风为其写后记，都使《生死场》成为一个时代民族精神的经典文本。

萧红卓越的才华使她的大部分作品成为中国现代文学的经典作品，在她短短十年写下的近百万字的作品中，堪称优秀的也占大多数。她至少有四部书可以传世：《生死场》《商市街》《呼兰河传》《马伯乐》。除此之外，《小城三月》《后花园》《北中国》《手》等一批短篇小说，以及《回忆鲁迅先生》等一批散文，都是杰作，具有永久的艺术魅力。

由于生活动荡及情感挫折。1942年，31岁的萧红病逝于香港，结束了她苦难而短暂的一生。萧红身世凄凉，却在情感生活方面大胆而激进，具有"前卫主义"色彩。作品受生活影响，也独具光芒，素有常新的内容和文采，文字表达带有一定的地域色彩，使她跻身于现代文坛巨匠之林。有关萧红的传记小说七八部之多，研究文章数百余种，至今仍受到东南亚及欧美读者长时间深情的关注。她的家乡呼兰，设有萧红纪念馆、萧红小学及萧红路等多处景点，为读者提供了认识和了解她的机会。

目录
Contents >>>

小说

呼兰河传 2

商市街

欧罗巴旅馆	130
黑"列巴"和白盐	132
度日	133
飞雪	133
他的上唇挂霜了	135
当铺	137
借	139
广告员的梦想	140
"牵牛房"	144
公园	145
夏夜	146
又是春天	148
患病	149
十三天	151
最后的一个星期	152

回忆鲁迅先生

永远的憧憬和追求 ·· 156
蹲在洋车上 ·· 157
回忆鲁迅先生 ·· 160

小说

小燕子是很喜欢水的,
有时误飞到这泥坑上来,用翅子点着水,
看起来很危险,
差一点没有被黏住,赶快头也不回地飞跑了。

呼兰河传

第一章

一

　　严冬一封锁了大地的时候，则大地满地裂着口。从南到北，从东到西，几尺长的，一丈长的，还有好几丈长的，它们毫无方向的，便随时随地，只要严冬一到，大地就裂开口了。

　　严寒把大地冻裂了。

　　年老的人，一进屋用扫帚扫着胡子上的冰溜，一面说：

　　"今天好冷啊！地冻裂了。"

　　赶车的车夫，顶着三星，绕着大鞭子走了六七十里，天刚一蒙亮，进了大车店，第一句话就向客栈掌柜的说：

　　"好厉害的天啊！小刀子一样。"

　　等进了栈房，摘下狗皮帽子来，抽一袋烟之后，伸手去拿馒头的时候，那伸出来的手在手背上有无数的裂口。

　　人的手被冻裂了。

　　卖豆腐的人清早起来沿着人家去叫卖，偶一不慎，就把盛豆腐的方木盘贴在地上拿不起来了，被冻在地上了。

　　卖馒头的老头，背着木箱子，里边装着热馒头，太阳一出来，就在街上叫唤。他刚一从家里出来的时候，他走的快，他喊的声音也大。可是过不了一会，他的脚上挂了掌子了，在脚心上好像踏着一个鸡蛋似的，圆滚滚的。原来冰雪封满了他的脚底了。他走起来十分不得力，若不是十分的加着小心，他就要跌倒了。就是这样，也还是跌倒的。跌倒了是不很好的，把馒头箱子跌翻了，馒头从箱底一个一个地滚了出来。旁边若有人看见，趁着这机会，趁着老头子倒下一时还爬不起来的时候，就拾了几个一边吃着就走了。等老头子挣扎起来，连馒头带冰雪一起拣到箱子去，一数，不对数。他明白了。他向着那走不太远的吃他馒头的人说：

　　"好冷的天，地皮冻裂了，吞了我的馒头了。"

行路人听了这话都笑了。他背起箱子来再往前走，那脚下的冰溜，似乎是越结越高，使他越走越困难，于是背上出了汗，眼睛上了霜，胡子上的冰溜越挂越多，而且因为呼吸的关系，把破皮帽子的帽耳朵和帽前遮都挂了霜了。这老头越走越慢，担心受怕，颤颤惊惊，好像初次穿上滑冰鞋，被朋友推上了溜冰场似的。

小狗冻得夜夜的叫唤，哽哽的，好像它的脚爪被火烧着一样。

天再冷下去：

水缸被冻裂了；

井被冻住了；

大风雪的夜里，竟会把人家的房子封住，睡了一夜，早晨起来，一推门，竟推不开门了。

大地一到了这严寒的季节，一切都变了样，天空是灰色的，好像刮了大风之后，呈着一种混沌沌的气象，而且整天飞着清雪。人们走起路来是快的，嘴里边的呼吸，一遇到了严寒好像冒着烟似的。七匹马拉着一辆大车，在旷野上成串的一辆挨着一辆地跑，打着灯笼，甩着大鞭子，天空挂着三星。跑了两里路之后，马就冒汗了。再跑下去，这一批人马在冰天雪地里边竟热气腾腾的了。一直到太阳出来，进了栈房，那些马才停止了出汗。但是一停止了出汗，马毛立刻就上了霜。

人和马吃饱了之后，他们再跑。这寒带的地方，人家很少，不像南方，走了一村，不远又来了一村，过了一镇，不远又来了一镇。这里是什么也看不见，远望出去是一片白。从这一村到那一村，根本是不见的。只有凭了认路的人的记忆才知道是走向了什么方向。拉着粮食的七匹马的大车，是到他们附近的城里去。载来大豆的卖了大豆，载来高粱的卖了高粱，等回去的时候，他们带了油、盐和布匹。

呼兰河就是这样的小城，这小城并不怎样繁华，只有两条大街，一条从南到北，一条从东到西，而最有名的算是十字街了。十字街口集中了全城的精华。十字街上有金银首饰店、布庄、油盐店、茶庄、药店，也有拔牙的洋医生。那医生的门前，挂着很大的招牌。那招牌上画着特别大的有量米的斗那么大的一排牙齿。这广告在这小城里边无乃太不相当，使人们看了竟不知道那是什么东西。因为油店、布店门前挂了两张怕是自古亦有之的两张布幌子。其余的如药店的招牌，也不过是把那戴着花镜的伸出手去在小枕头上号着妇女们的脉管的医生的名字挂在门外就是了。比方那医生的名字叫李永春，那药店也就叫"李永春"。人们凭着记忆，哪怕就是李永春摘掉了他的招牌，人们也都知李永春是在那里。不但城里的人这样，就是从乡下来的人也多少都把这城里的街道，和街道上尽是些什么都记熟了。用不着什么广告，用不着什么招引的方式，要买的比如油盐、布匹之类，自己走进去就会买。不需要的，你就是挂了多大的牌子，人们也是不去买。那牙医生就是一个例子，那从乡下来的人们看了这么大的牙齿，真是觉得稀奇古怪，所以那大牌子前边，停了许多人在看，看也看不出是什么道理来。假若他是正在牙痛，他也绝对的不去让那用洋法子的医生给他拔掉，也还是走到李永春药店去，买二两黄连，回家去含着算了吧！因为那牌子上的牙齿太大了，有点莫名其妙，怪害怕的。

所以那牙医生，挂了两三年招牌，到那里去拔牙的却是寥寥无几。

后来那女医生没有办法，大概是生活没法维持，她兼做了收生婆。

城里除了十字街之外，还有两条街，一条叫作东二道街，一条叫作西二道街。这两条路是从南到北的，大概有五六里长。这两条街上没有什么好记载的，有几座庙，有几家烧饼铺，有几家粮栈。

东二道街上有一家火磨，那火磨的院子很大，用红色的好砖砌起来的大烟筒是非常高的，听说那火磨里边进去不得，那里边的消信可多了，是碰不得的。一碰就会把人用火烧死，不然为什么叫火磨呢？就是因为有火，听说那里面不用马或是毛驴拉磨，用的是火。一般人以为尽是用火，岂不把火磨烧着了吗？想来想去，想不明白，越想也就越糊涂。偏偏那火磨又是不准参观的。听说门口站着守卫。

东二道街上还有两家学堂，一个在南头，一个在北头。都是在庙里边，一个在龙王庙里，一个在祖师庙里。两个都是小学。

龙王庙里的那个学的是养蚕，叫作农业学校。祖师庙里的那个，是个普通的小学，还有高级班，所以又叫作高等小学。

这两个学校，名目上虽然不同，实际上是没有什么分别的。也不过那叫作农业学校的，到了秋天把蚕用油炒起来，教员们大吃几顿就是了。

那叫作高等小学的，没有蚕吃，那里边的学生的确比农业学校的学生长的高，农业学生开头是念"人、手、足、刀、尺"，顶大的也不过十六七岁。那高等小学的学生却不同了，吹着洋号，竟有二十四岁的，在乡下私学馆里已经教了四五年的书了，现在才来上高等小学。也有在粮栈里当了二年的管账先生的现在也来上学了。

这小学的学生写起家信来，竟有写道："小秃子闹眼睛好了没有？"小秃子就是他的八岁的长公子的小名。次公子，女公子还都没有写上，若都写了怕是把信写得太长了。因为他已经子女成群，已经是一家之主了，写起信来总是多谈一些个家政：姓王的地户的地租送来没有？大豆卖了没有？行情如何之类。

这样的学生，在课堂里边也是极有地位的，教师也得尊敬他，一不留心，他这样的学生就站起来了，手里拿着《康熙字典》，常常会把先生指问住的。万里乾坤的"乾"和乾菜的"乾"，据这学生说是不同的。乾菜的"乾"应该这样写："乾"，而不是那样写："乾"。

西二道街上不但没有火磨，学堂也就只有一个。是个清真学校，设在城隍庙里边。

其余的也和东二道街一样，灰秃秃的，若有车马走过，则烟尘滚滚，下了雨满地是泥。而且东二道街上有大泥坑一个，五六尺深。不下雨那泥浆好像粥一样，下了雨，这泥坑就变成河了，附近的人家，就要吃它的苦头，冲了人家里满满是泥。等坑水一落了去，天一晴了，被太阳一晒，出来很多蚊子飞到附近的人家去。同时那泥坑也就越晒越纯净，好像在提炼什么似的，好像要从那泥坑里边提炼出点什么来似的。若是一个月以上不下雨，那大泥坑的质量更纯了，水分完全被蒸发走了，那里边的泥，又黏又黑，比粥锅潋糊，比浆糊还黏。好像炼胶的大锅似的，黑糊糊的，油亮亮的，哪怕苍蝇蚊子从那里一飞也要粘住的。

小燕子是很喜欢水的，有时误飞到这泥坑上来，用翅子点着水，看起来很危险，差一点没有被黏住，赶快头也不回地飞跑了。

若是一匹马，那就不然了，非粘住不可。不仅仅是粘住，而且把它陷进去，马在那里边滚着，挣扎着，挣扎了一会，没有了力气那马就躺下了。一躺下那就很危险，很有致命的可能。但是这种时候不很多，很少有人牵着马或是拉着车子来冒这种险。

这大泥坑子出乱子的时候，多半是在旱年，若两三个月不下雨这泥坑子才到了真正危险的时候。在表面上看来，似乎是越下雨越坏，一下了雨好像小河似的了，该多么危险。有一丈来深，人掉下去也要没顶的。其实不然，呼兰河这城里的人没有这么傻，他们都晓得这个坑是很厉害的，没有一个人敢有这样大的胆子牵着马从这泥坑上过。

可是若三个月不下雨，这泥坑子就一天一天地干下去，到后来也不过是二三尺深，有些勇敢者就试探着冒险的赶着车从上边过去了，还有些勇敢者，看着别人过去，也就跟着过去了。一来二去的，这坑子的两岸，就压成车轮经过的车辙了。那再后来者，一看，前边已经有人走在先了，这懦怯者比之勇敢的人更勇敢，赶着车子走上去了。

谁知这泥坑子的底是高低不平的，人家过去了，可是他却翻了车了。

车夫从泥坑爬出来，弄得和个小鬼似的，满脸泥污，而后再从泥中往外挖掘他的马。不料那马已经倒在泥污之中了，这时候有些过路的人，也就走上前来，帮忙施救。

这过路的人分成两种，一种是穿着长袍短褂的，非常清洁。看那样子也伸不出手来，因为他的手也是很洁净的。不用说那就是绅士一流的人物了，他们是站在一旁参观的。

看那马要站起来了，他们就喝彩，"噢！噢！"地喊叫着，看那马又站不起来，又倒下去了，这时他们又是喝彩，"噢噢"地又叫了几声。不过这喝的是倒彩。

就这样的马要站起来，而又站不起来的闹了一阵之后，仍然没有站起来，仍是照原样可怜地躺在那里。这时候，那些看热闹的觉得也不过如此，也没有什么新花样了。于是星散开去，各自回家去了。

现在再来说那马还是在那里躺着，那些帮忙救马的过路人，都是些普通的老百姓，是这城里的担葱的、卖菜的、瓦匠、车夫之流。他们卷卷裤脚，脱了鞋子，看看没有什么办法，走下泥坑去，想用几个人的力量把那马抬起来。

结果抬不起来了，那马的呼吸不大多了。于是人们着了慌，赶快解了马套。从车子把马解下来，以为这回那马毫无担负的就可以站起来了。

不料那马还是站不起来。马的脑袋露在泥浆的外边，两个耳朵哆嗦着，眼睛闭着，鼻子往外喷着突突的气。

看了这样可怜的景象，附近的人们跑回家去，取了绳索，拿了绞锥。用绳子把马捆了起来，用绞锥从下边掘着。人们喊着号令，好像造房子或是架桥梁似的，把马抬出来了。

马是没有死，躺在道旁。人们给马浇了一些水，还给马洗了一个脸。看热闹的也有来的，也有去的。

第二天大家都说：

"那大水泡子又淹死了一匹马。"

虽然马没有死，一哄起来就说马死了。若不这样说，觉得那大泥坑也太没有什么威严了。

在这大泥坑上翻车的事情不知有多少。一年除了被冬天冻住的季节之外，其余的时间，这大泥坑子像它被赋给生命似的，它是活的。水涨了，水落了，过些日子大了，过些日子又小了。大家对它都起着无限的关切。

水大的时间，不但阻碍了车马，且也阻碍了行人，老头走在泥坑子的沿上，两条腿打颤，小孩子在泥坑子的沿上吓得狼哭鬼叫。

一下起雨来这大泥坑子白亮亮地涨得溜溜地满，涨到两边的人家的墙根上去了，把人家的墙根给淹没了。来往过路的人，一走到这里，就像在人生的路上碰到了打击。是要奋斗的，卷起袖子来，咬紧了牙根，全身的精力集中起来，手抓着人家的板墙，心脏扑通扑通地跳，头不要晕，眼睛不要花，要沉着迎战。

偏偏那人家的板墙造得又非常地平滑整齐，好像有意在危难的时候不帮人家的忙似的，使那行路人不管怎样巧妙地伸出手来，也得不到那板墙的怜悯。东抓抓不着什么，西摸也摸不到什么，平滑得连一个疤癞节子也没有，这可不知道是什么山上长的木头，长得这样完好无缺。

挣扎了五六分钟之后，总算是过去了。弄得满头流汗，满身发烧，那都不说。再说那后来的人，依法炮制，那花样也不多，也只是东抓抓，西摸摸，弄了五六分钟之后，又过去了。

一过去了可就精神饱满，哈哈大笑着，回头向那后来的人，向那正在艰苦阶段上奋斗着的人说：

"这算什么，一辈子不走几回险路那不算英雄。"

可也不然，也不一定都是精神饱满的，而大半是被吓得脸色发白。有的虽然已经过去了多时，还是不能够很快地抬起腿来走路，因为那腿还在打颤。

这一类胆小的人，虽然是险路已经过去了，但是心里边无由地生起来一种感伤的情绪，心里颤抖抖的，好像被这大泥坑子所感动了似的，总要回过头来望一望，打量一会，似乎要有些话说。终于也没有说什么，还是走了。

有一天，下大雨的时候，一个小孩子掉下去，让一个卖豆腐的救了上来。

救上来一看，那孩子是农业学校校长的儿子。

于是议论纷纷了，有的说是因为农业学堂设在庙里边，冲了龙王爷了，龙王爷要降大雨淹死这孩子。

有的说不然，完全不是这样，都是因为这孩子的父亲的关系。他父亲在讲堂上指手画脚的讲，讲给学生们说，说这天下雨不是在天的龙王爷下的雨，他说没有龙王爷。你看这不把龙王爷活活地气死，他这口气哪能不出呢？所以就抓住了他的儿子来实行因果报应了。

有的说，那学堂里的学生也太不像样了，有的爬上了老龙王的头顶，给老龙王去戴了一个草帽。这是什么年头，一个毛孩子就敢惹这么大的祸，老龙王怎么会不报应呢？看着吧，这还不能算了事，你想龙王爷并不是白人呵！你若惹了他，他可能够饶了你？那不像对付一个拉车的，卖菜的，随便的踢他们一脚就让他们去。那是龙王爷呀！龙王爷还是惹得的吗？

有的说，那学堂的学生都太不像样了，他说他亲眼看过，学生们拿了蚕放在大殿上老龙王的手上。你想老龙王哪能够受得了。有的说，现在的学堂太不好了，有孩子是千万上不得学堂的。一上了学堂就天地人鬼神不分了。

有的说，他要到学堂把他的儿子领回来，不让他念书了。

有的说孩子在学堂里念书，是越念越坏，比方吓掉了魂，他娘给他叫魂的时候，你听他说什么？他说这叫迷信。你说再念下去那还了得吗？

说来说去，越说越远啊。

过了几天，大泥坑子又落下去了，泥坑两岸的行人通行无阻。

再过些日子不下雨，泥坑子就又有点像要干了。这时候，又有车马开始在上面走，又有车子翻在上面，又有马倒在泥中打滚，又是绳索棍棒之类的，往外抬马，被抬出去的赶着车子走了，后来的，陷进去，再抬。

一年之中抬车抬马，在这泥坑子上不知抬了多少次，可没有一个人说把泥坑子用土填起来不就好了吗？没有一个。

有一次一个老绅士在泥坑涨水时掉在里边了。一爬出来，他就说：

"这街道太窄了，去了这水泡子连走路的地方都没有了。这两边的院子，怎么不把院墙拆了让出一块来？"

他正说着，板墙里边，就是那院中的老太太搭了言。她说院墙是拆不得的，她说最好种树，若是沿着墙根种上一排树，下起雨来人就可以攀着树过去了。

说拆墙的有，说种树的有，若说用土把泥坑来填平的，一个人也没有。

这泥坑子里边淹死过小猪，用泥浆闷死过狗，闷死过猫，鸡和鸭也常常死在这坑里边。

原因是泥坑上边结了层硬壳，动物们不认识那硬壳下面就是陷阱，等晓得了可也就晚了。它们跑着或是飞着，等往那硬壳上一落可就再也站不起来了。白天还好，或者有人又要来施救。夜晚可就没有办法了。它们自己挣扎，挣扎到没有力量的时候很自然的沉下去了，其实也或者越挣扎越沉下去的快。有时至死也还不沉下去的事也有。若是那泥浆的密度过高的时候，就有这样的事。

比方肉上市，忽然卖便宜猪肉了，于是大家就想起那泥坑来了，说：

"可不是那泥坑子里边又淹死了猪了？"

说着若是腿快的，就赶快跑到邻人的家去，告诉邻居。

"快去买便宜肉吧，快去吧，快去吧，一会没有了。"等买回家来才细看一番，似乎有点不大对，怎么这肉又紫又青的！可不要是瘟猪肉。

但是又一想，哪能是瘟猪肉呢，一定是那泥坑子淹死的。

于是煎、炒、蒸、煮,家家都吃起便宜猪肉来。虽然吃起来了,但就总觉得不大香,怕还是瘟猪肉。

可是又一想,瘟猪肉怎么可以吃得,那么还是泥坑子淹死了吧!

本来这泥坑子一年只淹死一两口猪,或两三口猪,有几年还连一个猪没有淹死。至于居民们常吃淹死的猪肉,这可不知是怎么一回事,真是龙王爷晓得。

虽然吃的自己说是泥坑子淹死的猪肉,但也有吃了病的,那吃病了的就大发议论说:

"就是淹死的猪肉也不应该抬到市上去卖,死猪肉终究是不新鲜的,税局子是干什么的,让大街上,在光天化日之下就卖起死猪肉来?"

那也是吃了死猪肉的,但是尚且没有病的人说:

"话可也不能是那么说,一定是你疑心,人三心二意的吃下去还会好?你看我们也一样的吃了,可怎么没病?"

间或也有小孩子太不知时务,他说他妈不让他吃,说那是瘟猪肉。

这样的孩子,大家都不喜欢。大家都用眼睛瞪着他,说他:

"瞎说瞎说!"

有一次一个孩子说那猪肉一定是瘟猪肉,并且是当着母亲的面向邻人说的。

那人听了倒并没有坚决的表示什么,可是他的母亲的脸立刻就红了,伸出手去就打了那孩子。

那孩子很固执,仍是说:

"是瘟猪肉吗!是瘟猪肉吗!"

母亲实在难为情起来,就拾起门旁的烧火的叉子,向着那孩子的肩膀就打了过去。于是孩子一边哭着一边跑回家里去了。

一进门,炕沿上坐着外祖母,那孩子一边哭着一边扑到外祖母的怀里说:

"姥姥,你吃的不是瘟猪肉吗?我妈打我。"

外祖母对这打得可怜的孩子本想安慰一番,但是一抬头看见了同院的老李家的奶妈站在门口往里看。

于是外祖母就掀起孩子后衣襟来,用力地在孩子的屁股上哐哐地打起来,嘴里还说着:"谁让你这么一点你就胡说八道!"

直打到李家的奶妈抱着孩子走了才算完事。

那孩子哭得一塌糊涂,什么"瘟猪肉"不"瘟猪肉"的,哭得也说不清了。

总共这泥坑子施给当地居民的福利有两条:

第一条:常常抬车抬马,淹鸡淹鸭,闹得非常热闹,可使居民说长道短,得以消遣。

第二条就是这猪肉的问题了，若没有这泥坑子可怎么吃瘟猪呢？吃是可以吃的，但是可怎么说法呢？真正说是吃的瘟猪肉，岂不太不讲卫生了吗？有这泥坑子可就好办，可以使瘟猪变成淹猪，居民们买起肉来，第一经济，第二也不算什么不卫生。

二

东二道街除了大泥坑子这番盛举之外，再就没有什么了。也不过是几家碾磨房，几家豆腐店，也有一两家机房，也许有一两家染布匹的染缸房，这个也不过是自己默默地在那里做着自己的工作，没有什么可以使别人开心的，也不能招来什么议论。那里边的人都是天黑了就睡觉，天亮了就起来工作。一年四季，春暖花开、秋雨、冬雪，也不过是随着季节穿起棉衣来，脱下单衣去地过着。生老病死也都是一声不响地默默地办理。

比方就是东二道街头，那卖豆芽菜的王寡妇吧：她在房脊上插了一个很高的杆子，杆子头上挑着一个破筐。因为那杆子很高，差不多和龙王庙的铁马铃子一般高了。来了风，庙上听铃子格棱格棱地响。王寡妇的破筐子虽是它不会响，但是它也会东摇西摆地作着态。

就这样一年一年地过去，王寡妇一年一年地卖着豆芽菜，平静无事，过着安详的日子。忽然有一年夏天，她的独子到河边去洗澡，掉河淹死了。

这事情似乎轰动了一时，家传户晓。可是不久也就平静下去了。不但邻人、街坊，就是她的亲戚朋友也都把这回事情忘记了。

再说那王寡妇，虽然她从此以后就疯了，但她到底还晓得卖豆芽菜，她仍还静静地活着，虽然偶尔她的菜被偷了，在大街上或是在庙台上狂哭一场，但一哭过之后，她还是平平静静活着。

至于邻人街坊们，或是过路人看见了她在庙台上哭，也会引起一点恻隐之心来的，不过为时甚短罢了。

还有人们常常喜欢把一些不幸者归划在一起，都一律去看待。

哪个乡、哪个县、哪个村都有些个不幸者。

呼兰河这城里，就有许多这一类的人。人们关于他们都似乎听得多、看得多，也就不以为奇了。偶尔在庙台上或是大门洞里不幸遇到了一个，刚想多少加一点恻隐之心在那人身上，但是一转念，人间这样的人多着哩！于是转过眼睛去，三步两步地就走过去了。即或有人停下来，也不过是和那些毫没有记性的小孩子似的向那疯子投一个石子，或是做着把瞎子故意领到水沟里边去的事情。

一切不幸者，就都是叫花子，至少在呼兰河这城里边是这样。

人们对待叫花子们是很平凡的。

门前聚了一群狗在咬，主人问：

"咬什么？"

仆人答：

"咬一个讨饭的。"

说完了也就完了。

可见这讨饭人的活着是一钱不值了。

卖豆芽菜的女子，虽然她疯了还忘不了自己的悲哀，隔三差五的还到庙台上去哭一场，但是一哭完了，仍是得回家去吃饭、睡觉、卖豆芽菜。

她仍是平平静静地活着。

三

再说那染缸房里边，也发生过不幸，两个年轻的学徒，为了争一个街头上的妇人，其中的一个把另一个按进染缸子给淹死了。死了的不说，就说那活着的也下了监狱，判了个无期徒刑。

但这也是不声不响地把事就解决了，过了三年二载，若有人提起那件事来，差不多就像人们讲着岳飞、秦桧似的，久远得不知多少年前的事情似的。

同时发生这件事情的染缸房，仍旧是在原址，甚或连那淹死人的大缸也许至今还在那儿使用着。从那染缸房发卖出来的布匹，仍旧是远近的乡镇都流通着。蓝色的布匹男人们做起棉裤棉袄，冬天穿它来抵御严寒。红色的布匹，则做成大红袍子，给十八九岁的姑娘穿上，让她去做新娘子。

总之，除了染缸房子在某年某日死了一个人外，其余的世界，并没有因此而改动了一点。

再说那豆腐房里边也发生过不幸：两个伙计打仗，竟把拉磨的小驴的腿打断了。

因为它是驴子，不谈它也就罢了。只因为这驴子哭瞎了一个妇人的眼睛（即打了驴子那人的母亲），所以不能不记上。

再说那造纸的纸房里边，把一个私生子活活饿死了。因为他是一个初生的孩子，算不了什么。也就不说他了。

四

其余的东二道街上，还有几家扎彩铺。这是为死人而预备的。

人死了，魂灵就要到地狱里边去，地狱里边怕是他没有房子住、没有衣裳穿、没有马骑。活着的人就为他做了这么一套，用火烧了，据说是到阴间就样样都有了。

大至喷钱兽、聚宝盆、大金山、大银山，小至丫环使女、厨房里的厨子、喂猪的猪官，再小至花盆、茶壶茶杯、鸡鸭鹅犬，以至窗前的鹦鹉。

看起来真是万分的好看，大院子也有院墙，墙头上是金色的琉璃瓦。一进了院，正房五间，厢房三间，一律是青红砖瓦，窗明几净，空气特别新鲜。花盆一盆一盆的摆在花架子上，石柱子、金百合、马蛇菜、九月菊都一齐的开了。看起使人不知道是什么季节，是夏天还是秋天，居然那马蛇菜也和菊花同时站在一起。也许阴间是不分什么春夏秋冬的。这且不说。

再说那厨房里的厨子，真是活神活现，比真的厨子真是干净到一千倍，头戴白帽子、身扎白围裙，手里边在做拉面条。似乎午饭的时候就要到了，煮了面就要开饭了似的。

院子里的牵马童，站在一匹大白马的旁边，那马好像是阿拉伯马，特别高大，英姿挺立，假若有人骑上，看样子一定比火车跑得更快。就是呼兰河这城里的将军，相信他也没有骑过这样的马。

小车子、大骡子，都排在一边。骡子是油黑的，闪亮的，用鸡蛋壳做的眼睛，所以眼珠是不会转的。

大骡子旁边还站着一匹小骡子，那小骡子是特别好看，眼珠是和大骡子一般的大。

小车子装潢得特别漂亮，车轮子都是银色的。车前边的帘子是半掩半卷的，使人得以看到里边去。车里边是红堂堂地铺着大红的褥子。赶车的坐在车沿上，满脸是笑，得意洋洋，装饰得特别漂亮，扎着紫色的腰带，穿着蓝色花丝葛的大袍，黑缎鞋，雪白的鞋底。大概穿起这鞋来还没有走路就赶过车来了。他头上戴着黑帽头，红帽顶，把脸扬着，他蔑视着一切，越看他越不像一个车夫，好像一位新郎。

公鸡三两只，母鸡七八只，都是在院子里边静静地啄食，一声不响，鸭子也并不呱呱地直叫，叫得烦人。狗蹲在上房的门旁，非常的守职，一动不动。

看热闹的人,人人说好,个个称赞。穷人们看了这个竟觉得活着还没有死了好。正房里,窗帘、被褥、桌椅板凳,一切齐全。

还有一个管家的,手里拿着一个算盘在打着,旁边还摆着一个账本,上边写着:

"北烧锅欠酒二十二斤

东乡老王家昨借米二十担

白旗屯泥人子昨送地租四百三十吊

白旗屯二个子共欠地租两千吊"

这以下写了个:

四月二十八日

以上的是四月二十七日的流水账,大概二十八日的还没有写吧!

看这账目也就知道阴间欠了账也是马虎不得的,也设了专门人才,即管账先生一流的人物来管。同时也可以看出来,这大宅子的主人不用说就是个地主了。

这院子里边,一切齐全,一切都好,就是看不见这院子的主人在什么地方,未免地使人疑心这么好的院子而没有主人了。这一点似乎使人感到空虚,无着无落的。

再一回头看,就觉得这院子终归是有点两样,怎么丫环、使女、车夫、马童的胸前都挂着一张纸条,那纸条上写着他们每个人的名字。

那漂亮得和新郎似的车夫的名字叫:

"长鞭"

马童的名字叫:

"快腿"

左手拿着水烟袋,右手抡着花手巾的小丫环叫:

"德顺"

另外一个叫:

"顺平"

管账的先生叫:

"妙算"

提着喷壶在浇花的使女叫：

"花姐"

再一细看知道那匹大白马也是有名字的，那名字是贴在马屁股上的，叫：

"千里驹"

其余的如骡子、狗、鸡、鸭之类没有名字。

那在厨房里拉着面条的"老王"，他身上写着他名字的纸条，来风一吹，还忽忽地跳着。

这可真有点奇怪，自家的仆人，自己都不认识了，还要挂上个名签。

这一点未免地使人迷离恍惚，似乎阴间究竟没有阳间好。

虽然这么说，羡慕这座宅子的人还是不知多少。因为的确这座宅子是好：清悠、闲静、鸦雀无声，一切规整，绝不紊乱。丫环、使女，照着阳间的一样，鸡犬猪马，也都和阳间一样。阳间有什么，到了阴间也有，阳间吃面条，到了阴间也吃面条。阳间有车子坐，到了阴间也一样的有车子坐。阴间是完全和阳间一样，一模一样的。

只不过没有东二道街上那大泥坑子就是了。是凡好的一律都有，坏的不必有。

五

东二道街上的扎彩铺，就扎的是这一些。一摆起来又威风、又好看，但那作坊里边是乱七八糟的，满地碎纸，秫杆棍子一大堆，破盒子、乱罐子、颜料瓶子、浆糊盆、细麻绳、粗麻绳……走起路来，会使人跌倒。那里边砍的砍、绑的绑，苍蝇也来回地飞着。

要做人，先做一个脸孔，糊好了，挂在墙上，男的女的，到用的时候，摘下一个来就用。给一个用秫杆捆好的人架子，穿上衣服，装上一个头就像人了。把一个瘦骨伶仃的用纸糊好的马架子，上边贴上用纸剪成的白毛，那是一匹很漂亮的马了。

做这样的活计的，也不过是几个极粗糙极丑陋的人，他们虽懂得怎样打扮一个马童或是打扮一个车夫，怎样打扮一个妇人女子，但他们对他们自己是毫不加修饰的。长头发的、毛头发的、歪嘴的、歪眼的、赤足裸膝的，似乎使人不能相信，这么漂亮炫眼耀目，好像要活了的人似的，是出于他们之手。

他们吃的是粗菜、粗饭，穿的是破烂的衣服，睡觉则睡在车马、人、头之中。

他们这种生活，似乎也很苦。但是一天一天的，也就糊涂地过去了，也就过着春夏秋冬，脱下单衣去，穿起棉衣来地过去了。

生、老、病、死，都没有什么表示。生了就任其自然的长去；长大就长大，长不大也就算了。

老，老了也没有什么关系，眼花了，就不看；耳聋了，就不听；牙掉了，就整吞；走不动了，就瘫着。这有什么办法，谁老谁活该。

病，人吃五谷杂粮，谁不生病呢？

死，这回可是悲哀的事情了，父亲死了儿子哭；儿子死了母亲哭；哥哥死了一家全哭；嫂子死了，她的娘家人来哭。

哭了一朝或是三日，就总得到城外去，挖一个坑把这人埋起来。

埋了之后，那活着的仍旧得回家照旧地过着日子。该吃饭，吃饭。该睡觉，睡觉。外人绝对看不出来是他家已经没有了父亲或是失掉了哥哥，就连他们自己也不是关起门来，每天哭上一场。他们心中的悲哀，也不过是随着当地的风俗的大流逢年过节的到坟上去观望一回。二月过清明，家家户户都提着香火去上坟茔，有的坟头上塌了一块土，有的坟头上陷了几个洞，相观之下，感慨唏嘘，烧香点酒。若有近亲的人如子女父母这类，往往且哭上一场；那哭的语句，数数落落，无异是在做一篇文章或者是在诵一篇长诗。歌诵完了之后，站起来拍拍屁股上的土，也就随着上坟的人们回城的大流，回城去了。

回到城中的家里，是照旧的过着日子，一年柴米油盐，浆洗缝补。从早晨到晚上忙了个不休。夜里疲乏之极，躺在炕上就睡了。在夜梦中并梦不到什么悲哀的或是欣喜的景况，只不过咬着牙、打着哼，一夜一夜地就都这样也过去了。

假若有人问他们，人生是为了什么？他们并不会茫然无所对答的，他们会直截了当地不假思索地说了出来："人活着是为吃饭穿衣。"

再问他，人死了呢？他们会说："人死了就完了。"

所以没有人看见过做扎彩匠的活着的时候为自己糊一座阴宅，大概他不怎么相信阴间。假如有了阴间，到那时候他再开扎彩铺，怕又要租人家的房子了。

六

呼兰河城里，除了东二道街、西二道街、十字街之外，再就都是些个小胡同了。

小胡同里边更没有什么了，就连打烧饼麻花的店铺也不大有，就连卖红绿糖球的小床子，也都是摆在街口上去，很少有摆在小胡同里边的。那些住在小街上的人家，一天到晚看不见多少闲散杂人。耳听的眼看的，都比较的少，所以整天寂寂寞寞的，关起门来在过着生活。破草房有上半间，买上二斗豆子，煮一点盐豆下饭吃，就是一年。

在小街上住着，又冷清、又寂寞。

一个提篮子卖烧饼的，从胡同的东头喊，胡同的西头都听到了。虽然不买，若走谁家的门口，谁家的人都是把头探出来看看，间或有问一问价钱的，问一问糖麻花和油麻花现在是不是还卖着前些日子的价钱。

间或有人走过去掀开了筐子上盖着的那张布，好像要买似的，拿起一个来摸一摸是否还是热的。

摸完了也就放下了，卖麻花的也绝对的不生气。

于是又提到第二家的门口去。

第二家的老太婆也是在闲着，于是就又伸出手来，打开筐子，摸了一回。

摸完了也是没有买。

等到了第三家，这第三家可要买了。

一个三十多岁的女人，刚刚睡午觉起来，她的头顶上梳着一个卷，大概头发不怎样整齐，发卷上罩有一个用大黑珠线织的网子，网子上还插不少的疙瘩针。可是因为这睡觉，不但头发乱了，就是那些疙瘩针也都跳出来了，好像这女人的发卷上被射了不少的小箭头。

她一开门就很爽快，把门扇刮打的往两边一分，她就从门里闪出来了。随后就跟出来五个孩子。这五个孩子也都个个爽快。像一个小连队似的，一排就排好了。

第一个女孩子，十二三岁，伸出手来就拿了一个五吊钱一只的竹筷子长的大麻花。她的眼光很迅速，这麻花在这筐子里的确是最大的，而且就只有这一个。

第二个是男孩子，拿了一个两吊钱一只的。

第三个也是拿了个两吊钱一只的，也是个男孩子。

第四个看了看，没有办法，也只得拿了一个两吊钱的。也是个男孩子。

轮到第五个了，这个可分不出来是男孩子，还是女孩子。头是秃的，一只耳朵上挂着钳子，瘦得好像个干柳条，肚子可特别大。看样子也不过五岁。

一伸手，他的手就比其余的四个的都黑得厉害，其余的四个，虽然他们的手也黑得够厉害，但总还认得出来那是手，而不是别的什么，唯有他的手是连认也认不出来了。说是手吗，说是什么呢，说什么都行。完全起着黑的灰的、深的浅的，各种的云层。看上去，好像看隔山照似的，有无穷的趣味。

他就用这手在筐子里边挑选，几乎是每个都让他摸过了，不一会工夫，全个的筐子都让他翻遍了。本来这筐子虽大，麻花也并没有几只。除了一个顶大的之外，其余小的也不过十来只，经了他这一翻，可就完全遍了。弄了他满手是油，把那小黑手染得油亮油亮的，黑亮黑亮的。

而后他说：

"我要大的。"

于是就在门口打了起来。

他跑得非常之快，他去追着他的姐姐。他的第二个哥哥，他的第三个哥哥，也都跑了上去，都比他跑得更快。再说他的大姐，那个拿着大麻花的女孩，她跑得更快到不能想象了。已经找到一块墙的缺口的地方，跳了出去，后边的也就跟着一溜烟的跳过去。等他们刚一追着跳过去，那大孩子又跳回来了，在院子里跑成了一阵旋风。

那个最小的，不知是男孩子还是女孩子的，早已追不上了，落在后边，在号啕大哭。间或也想拣一点便宜，那就是当他的两哥哥，把他的姐姐已经扭住的时候，他就趁机会想要从中抢他姐姐手里的麻花。可是几次都没有做到，于是又落在后边号啕大哭。

他们的母亲，虽然是很威风的样子，但是不动手是招呼不住他们的。母亲看了这样子也还没有个完了，就进屋去，拿起烧火的铁叉子来，向着她的孩子就奔去了。不料院里有一个小泥坑，是猪在里打腻的地方。她恰好就跌在泥坑那儿了，把叉子跌出去五尺多远。

于是这场戏才算达到了高潮，看热闹的人没有不笑的，没有不称心愉快的。

就连那卖麻花的人也看出神了，当那女人坐到泥坑中把泥花四边溅起来的时候，那卖麻花的差一点没把筐子掉了地下。他高兴极了，他早已经忘了他手里的筐子了。

至于那几个孩子，则早就不见了。

等母亲起来去把他们追回来的时候，那做母亲的这回可发了威风，让他们一个一个的向着太阳跪下，在院子里排起一小队来，把麻花一律的解除。

顶大的孩子的麻花没有多少了，完全被撞碎了。

第三个孩子的已经吃完了。

第二个的还剩了一点点。

只有第四个的还拿在手上没有动。

第五个，不用说，根本没有拿在手里。

闹到结果，卖麻花的和那女人吵了一阵之后提着筐子又到另一家去叫卖去了。

他和那女人所吵的是关于那第四个孩子手上拿了半天的麻花又退回了的问题，卖麻花的坚持着不让退，那女人又非退回不可，结果是付了三个麻花的钱，就把那提篮子的人赶了出来了。

为着麻花而下跪的五个孩子不提了。再说那一进胡同口就被挨家摸索过来的麻花，被提到另外的胡同里去，到底也卖掉了。

一个已经脱完了牙齿的老太太买了其中的一个，用纸裹着拿到屋子去了。她一边走着一边说：

"这麻花真干净，油亮亮的。"

而后招呼了她的小孙子，快来吧。

那卖麻花的人看了老太太很喜欢这麻花，于是就又说：

"是刚出锅的，还热乎着哩！"

七

过去了卖麻花的，后半天，也许又来了卖凉粉的，也是一在胡同口的这头喊，那头就听到了。

要买的拿着小瓦盆出去了。不买的坐在屋子一听这卖凉粉的一招呼，就知道是应烧晚饭的时候。因为这凉粉一个整个的夏天都是在太阳偏西，他就来的，来得那么准，就像时钟一样，到了四五点钟他必来的。就像他卖凉粉专门到这一条胡同来卖似的。似乎在别的胡同里就没有为着多卖几家而耽误了这一定的时间。

卖凉粉的一过去了，一天也就快黑了。

打着搏楞鼓的货郎，一到太阳偏西，就再不进到小巷子里来，就连僻静的街他也不去了，他担着担子从大街口走回家去。

卖瓦盆的，也早都收市了。

拣绳头的，换破烂的也都回家去了。

只有卖豆腐的则又出来了。

晚饭时节，吃了小葱蘸大酱就已经很可口了，若外加上一块豆腐，那真是锦上添花，一定要多浪费两碗苞米大芸豆粥的，一吃就吃多了，那是很自然的，豆腐加上点辣椒油，再拌上点大酱，那是多可口的东西；用筷子触了一点点豆腐，就能够吃下去半碗饭，再到豆腐上去触了一下，一碗饭就完了。因为豆腐而多吃两碗饭，并不算吃得多，没有吃过的人，不能够晓得其中的滋味的。

所以卖豆腐的人来了，男女老幼，全都欢迎。打开门来，笑盈盈的虽然不说什么，但是彼此有一种融洽的感情，默默生了起来。

似乎卖豆腐的在说：

"我的豆腐真好！"

似乎买豆腐的回答：

"你的豆腐果然不错。"

买不起豆腐的人对那卖豆腐的，就非常的羡慕，一听了那从街口越招呼越近的声音就特别地感到诱惑，假若能吃一块豆腐可不错，切上一点青辣椒，拌上一点小葱子。

但是天天这样想，天天就没有买成。卖豆腐的一来，就把这等人白白地引诱一场，于是那被诱惑的人，仍然逗不起决心，就多吃几口辣椒，辣得满头是汗。他想假若一个人开了一个豆腐房可不错，那就可以自由随便地吃豆腐了。

果然，他的儿子长到五岁的时候，问他：

"你长大了干什么？"

五岁的孩子说：

"开豆腐房。"

这显然要继承他父亲未遂的志愿。

关于豆腐这美妙的一盘菜的爱好，竟还有甚于此的，竟有想要倾家荡产的。传说上，有这样的一个家长，他下了决心，他说：

"不过了，买一块豆腐吃去！"这"不过了"的三个字，用旧的语言翻译，就是毁家纾难的意思；用现代的话来说，就是："我破产了！"

八

卖豆腐的一收了市，一天的事情都完了。

家家户户都把晚饭吃过了。吃过了晚饭，看晚霞的看晚霞，不看晚霞的躺到炕上去睡觉的也有。

这地方的晚霞是很好看的，有一个土名，叫火烧云。说"晚霞"人们不懂，若一说"火烧云"就连三岁的孩子也会呀呀地往西天空里指给你看。

晚饭一过，火烧云就上来了。照得小孩子的脸是红的。把大白狗变成红色的狗了。红色鸡就变成金的了。黑母鸡变成紫檀色的了。喂猪的老头子，往墙根上靠，他笑盈盈地看着他的两匹小白猪，变成小金猪了，他刚想说：

"你们也变了……"

他的旁边走来了一个乘凉的人，那人说：

"你老人家必高寿，你老是金胡子了。"

天空的云，从西边一直烧到东边，红堂堂的，好像是天着了火。

这地方的火烧云变化极多，一会红堂堂的了，一会金洞洞的了，一会半紫半黄的，一会半灰半百合色。葡萄灰、大黄梨、紫茄子，这些颜色天空上边都有。还有些说也说不出来的，见也未曾见过的，诸多种的颜色。

五秒钟之内，天空里有一匹马，马头向南，马尾向西，那马是跪着的，像是在等着有人骑到它的背上，它才站起来的。再过一秒钟，没有什么变化。再过两三秒钟，那匹马加大了，马腿也伸开了，马脖子也长了，但是一条马尾巴却不见了。

看的人，正在寻找马尾巴的时候，那马就变糜了。

忽然又来了一条大狗，这条狗十分凶猛，它在前边跑着，它的后面似乎还跟了好几条小狗仔。跑着跑着，小狗就不知跑到哪里去了，大狗也不见了。

又找到了一个大狮子，和娘娘庙门前的大石头狮子一模一样的，也是那么大，也是那样的蹲着，很威武的，很镇静地蹲着，它表示着蔑视一切的样子，似乎眼睛连什么也不睬。看着看着地，一不谨慎，同时又看到了别一个什么。这时候，可就麻烦了，人的眼睛不能同时又看东，又看西。这样子会活活把那个大狮子糟蹋了。一转眼，一低头，那天空的东西就变了。若是再找，怕是看瞎了眼睛也找不到了。

大狮子既然找不到，另外的那什么，比方就是一个猴子吧，猴子虽不如大狮子，可同时也没有了。

一时恍恍惚惚的，满天空里又像这个，又像那个，其实是什么也不像，什么也没有了。

必须是低下头去，把眼睛揉一揉，或者是沉静一会再来看。

可是天空偏偏又不常常等待着那些爱好它的孩子。一会工夫，火烧云下去了。

于是孩子们困倦了，回屋去睡觉了。竟有还没能来得及进屋的，就靠在姐姐的腿上，或者是依在祖母的怀里就睡着了。

祖母的手里，拿着白马鬃的蝇甩子，就用蝇甩子给他驱逐着蚊虫。

祖母还不知道这孩子是已经睡了，还以为他在那里玩着呢！

"下去玩一会去吧！把奶奶的腿压麻了。"

用手一推，这孩子已经睡得摇摇晃晃的了。

这时候，火烧云已经完全下去了。

于是家家户户都进屋去睡觉，关起窗门来。

呼兰河这地方，就是在六月里也是不十分热的，夜里总要盖着薄棉被睡觉。

等黄昏之后的乌鸦飞过时,只能够隔着窗子听到那很少的尚未睡的孩子在嚷叫:

"乌鸦乌鸦你打场,

给你二斗粮……

……"

那漫天盖地的一群黑乌鸦,呱呱地大叫着,在整个的县城的头顶上飞过去了。据说飞过了呼兰河的南岸,就在一个大树林子里边住下了,明天早晨起来再飞。

夏秋之间每夜要过乌鸦,究竟这些成百成千的乌鸦过到哪里去,孩子们是不大晓得的,大人们也不大讲给他们听。

只晓得念这套歌,"乌鸦乌鸦你打场,给你二斗粮。"

究竟给乌鸦二斗粮做什么,似乎不大有道理。

九

乌鸦一飞过,这一天才真正地过去了。

因为大昴星升起来了,大昴星好像铜球似的亮晶晶的了。

天河和月亮也都上来了。

蝙蝠也飞起来了。

是凡跟着太阳一起来的,现在都回去了。人睡了,猪、马、牛、羊也都睡了,燕子和蝴蝶也都不飞了。就连房根底下的牵牛花,也一朵没有开的。含苞的含苞,卷缩的卷缩。含苞的准备着欢迎那早晨又要来的太阳,那卷缩的,因为它已经在昨天欢迎过了,它要落去了。

随着月亮上来的星夜,大昴星也不过是月亮的一个马前卒,让它先跑到一步就是了。

夜一来蛤蟆就叫,在河沟里叫,在洼地里叫。虫子也叫,在院心草棵子里,在城外的大田上,有的叫在人家的花盆里,有的叫在人家的坟头上。

夏夜若无风无雨就这样地过去了,一夜又一夜。

很快地夏天就过完了。秋天就来了。秋天和夏天的分别不太大,也不过天凉了,夜里非盖着被子睡觉不可。种田的人白天忙着收割,夜里多做几个割高粱的梦就是了。

女人一到了八月也不过就是浆衣裳,拆被子,捣棒槌,捣得街街巷巷早晚地叮叮当当地乱响。

"棒槌"一捶完,做起被子来,就是冬天。

冬天下雪了。

人们四季里,风、霜、雨、雪的过着,霜打了,雨淋了。大风来时是飞沙走石,似乎是很了不起的样子。冬天,大地被冻裂了,江河被冻住了。再冷起来,江河也被冻得锵锵地响着裂开了纹。冬天,冻掉了人的耳朵,冻破了人的鼻子冻裂了人的手和脚。

但这是大自然的威风,与小民们无关。

呼兰河的人们就是这样,冬天来了就穿棉衣裳,夏天来了就穿单衣裳。就好像太阳出来了就起来,太阳落了就睡觉似的。

被冬天冻裂了手指的,到了夏天也自然就好了。好不了的,"李永春"药铺,去买二两红花,泡一点红花酒来擦一擦,擦得手指通红也不见消,也许就越来越肿起来。那么再到"李永春"药铺去,这回可不买红花了,是买了一贴膏药来。回到家里,用火一烤,黏黏糊糊地就贴在冻疮上了。这膏药是真好,贴上了一点也不碍事。该赶车的去赶车,该切菜的去切菜。黏黏糊糊地是真好,见了水也不掉,该洗衣裳的去洗衣裳去好了。就是掉了,拿在火上再一烤,就还贴得上的。一贴,贴了半个月。

呼兰河这地方的人,什么都讲结实、耐用,这膏药这样的耐用,实在是合乎这地方的人情。虽然是贴了半个月,手也还没有见好,但这膏药总算是耐用,没有白花钱。

于是再买一贴去,贴来贴去,这手可就越肿越大了。还有些买不起膏药的,就拣人家贴乏了的来贴。

到后来,那结果,谁晓得是怎样呢,反正一塌糊涂去了吧。

春夏秋冬,一年四季来回循环地走,那是自古也就这样的了。风霜雨雪,受得住的就过去了,受不住的,就寻求着自然的结果。那自然的结果不大好,把一个人默默地一声不响地就拉着离开了这人间的世界了。

至于那还没有被拉去的,就风霜雨雪,仍旧在人间被吹打着。

第二章

一

呼兰河除了这些卑琐平凡的实际生活之外,在精神上,也还有不少的盛举,如跳大神；

唱秧歌；

放河灯；

野台子戏；

四月十八娘娘庙大会……

先说大神。大神是会治病的，她穿着奇怪的衣裳，那衣裳平常的人不穿；红的，是一张裙子，那裙子一围在她的腰上，她的人就变样了。开初，她并不打鼓，只是围起那红花裙子就哆嗦。从头到脚，无处不哆嗦，哆嗦了一阵之后，又开始打颤。她闭着眼睛，嘴里边叽咕的。每一打颤，就装出来要倒的样子。把四边的人都吓得一跳，可是她又坐住了。

大神坐的是凳子，她的对面摆着块牌位，牌位上贴着红纸，写着黑字。那牌位越旧越好，好显得她一年之中跳神的次数不少，越跳多了就越好，她的信用就远近皆知。她的生意就会兴隆起来。那牌前，点着香，香烟慢慢地旋着。

那女大神多半在香点了一半的时候神就下来了。那神一下来，可就威风不同，好像有万马千军让她领导似的，她全身是劲，她站起来乱跳。

大神的旁边，还有一个二神，当二神的都是男人。他并不昏乱，他是清晰如常的，他赶快把一张圆鼓交到大神的手里。大神拿了这鼓，站起来就乱跳，先诉说那附在她身上的神灵的下山的经历，是乘着云，是随着风，或者是驾雾而来，说得非常之雄壮。二神站在一边，大神问他什么，他回答什么。好的二神是对答如流的，坏的二神，一不加小心说冲着了大神的一字，大神就要闹起来的。大神一闹起来的时候，她也没有别的办法，只是打着鼓，乱骂一阵，说这病人，不出今夜就必得死的，死了之后，还会游魂不散，家族、亲戚、乡里要招灾的。这时吓得那请神的人家赶快烧香点酒，烧香点酒之后，若再不行，就得赶送上红布来，把红布挂在牌位上，若再不行，就得杀鸡，若闹到了杀鸡这个阶段，就多半不能再闹了。因为再闹就没有什么想头了。

这鸡、这布，一律都归大神所有，跳过了神之后，她把鸡拿回家去自己煮上吃了。把红布用蓝靛染了之后，做起裤子穿了。

有的大神，一上手就百般的下不来神。请神的人家就得赶快的杀鸡来，若一杀慢了，等一会跳到半道就要骂的。谁家请神都是为了治病，请大神骂，是非常不吉利的。所以对大神是非常尊敬的，又非常怕。

跳大神，大半是天黑跳起，只要一打起鼓来，就男女老幼，都往这跳神的人家跑，若是夏天，就屋里屋外都挤满了人。还有些女人，拉着孩子，哭天叫地地从墙头上跳过来,跳过来看跳神的。

跳到半夜时分,要送神归山了,那时候,那鼓打得分外地响,大神也唱得分外地好听;邻居左右,十家二十家的人家都听得到,使人听了起着一种悲凉的情绪,二神嘴里唱:

"大仙家回山了,要慢慢地走,要慢慢地行。"

大神说:"我的二仙家,青龙山,白虎山……夜行三千里,乘着风儿不算难……"

这唱着的词调,混合着鼓声,从几十丈远的地方传来,实在是冷森森的,越听就越悲凉。听了这种鼓声,往往终夜而不能眠的人也有。

请神的人家为了治病,可不知那家的病人好了没有?却使邻居街坊感慨兴叹,终夜而不能已的也常常有。

满天星光,满屋月亮,人生何如,为什么这么悲凉?

过了十天半月的,又是跳神的鼓,咚咚地响。于是人们又都着了慌,爬墙的爬墙,登门的登门,看看这一家的大神,显的是什么本领,穿的是什么衣裳,听听她唱的是什么腔调,看看她的衣裳漂亮不漂亮。

跳到了夜静时分,又是送神回山。送神回山的鼓,个个都打得漂亮。

若赶上一个下雨的夜,就特别凄凉,寡妇可以落泪,鳏夫就要起来彷徨。

那鼓声就好像故意招惹那般不幸的人,打得有急有慢,好像一个迷路的人在夜里诉说着他的迷惘,又好像不幸的老人在回想着他幸福的短短的幼年。又好像慈爱的母亲送着她的儿子远行。又好像是生离死别,万分地难舍。

人生为了什么,才有这样凄凉的夜。

似乎下回再有打鼓的连听也不要听了。其实不然,鼓一响就又是上墙头,侧着耳朵听的侧着耳朵在听,比西洋人赴音乐会更热心。

二

七月十五盂兰会,呼兰河上放河灯了。

河灯有白菜灯、西瓜灯,还有莲花灯。和尚、道士吹着笙、管、笛、箫,穿着拼金大红缎子的褊衫。在河沿上打起场子来在做道场。那乐器的声音离开河沿二里路就听到了。

一到了黄昏,天还没有完全黑下来,奔着去看河灯的人就络绎不绝了。大街小巷,哪怕终年不出门的人,也要随着人群奔到河沿去。先到了河沿的就蹲在那里。沿着河岸蹲满了人,可是从大街小巷往外出发的人仍是不绝,盲人、肢残人士都来看河灯（这是说错了，唯独盲人是不来看河灯的），把街道跑得冒了烟了。

姑娘，媳妇，三个一群，两个一伙，一出了大门，不用问，到哪里去，就都是看河灯去。

黄昏时候的七月，火烧云刚刚落下去，街道上发着显微的白光，喊喊喳喳，把往日的寂静都冲散了，个个街道都活了起来，好像这城里发生了大火，人们都赶去救火的样子。非常忙迫，踢踢踏踏地向前跑。

先跑到了河沿的就蹲在那里，后跑到的，也就挤上去蹲在那里。

大家一齐等候着，等候着月亮高起来，河灯就要从水上放下来了。

七月十五日是个鬼节，死了的冤魂怨鬼，不得脱生，缠绵在地狱里边是非常苦的，想脱生，又找不着路。这一天若是每个鬼托着一个河灯，就可得以脱生。大概从阴间到阳间的这条路，非常之黑，若没有灯是看不见路的。所以放河灯这件事情是件善举。可见活着的正人君子们，对着那些已死的冤魂怨鬼还没有忘记。

但是这其间也有一个矛盾，就是七月十五这夜生的孩子，怕是都不大好，多半都是野鬼托着个莲花灯投生而来的。这个孩子长大了将不被父母所喜欢，长到结婚的年龄，男女两家必要先对过生日时辰，才能够结亲。若是女家生在七月十五，这女子就很难出嫁，必须改了生日，欺骗男家。若是男家七月十五的生日，也不大好，不过若是财产丰富的，也就没有多大关系，嫁是可以嫁过去的，虽然就是一个恶鬼，有了钱大概怕也不怎样恶了。但在女子这方面可就万万不可，绝对的不可以；若是有钱的寡妇的独养女，又当别论，因为娶了这姑娘可以有一份财产在那里晃来晃去，就是娶了而带不过财产来，先说那一份妆奁也是少不了的。假说女子就是一个恶鬼的化身，但那也不要紧。

平常的人说："有钱能使鬼推磨。"似乎人们相信鬼是假的，有点不十分真。

但是当河灯一放下来的时候，和尚为着庆祝鬼们更生，打着鼓，叮咚地响；念着经，好像紧急符咒似的，表示着这一工夫可是千金一刻，且莫匆匆地让过，诸位男鬼女鬼，赶快托着灯去投生吧。

念完了经，就吹笙管笛箫，那声音实在好听，远近皆闻。

同时那河灯从上流拥拥挤挤，往下浮来了。浮得很慢，又镇静、又稳当，绝对的看不出来水里边会有鬼们来捉了它们去。

这灯一下来的时候，金呼呼的，亮通通的，又加上有千万人的观众，这举动实在是不小的。河灯之多，有数不过来的数目，大概是几千百只。两岸上的孩子们，拍手叫绝，跳脚欢迎。灯光照得河水幽幽地发亮。水上跳跃着天空的月亮。真是人生何世，会有这样好的景况。

一直闹到月亮来到了中天,大昴星、二昴星、三昴星齐了的时候,才算渐渐地从繁华的景况,走向了冷静的路去。

河灯从几里路长的上流,流了很久很久才流过来了。再流了很久很久才流过去了。在这过程中,有的流到半路就灭了。有的被冲到岸边,在岸边生了野草的地方就被挂住了。还有每当河灯一流到了下流,就有些孩子拿着竿子去抓它,有些渔船也顺手取了一两只。到后来河灯越来越稀疏了。

到往下流去,就显出荒凉孤寂的样子来了。因为越流越少了。

流到极远处去的,似乎那时的河水也发了黑。而且是流着流着地就少了一个。

河灯从上流过来的时候,虽然路上也有许多落伍的,也有许多淹灭了的,但始终没有觉得河灯是被鬼们托着走了的感觉。

可是当这河灯,从上流的远处流来,人们是满心欢喜的,等流过了自己,也还没有什么,唯独到了最后,那河灯流到了极远的下流去的时候,使看河灯的人们,内心里无由地来了空虚。

"那河灯,到底是要漂到哪里去呢?"

多半的人们,看到了这样的景况,就抬起身来离开了河沿回家去了。

于是不但河里冷落,岸上也冷落了起来。

这时再往远处的下流看去,看着,看着,那灯就灭了一个。再看着看着,又灭了一个,还有两个一块灭的。于是就真像被鬼一个一个地托着走了。

打过了三更,河沿上一个人也没有了,河里边一个灯也没有了。

河水是寂静如常的,小风把河水皱着极细的波浪。月光在河水上边并不像在海水上边闪着一片一片的金光,而是月亮落到河底里去了。似乎那渔船上的人,伸手可以把月亮拿到船上来似的。

河的南岸,尽是柳条丛,河的北岸就是呼兰河城。

那看河灯回去的人们,也许都睡着了。不过月亮还是在河上照着。

三

野台子戏也是在河边上唱的,也是秋天。比方这一年秋收好,就要唱一台子戏,感谢天地。若是夏天大旱,人们戴起柳条圈来求雨,在街上几十人,跑了几天,唱着,打着鼓。求雨的人不准穿鞋,龙王爷可怜他们在太阳下边把脚烫得很痛,就因此下了雨了,一下了雨,到秋天就得唱戏的,因为求雨的时候许下了愿。许愿就得还愿,若是还愿的戏就更非唱不可了。

一唱就是三天。

在河岸的沙滩上搭起了台子来。这台子是用杆子绑起来的，上边搭上了席棚，下了一点小雨也不要紧，太阳则完全可以遮住的。

戏台搭好了之后，两边就搭看台。看台还有楼座。坐在那楼座上是很好的，又风凉，又可以远眺。不过，楼座是不大容易坐得到的，除非当地的官、绅，别人是不大坐得到的。既不卖票，哪怕你就有钱，也没有办法。

只搭戏台，就搭三五天。

台子的架一竖起来，城里的人就说："戏台竖起架子来了。"

一上了棚，人就说：

"戏台上棚了。"

戏台搭完了就搭看台，看台是顺着戏台的左边搭一排，右边搭一排，所以是两排平行而相对的。一搭要搭出十几丈去。

眼看台子就要搭好了，这时候，接亲戚的接亲戚，唤朋友的唤朋友。

比方嫁了的女儿，回来住娘家，临走（回婆家）的时候，做母亲的送到大门外，摆着手还说：

"秋天唱戏的时候，再接你来看戏。"

坐着女儿的车子远了，母亲含着眼泪还说：

"看戏的时候接你回来。"

所以一到了唱戏的时候，可并不是简单地看戏，而是接姑娘唤女婿，热闹得很。

东家的女儿长大了，西家的男孩子也该成亲了，说媒的这个时候，就走上门来。约定两家的父母在戏台底下，第一天或是第二天，彼此相看。也有只通知男家而不通知女家的，这叫作"偷看"，这样的看法，成与不成，没有关系，比较的自由，反正那家的姑娘也不知道。

所以看戏去的姑娘，个个都打扮得漂亮。都穿了新衣裳，擦了胭脂涂了粉，刘海剪得并排齐。头辫梳得一丝不乱，扎了红辫根，绿辫梢。也有扎了水红的，也有扎了蛋青的。走起路来像客人，吃起瓜子来，头不歪眼不斜的，温文尔雅，都变成了大家闺秀。有的着蛋青市布长衫，有的穿了藕荷色的衣裳压了黑条，有的水红洋纱的衣裳压了蓝条，脚上穿了蓝缎鞋，或是黑缎绣花鞋。

鞋上有的绣着蝴蝶，有的绣着蜻蜓，有的绣着莲花，绣着牡丹的，各样的都有。

手里边拿着花手巾。耳朵上戴了长钳子，土名叫作"带穗钳子"。这带穗钳子有两种，一种是金的、翠的；一种是铜的，琉璃的。有钱一点的戴金的，稍微差一点的带琉璃的。反正都很好看，在耳朵上摇来晃去。黄乎乎，绿森森。再加上满脸矜持的微笑，真不知这是谁家的闺秀。

那些已嫁的妇女，也是照样地打扮起来，在戏台下边，东邻西舍的姊妹们相遇了，好互相的品评。

谁的模样俊，谁的鬓角黑。谁的手镯是福泰银楼的新花样，谁的压头簪又小巧又玲珑。谁的一双绛紫缎鞋，真是绣得漂亮。

老太太虽然不穿什么带色的衣裳，但也个个整齐，人人利落，手拿长烟袋，头上搬着大扁方。慈祥，温静。

戏还没有开台，呼兰河城就热闹不得了了，接姑娘的，唤女婿的，有一个很好的童谣：

"拉大锯，扯大锯，老爷（外公）门口唱大戏。接姑娘，唤女婿，小外孙也要去……"

于是乎不但小外孙，三姨二姑也都聚在了一起。

每家如此，杀鸡买酒，笑语迎门，彼此谈着家常，说着趣事，每夜必到三更，灯油不知浪费了多少。

某村某村，婆婆虐待媳妇。哪家的公公喝了酒就耍酒疯。又是谁家的姑娘出嫁了刚过一年就生了一对双生。又是谁的儿子十三岁就定了一家十八岁的姑娘做妻子。

烛火灯光之下，一谈谈个半夜，真是非常的温暖而亲切。

一家若有几个女儿，这几个女儿都出嫁了，亲姊妹，两三年不能相遇的也有。平常是一个住东，一个住西。不是隔水的就是隔山，而且每人有一大群孩子，也各自有自己的家务，若想彼此过访，那是不可能的事情。

或是做母亲的同时把几个女儿都接来了，那她们的相遇，仿佛已经隔了三十年了。相见之下，真是不知从何说起，羞羞惭惭，欲言又止，刚一开口又觉得不好意思，过了一刻工夫，耳脸都发起烧来，于是相对无语，心中又喜又悲。过了一袋烟的工夫，等那往上冲的血流落了下去，彼此都逃出了那种昏昏恍恍的境界，这才来找几句不相干的话来开头；或是——

"你多咱来的？"

或是："孩子们都带来了？"

关于别离了几年的事情，连一个字也不敢提。

从表面上看来，她们并不是像姊妹，丝毫没有亲热的表现。面面相对的，不知道她们两个人是什么关系，似乎连认识也不认识，似乎从前她们两个并没有见过，而今天是第一次的相见，所以异常的冷落。

但是这只是外表,她们的心里,就早已沟通着了。甚至于在十天或半月之前,她们的心里就早已开始很远地牵动起来,那就是当着她们彼此都接到了母亲的信的时候。

那信上写着迎接她们姊妹回来看戏的。

从那时候起,她们就把要送给姐姐或妹妹的礼物规定好了。

一双黑大绒的云子卷,是亲手做的。或者就在她们的本城和本乡里,有一个出名的染缸房,那染缸房会染出来很好的麻花布来。于是送了两匹白布去,嘱咐他好好地加细地染着。一匹是白地染蓝花,一匹是蓝地染白花。蓝地的染的是刘海戏金蟾,白地的染的是蝴蝶闹莲花。

一匹送给大姐姐,一匹送给三妹妹。

现在这东西,就都带在箱子里边。等过了一天二日的,寻个夜深人静的时候,轻轻地从自己的箱底把这等东西取出来,摆在姐姐的面前,说:

"这麻花布被面,你带回去吧!"

只说了这么一句,看样子并不像是送礼物,并不像今人似的,送一点礼物很怕邻居左右看不见,是大嚷大吵着的,说这东西是从什么山上,或是什么海里得来的,哪怕是小河沟子的出品,也必要连那小河沟子的身份也提高,说河沟子是怎样地不凡,是怎样地与众不同,可不同别的河沟子。

这等乡下人,糊里糊涂的,要表现的,无法表现,什么也说不出来,只能把东西递过去就算了事。

至于那受了东西的,也是不会说什么,连声道谢也不说,就收下了。也有的稍微推辞了一下,也就收下了。

"留着你自己用吧!"

当然那送礼物的是加以拒绝。一拒绝,也就收下了。

每个回娘家看戏的姑娘,都零零碎碎的带来一批东西。送父母的,送兄嫂的,送侄女的,送三亲六故的。带了东西最多的,是凡见了长辈或晚辈都多少有点东西拿得出来,那就是谁的人情最周到。

这一类的事情,等野台子唱完,拆了台子的时候,家家户户才慢慢的传诵。

每个从娘家回婆家的姑娘,也都带着很丰富的东西,这些都是人家送给她的礼品。东西丰富得很,不但有用的,也有吃的。母亲亲手装的咸肉,姐姐亲手晒的干鱼,哥哥上山打猎打了一只雁来腌上,至今还有一只雁大腿,这个也给看戏小姑娘带回去,带回去给公公去喝酒吧。

于是乌三八四的,离走的前一天晚上,真是忙了个不休,就要分散的姊妹们连说个话儿的工夫都没有了。大包小包一大堆。

再说在这看戏的时间，除了看亲戚，会朋友，还成了许多好事，那就是谁家的女儿和谁家公子订婚了，说是明年二月，或是三月就要娶亲。订婚酒，已经吃过了，眼前就要过"小礼"的。所谓"小礼"就是在法律上的订婚形式，一经过了这番手续，东家的女儿，终归就要成了西家的媳妇了。

也有男女两家都是外乡赶来看戏的，男家的公子也并不在，女家的小姐也并不在。只是两家的双亲有媒人从中媾通着，就把亲事给定了。也有的喝酒作乐的随便的把自己的女儿许给了人家。也有的男女两家的公子、小姐都还没有生出来，就给定下了亲了。这叫作"指腹为亲"。这指腹为亲的，多半都是相当有点资财的人家才有这样的事。

两家都很有钱，一家是本地的烧锅掌柜的，一家是白旗屯的大窝堡，两家是一家种高粱，另一家开烧锅。开烧锅的需要高粱，种高粱的需要烧锅买他的高粱，烧锅非高粱不可，高粱非烧锅不行。恰巧又赶上这两家的妇人，都要将近生产，所以就"指腹为亲"了。

无管是谁家生了男孩子，谁家生了女孩子，只要是一男一女就规定他们是夫妇。假若两家都生了男孩，都就不能勉强规定了。两家都生了女孩也是不能够规定的。

但是这指腹为亲，好处不太多，坏处是很多的。半路上当中的一家穷了揭不开烧锅了，或者没有窝堡了。其余的一家，就不愿意娶他家的姑娘，或是把女儿嫁给一家穷人。假若女家穷了，那还好办，若实在不娶，他也没有什么办法。若是男家穷了，男家就一定要娶，若一定不让娶，那姑娘的名誉就很坏，说她把谁家谁家给"妨"穷了，又不嫁了。"妨"字在迷信上说就是因为她命硬，因为她某家某家穷了。以后她就不大容易找婆家，会给她起一个名叫作"望门妨"。无法，只得嫁过去。嫁过去之后，妯娌之间又要说她嫌贫爱富，百般地侮辱她。丈夫因此也不喜欢她了，公公婆婆也虐待她。她一个年轻的未出过家门的女子，受不住这许多攻击，回到娘家去，娘家也无甚办法，就是那当年指腹为亲的母亲说：

"这都是你的命（命运），你好好地耐着吧！"

年轻的女子，莫名其妙的，不知道自己为什么要有这样的命，于是往往演出悲剧来，跳井的跳井，上吊的上吊。

古语说，"女子上不了战场。"

其实不对的，这井多么深，平白地你问一个男子，问他这井敢跳不敢跳，怕他也不敢的。而一个年轻的女子竟敢了，上战场不一定死，也许回来闹个一官半职。可是跳井就很难不死,一跳就多半跳死了。

那么节妇坊上为什么没写着赞美女子跳井跳得勇敢的赞词?那是修节妇坊的人故意给删去的。因为修节妇坊的,多半是男人。他家里也有一个女人。他怕是写上了,将来他打他女人的时候,他的女人也去跳井。女人也跳下井,留下来一大群孩子可怎么办?于是一律不写。只写,温文尔雅,孝顺公婆……

大戏还没有开台,就来了这许多事情。等大戏一开了台,那戏台下边,真是人山人海,拥挤不堪。搭戏台的人,也真是会搭,正选了一块平平坦坦的大沙滩,又光滑,又干净,使人就是倒在上边,也不会把衣裳沾一丝儿的土星。这沙滩有半里路长。

人们笑语连天,哪里是在看戏,闹得比锣鼓好像更响,那戏台上出来一个穿红的,进去一个穿绿的,只看见摇摇摆摆地走出走进,别的什么也不知道了,不用说唱得好不好,就连听也听不到。离着近的还看得见不挂胡子的戏子在张嘴,离得远的就连戏台那个穿红衣裳的究竟是一个坤角,还是一个男角也都不大看得清楚。简直是还不如看木偶戏。

但是若有一个唱木偶戏的这时候来在台下,唱起来,问他们看不看,那他们一定不看的。哪怕就连戏台子的边也看不见了,哪怕是站在二里路之外,他们也不看那木偶戏的。因为在大戏台底下,哪怕就是睡了一觉回去,也总算是从大戏台子底下回来的,而不是什么别的地方回来的。

一年没有什么别的好看,就这一场大戏还能够轻易地放过吗?所以无论看不看,戏台底下是不能不来。

所以一些乡下的人也都来了,赶着几套马的大车,赶着老牛车,赶着花轮子,赶着小车子,小车子一边驾着大骡子,总之家里有什么车就驾了什么车来。也有的似乎他们家里并不养马,也不养别的牲口,就只用了一匹小毛驴,拉着一个花轮子也就来了。

来了之后,这些车马,就一齐停在沙滩上,马匹在草包上吃着草,骡子到河里去喝水。车子上都搭席棚,好像小看台似的,排列在戏台的远处。那车子带来了他们的全家,从祖母到孙子媳,老少三辈,他们离着戏台二三十丈远,听是什么也听不见的,看也很难看到什么,也不过是五红大绿的,在戏台上跑着圈子,头上戴着奇怪的帽子,身上穿着奇怪的衣裳。谁知道那些人都是干什么的,有的看了三天大戏子台,而连一场的戏名字也都叫不出来。回到乡下去,他也跟着人家说长道短的,偶尔人家问了他说的是哪个戏,他竟瞪了眼睛,说不出来了。

至于一些孩子们在戏台底下,就更什么也不知道了,只记住一个大胡子,一个花脸的,谁知道那些都是在做什么,比比划划,刀枪棍棒的乱闹一阵。

反正戏台底下有些卖凉粉的,有些卖糖球的,随便吃去好了。什么年糕,油炸馒头,豆腐脑都有,这些东西吃了又不饱,吃了这样再去吃那样。卖西瓜的,卖香瓜的,戏台底下都有,招得苍蝇一大堆,嗡嗡地飞。

戏台下敲锣打鼓震天地响。

那唱戏的人,也似乎怕远处的人听不见,也在拼命地喊,喊破了喉咙也压不住台的。那在台下的早已忘记了是在看戏,都在那里说长道短,男男女女的谈起家常来。还有些个远亲,平常一年也看不到,今天在这里看到了,哪能不打招呼。所以三姨二婶子的,就在人多的地方大叫起来,假若是在看台的凉棚里坐着,忽然有一个老太太站了起来,大叫着说:

"他二舅母,你可多咱来的?"

于是那一方也就应声而起。原来坐在看台的楼座上的,离着戏台比较近,听唱是听得到的,所以那看台上比较安静。姑娘媳妇都吃着瓜子,喝着茶。对这大嚷大叫的人,别人虽然讨厌,但也不敢去禁止,你若让她小一点声讲话,她会骂了出来:

"这野台子戏,也不是你家的,你愿听戏,你请一台子到你家里去唱……"

另外的一个也说:

"哟哟,我没见过,看起戏来,都六亲不认了,说个话儿也不让……"

这还是比较好的,还有更不客气的,一开口就说:

"……你奶奶,一辈子家里外头没受过谁的大声小气,今天来到戏台底下受你的管教来啦,你娘的……"

被骂的人若是不搭言,过一会也就了事了,若一搭言,自然也没有好听的。于是两边就打了起来啦,西瓜皮之类就飞了过去。

这来在戏台下看戏的,不料自己竟演起戏来,于是人们一窝蜂似的,都聚在这个真打真骂的活戏的方面来了。也有一些流氓混子之类,故意地叫着好,惹得全场的人哄哄大笑。假若打仗的还是个年轻的女子,那些讨厌的流氓们还会说着各样的俏皮话,使她火上加油越骂就越凶猛。

自然那老太太无理,她一开口就骂了人。但是一闹到后来,谁是谁非也就看不出来了。

幸而戏台上的戏子总算沉着,不为所动,还在那里阿拉阿拉地唱。过了一个时候,那打得热闹的也究竟平静了。

再说戏台下边也有一些个调情的,那都是南街豆腐房里的嫂嫂,或是碾磨房的碾官磨官的老婆。碾官的老婆看上了一个赶马车的车夫。或是豆腐匠看上了开粮米铺那家的小姑娘。有的是两方面都眉来眼去，有的是一方面殷勤，他一方面则表示要拒之千里之外。这样的多半是一边低，一边高，两方面的资财不对。

绅士之流，也有调情的，彼此都坐在看台之上，东张张，西望望。三亲六故，姐夫小姨之间，未免地就要多看几眼，何况又都打扮得漂亮，非常好看。

绅士们平常到别人家的客厅去拜访的时候，绝不能够看上了人家的小姐就不住地看，那该多么不绅士，那该多么不讲道德。那小姐若一告诉了她的父母，她的父母立刻就和这样的朋友绝交。绝交了，倒不要紧，要紧的是一传出去名誉该多坏。绅士是高雅的，哪能够不清不白的，哪能够不分长幼地去存心朋友的女儿，像那般下等人似的。

绅士彼此一拜访的时候，都是先让到客厅里去，端端庄庄地坐在那里，而后倒茶装烟。规矩礼法，彼此都尊为是上等人。朋友的妻子儿女，也都出来拜见，尊为长者。在这种时候，只能问问大少爷的书读了多少，或是又写了多少字了。连朋友的太太也不可以过多的谈话，何况朋友的女儿呢？那就连头也不能够抬的，哪里还敢细看？

现在在戏台上看看怕不要紧，假设有人问到，就说是东看西看，瞧一瞧是否有朋友在别的看台上。何况这地方又人多眼杂，也许没有人留意。

三看两看的，朋友的小姐倒没有看上，可看上了一个不知道在什么地方见到过的一位妇人。那妇人拿着小小的鹅翎扇子，从扇子梢上往这边转着眼珠，虽说是一位妇人，可是又年轻，又漂亮。

这时候，这绅士就应该站起来打着口哨，好表示他是开心的，可是我们中国上一辈的老绅士不会这一套。他另外也有一套，就是他的眼睛似睁非睁的迷离恍惚的望了出去，表示他对她有无限的情意。可惜离得太远，怕不会看得清楚，也许是枉费了心思了。

也有的在戏台下边，不听父母之命，不听媒妁之言，自己就结了终生不解之缘。这多半是表哥表妹等等，稍有点出身来历的公子小姐的行为。他们一言为定，终生合好。见或也有被父母所阻拦，生出来许多波折。但那波折都是非常美丽的，使人一讲起来，真是比看《红楼梦》更有趣味。来年再唱大戏的时候，姊妹们一讲起这佳话来，真是增添了不少的回想……

赶着车进城来看戏的乡下人，他们就在河边沙滩上，扎了营了。夜里大戏散了，人们都回家了，只有这等连车带马的，他们就在沙滩上过夜。好像出征的军人似的，露天为营。有的住了一夜，第二夜就回去了。有的住了三夜，一直到大戏唱完,才赶着车子回乡。不用说这沙滩上是很雄壮的,夜里,他们每家燃了火,煮茶的煮茶,谈天的谈天,但终归是人数太少,也不过二三十辆车子。所燃起来的火,也不会火光冲天,所以多少有一些凄凉之感。夜深了,住在河边上,被河水吸着又特别的凉,人家睡起觉来都觉得冷森森的。尤其是车夫马倌之类,他们不能够睡觉,怕是有土匪来抢劫他们马匹,所以就坐以待旦。

于是在纸灯笼下边,三个两个的赌钱。赌到天色发白了,该牵着马到河边去饮水去了。在河上,遇到了捉蟹的蟹船。蟹船上的老头说:

"昨天的《打渔杀家》唱得不错,听说今天有《汾河湾》。"

那牵着牲口饮水的人,是一点大戏常识也没有的。他只听到牲口喝水的声音呵呵的,其他的则不知所答了。

四

四月十八娘娘庙大会,这也是为着神鬼,而不是为着人的。

这庙会的土名叫作"逛庙",也是无分男女老幼都来逛的,但其中以女子最多。女子们早晨起来,吃了早饭,就开始梳洗打扮。打扮好了,就约了东家姐姐,西家妹妹的去逛庙去了。竟有一起来就先梳洗打扮的,打扮好了,才吃饭,一吃了饭就走了。总之一到逛庙这天,各不后人,到不了半晌午,就车水马龙,拥挤得气息不通了。

挤丢了孩子的站在那儿喊,找不到妈的孩子在人群里边哭,三岁的、五岁的,还有两岁的刚刚会走,竟也被挤丢了。

所以每年庙会上必得有几个警察在收这些孩子。收了站在庙台上,等着他的家人来领。偏偏这些孩子都很胆小,张着嘴大哭,哭得实在可怜,满头满脸是汗。有的十二三岁了,也被丢了,问他家住在哪里?他竟说不出所以然来,东指指,西划划,说是他家门口有一条小河沟,那河沟里边出虾米,就叫作"虾沟子",也许他家那地名就叫"虾沟子",听了使人莫名其妙。再问他这虾沟子离城多远,他便说:骑马要一顿饭的工夫可到,坐车要三顿饭的工夫可到。究竟离城多远,他没有说。问他姓什么,他说他祖父叫史二,他父亲叫史成……这样你就再也不问他了。要问他吃饭没有?他就说:"睡觉了。"这是没有办法的,任他去吧。于是却连大带小的一齐站在庙门口,他们哭的哭,叫的叫。好像小兽似的,警察在看守他们。

娘娘庙是在北大街上,老爷庙和娘娘庙离不了好远。那些烧香的人,虽然说是求子求孙，是先该向娘娘来烧香的，但是人们都以为阴间也是一样的重男轻女，所以不敢倒反天干。所以都是先到老爷庙去，打过钟，磕过头，好像跪到那里报个到似的，而后才上娘娘庙去。

老爷庙有大泥像十多尊，不知道哪个是老爷，都是威风凛凛，气概盖世的样子。有的泥像的手指尖都被攀了去，举着没有手指的手在那里站着，有的眼睛被挖了，像是个瞎子似的。有的泥像的脚趾是被写了一大堆的字，那字不太高雅，不怎么合乎神的身份。似乎是说泥像也该娶个老婆，不然他看了和尚去找小尼姑，他是要忌妒的。这字现在没有了，传说是这样。

为了这个，县官下了手令，不到初一十五，一律的把庙门锁起来，不准闲人进去。

当地的县官是很讲仁义道德的。传说他第五个姨太太，就是从尼姑庵接来的。所以他始终相信尼姑绝不会找和尚。自古就把尼姑列在和尚一起，其实是世人不查，人云亦云。好比县官的第五房姨太太，就是个尼姑。难道她也被和尚找过了吗？这是不可能的。

所以下令一律的把庙门关了。

娘娘庙里比较的清静，泥像也有一些个，以女子为多，多半都没有横眉竖眼，近乎普通人，使人走进了大殿不必害怕。不用说是娘娘了，那自然是很好的温顺的女性。就说女鬼吧，也都不怎样恶，至多也不过披头散发的就完了，也绝没有像老爷庙里那般泥像似的，眼睛冒了火，或像老虎似的张着嘴。

不但孩子进了老爷庙有的吓得大哭，就连壮年的男人进去也要肃然起敬，好像说虽然他在壮年，那泥像若走过来和他打打，他也绝打不过那泥像的。

所以在老爷庙上磕头的人，心里比较虔诚，因为那泥像，身子高、力气大。

到了娘娘庙，虽然也磕头，但就总觉得那娘娘没有什么出奇之处。

塑泥像的人是男人，他把女人塑得很温顺，似乎对女人很尊敬。他把男人塑得很凶猛，似乎男性很不好，其实不对的，世界上的男人，无论多凶猛，眼睛冒火的似乎还未曾见过。就说西洋人吧，虽然与中国人的眼睛不同，但也不过是蓝瓦瓦地有点类似猫头鹰眼睛而已，居然间冒了火的也没有。眼睛会冒火的民族，目前的世界还未发现。那么塑泥像的人为什么把他塑成那个样子呢？那就是让你一见生畏，不但磕头，而且要心服。就是磕完了头站起再看着，也绝不会后悔，不会后悔这头是向一个平庸无奇的人白白磕了。至于塑像的人塑起女子来为什么要那么温顺，那就告诉人，温顺的就是老实的，老实的就是好欺侮的，告诉人快来欺侮她们吧。

人若老实了,不但异类要来欺侮,就是同类也不同情。

比方女子去拜过了娘娘庙,也不过向娘娘讨子讨孙。讨完了就出来了,其余的并没有什么尊敬的意思。觉得子孙娘娘也不过是个普通的女子而已,只是她的孩子多了一些。

所以男人打老婆的时候便说:

"娘娘还得怕老爷打呢?何况你一个长舌妇!"

可见男人打女人是天理应该,神鬼齐一。怪不得那娘娘庙里的娘娘特别温顺,原来是常常挨打的缘故。可见温顺也不是怎么优良的天性,而是被打的结果。甚或是招打的缘由。

两个庙都拜过了的人,就出来了,拥挤在街上。街上卖什么玩具的都有,多半玩具都是适于几岁的小孩子玩的。泥做的泥公鸡,鸡尾巴上插着两根红鸡毛,一点也不像,可是使人看去,就比活的更好看。家里有小孩子的不能不买。何况拿在嘴上一吹又会呜呜地响。买了泥公鸡,又看见了小泥人,小泥人的背上也有一个洞,这洞里边插着一根芦苇,一吹就响。那声音好像是诉怨的,不太好听,但是孩子们都喜欢,做母亲的也一定要买。其他的如卖哨子的,卖小笛子的,卖线蝴蝶的,卖不倒翁的,其中尤以不倒翁最著名,也最为讲究,家家都买,有钱的买大的,没有钱的,买个小的。大的有一尺多高,二尺来高。小的有小得像个鸭蛋似的。无论大小,都非常灵活,按倒了就起来,起得很快,是随手就起来的。买不倒翁要当场试验,间或有生手的工匠所做出来的不倒翁,因屁股太大,他不愿意倒下,也有的倒下了他就不起来。所以买不倒翁的人就把手伸出去,一律把他们按倒,看哪个先站起来就买哪个,当那一倒一起的时候真是可笑,摊子旁边围了些孩子,专在那里笑。不倒翁长得很好看,又白又胖。并不是老翁的样子,也不过他的名字叫不倒翁就是了。其实他是一个胖孩子。做得讲究一点的,头顶上还贴了一簇毛算是头发。有头发的比没有头发的要贵二百钱。有的孩子买的时候力争要戴头发的,做母亲的舍不得那二百钱,就说到家给他剪点狗毛贴。孩子非要戴毛的不可,选了一个戴毛的抱在怀里不放。没有法只得买了。这孩子抱着欢喜了一路,等到家一看,那簇毛不知什么时候已经飞了。于是孩子大哭。虽然母亲已经给剪了簇狗毛贴上了,但那孩子就总觉得这狗毛不是真的,不如原来的好看。也许那原来也贴的是狗毛,或许还不如现在的这个好看。但那孩子就总不开心,忧愁了一个下半天。

庙会到下半天就散了。虽然庙会是散了,可是庙门还开着,烧香的人、拜佛的人继续的还有。有些没有儿子的妇女,仍旧在娘娘庙上捉弄着娘娘。给子孙娘娘的背后钉一个纽扣，给她的脚上绑一条带子，耳朵上挂一只耳环，给她戴一副眼镜，把她旁边的泥娃娃给偷着抱走了一个。据说这样做，来年就都会生儿子的。

娘娘庙的门口，卖带子的特别多，妇人们都争着去买，她们相信买了带子，就会把儿子给带来了。

若是未出嫁的女儿，也误买了这东西，那就将成为大家的笑柄了。

庙会一过，家家户户就都有一个不倒翁，离城远至十八里路的，也都买了一个回去。回到家里，摆在迎门的向口，使别人一过眼就看见了，他家的确有一个不倒翁不差，这证明逛庙会的时节他家并没有落伍，的确是去逛过了。

歌谣上说：

"小大姐，去逛庙，扭扭搭搭走的俏，回来买个搬不倒。"

五

这些盛举，都是为鬼而做的，并非为人而做的。至于人去看戏、逛逛庙，也不过是揩油借光的意思。

跳大神有鬼，唱大戏是唱给龙王爷看的，七月十五放河灯，是把灯放给鬼，让他顶着个灯去脱生。四月十八也是烧香磕头的祭鬼。

只是跳秧歌，是为了活人而不是为鬼预备的。跳秧歌是在正月十五，正是农闲的时候，趁着新年而化起装来，男人装女人，装得滑稽可笑。

狮子、龙灯、旱船……等等，似乎也跟祭鬼似的，花样复杂，一时说不清楚。

第三章

一

呼兰河这小城里住着我的祖父。

我生的时候，祖父已经六十多岁了。我长到四五岁，祖父就快七十了。

我家有一个大花园，这花园里蜂子、蝴蝶、蜻蜓、蚂蚱，样样都有。蝴蝶有白蝴蝶、黄蝴蝶。这种蝴蝶极小，不太好看。好看的是大红蝴蝶，满身带着金粉。

蜻蜓是金的，蚂蚱是绿的，蜂子则嗡嗡地飞着，满身绒毛，落到一朵花上，胖圆圆地就和一个小毛球似的不动了。

花园里边明晃晃的，红的红，绿的绿，新鲜漂亮。

据说这花园,从前是一个果园。祖母喜欢吃果子就种了果园。祖母又喜欢养羊,羊就把果树给啃了。果树于是都死了。到我有记忆的时候,园子里就只有一棵樱桃树,一棵李子树,因为樱桃和李子都不大结果子,所以觉得它们是并不存在的。小的时候,只觉得园子里边就有一棵大榆树。

这榆树在园子的西北角上,来了风,这榆树先啸,来了雨,大榆树先就冒烟了。太阳一出来,大榆树的叶子就发光了,它们闪烁得和沙滩上的蚌壳一样了。

祖父一天都在后园里边,我也跟着祖父在后园里边。祖父戴一个大草帽,我戴一个小草帽,祖父栽花,我就栽花;祖父拔草,我就拔草。当祖父下种,种小白菜的时候,我就跟在后边,把那下了种的土窝,用脚一个一个地溜平。哪里会溜得准,东一脚的,西一脚的瞎闹。有的把菜种不单没被土盖上,反而把菜籽踢飞了。

小白菜长得非常之快,没有几天就冒了芽了,一转眼就可以拔下来吃了。

祖父铲地,我也铲地。因为我太小,拿不动那锄头杆,祖父就把锄头杆拔下来,让我单拿着那个锄头的"头"来铲。其实哪里是铲,也不过爬在地上,用锄头乱勾一阵就是了。也认不得哪个是苗,哪个是草。往往把韭菜当做野草一起地割掉,把狗尾草当做谷穗留着。

等祖父发现我铲的那块满留着狗尾草的一片,他就问我:

"这是什么?"

我说:

"谷子。"

祖父大笑起来,笑得够了,把草摘下来问我:

"你每天吃的就是这个吗?"

我说:

"是的。"

我看着祖父还在笑,我就说:

"你不信,我到屋里拿来你看。"

我跑到屋里拿了鸟笼上的一头谷穗,远远地就抛给祖父了。说:

"这不是一样的吗?"

祖父慢慢地把我叫过去,讲给我听,说谷子是有芒针的。狗尾草则没有,只是毛嘟嘟的真像狗尾巴。

祖父虽然教我,我看了也并不细看,也不过马马虎虎承认下来就是了。一抬头看见了一个黄瓜长大了,跑过去摘下来,我又去吃黄瓜去了。

黄瓜也许没有吃完，又看见了一个大蜻蜓从旁飞过，于是丢了黄瓜又去追蜻蜓去了。蜻蜓飞得多么快，哪里会追得上？好在一开初也没有存心一定追上，所以站起来，跟了蜻蜓跑了几步就又去做别的去了。

采一个倭瓜花心，捉一个大绿豆青蚂蚱，把蚂蚱腿用线绑上，绑了一会，也许把蚂蚱腿就绑掉，线头上拴了一只腿，而不见蚂蚱了。

玩腻了，又跑到祖父那里去乱闹一阵，祖父浇菜，我也抢过来浇，奇怪的就是并不往菜上浇。而是拿着水瓢，拼尽了力气，把水往天空里一扬，大喊着：

"下雨了，下雨了。"

太阳在园子里是特大的，天空是特别高的。太阳的光芒四射，亮得使人睁不开眼睛，亮得蚯蚓不敢钻出地面来，蝙蝠不敢从什么黑暗的地方飞出来。是凡在太阳下的，都是健康的、漂亮的，拍一拍连大树都会发响的，叫一叫就是站在对面的土墙都会回答似的。

花开了，就像花睡醒了似的。鸟飞了，就像鸟上天了似的。虫子叫了，就像虫子在说话似的。一切都活了。都有无限的本领，要做什么，就做什么。要怎么样，就怎么样。都是自由的。倭瓜愿意爬上架就爬上架，愿意爬上房就爬上房。黄瓜愿意开一个谎花，就开一个谎花，愿意结一个黄瓜，就结一个黄瓜。若都不愿意，就是一个黄瓜也不结，一朵花也不开，也没有人问它。玉米愿意长多高就长多高，它若愿意长上天去，也没有人管。蝴蝶随意的飞，一会从墙头上飞来一对黄蝴蝶，一会又从墙头上飞走了一个白蝴蝶。它们是从谁家来的，又飞到谁家去？太阳也不知道这个。

只是天空蓝悠悠的，又高又远。

可是白云一来了的时候，那大团的白云，好像撒了花的白银似的，从祖父的头上经过，好像要压到了祖父的草帽那么低。

我玩累了，就在房子底下找个阴凉的地方睡着了。不用枕头，不用席子，就把草帽遮在脸上就睡了。

二

祖父的眼睛是笑盈盈的，祖父的笑，常常笑得和孩子似的。

祖父是个长得很高的人，身体很健康，手里喜欢拿着个手杖。嘴上则不住地抽着旱烟管，遇到了小孩子，每每喜欢开个玩笑，说：

"你看天空飞个家雀。"

趁那孩子往天空一看，就伸出手去把那孩子的帽给取下来了。有的时候放在长衫的下边，有的时候放在袖口里头。他说：

"家雀叼走了你的帽啦。"

孩子们都知道了祖父的这一手了，并不以为奇，就抱住他的大腿，向他要帽子，摸着他的袖管，撕着他的衣襟，一直到找出帽子来为止。

祖父常常这样做，也总是把帽放在同一的地方，总是放在袖口和衣襟下。那些搜索他的孩子没有一次不是在他衣襟下把帽子拿来的，好像他和孩子们约定了似的："我就放在这块，你来找吧！"

这样的不知做过了多少次，就像老太太永久讲着"上山打老虎"这一个故事给孩子们听似的，哪怕是已经听过了五百遍，也还是在那里回回拍手，回回叫好。

每当祖父这样做一次的时候，祖父和孩子们都一齐地笑得不得了。好像这戏还像第一次演似的。

别人看了祖父这样做，也有笑的，可不是笑祖父的手法好，而是笑他天天使用一种方法抓掉了孩子的帽子，这未免可笑。

祖父不怎样理财，一切家务都由祖母管理。祖父只是自由自在地一天闲着；我想，幸好我长大了，我三岁了，不然祖父该多寂寞。我会走了，我会跑了。我走不动的时候，祖父就抱着我；我走动了，祖父就拉着我。一天到晚，门里门外，寸步不离，而祖父多半是在后园里，于是我也在后园里。

我小的时候，没有什么同伴，我是我母亲的第一个孩子。

我记事很早，在我三岁的时候，我记得我的祖母用针刺过我的手指，所以我很不喜欢她。我家的窗子，都是四边糊纸，当中嵌着玻璃。祖母是有洁癖的，以她屋的窗纸最白净。别人抱着把我一放在祖母的炕边上，我不假思索地就要往炕里边跑，跑到窗子那里，若不加阻止，就必得挨着排给捅破。若有人招呼着我，我也得加速的抢着多捅几个才能停止。手指一触到窗上，那纸窗像小鼓似的，嘭嘭地就破了。破得越多，自己越得意。祖母若来追我的时候，我就越得意了，笑得拍着手，跳着脚的。

有一天祖母看我来了，她拿了一个大针就到窗子外边去等我去了，我刚一伸出手去，手指就痛得厉害。我就叫起来了。那就是祖母用针刺了我。

从此，我就记住了，我不喜欢她。虽然她也给我糖吃，她咳嗽时吃猪腰川贝母，也分给我猪腰，但是我吃了猪腰还是不喜欢她。

在她临死之前，病重的时候，我还去吓了她一跳。有一次她自己一个人坐在炕上熬药，药壶是坐在炭火盆上，因为屋里特别的寂静，听得见那药壶骨碌骨碌地响。祖母住着两间房子，是里外屋，恰巧外屋也没有人，里屋也没人，就是她自己。我把门一开，祖母并没看见我，于是我就用拳头在板隔壁上，咚咚地打了两拳。我听到祖母"哟"地一声，铁火剪子就掉了地上了。

我再探头一望，祖母就骂起我来。她好像就要下地来追我似的。我就一边笑着，一边跑了。

我这样地吓唬祖母，也并不是向她报复，那时我才五岁，是不晓得什么的，也许觉得这样好玩。

祖父一天到晚是闲着的，祖母什么工作也不分配给他。只有一件事，就是祖母的地樑上的摆设，有一套锡器，却总是祖父擦的。这可不知道是祖母派给他的，还是他自动的愿意工作，每当祖父一擦的时候，我就不高兴，一方面是不能领着我到后园里去玩了，另一方面祖父因此常常挨骂，祖母骂他懒，骂他擦的不干净。祖母一骂祖父的时候，就常常不知为什么连我也骂上。

祖母一骂祖父，我就拉着祖父的手往外边走，一边说：

"我们后园里去吧。"

也许因此祖母也骂了我。

她骂祖父是"死脑瓜骨"，骂我是"小死脑瓜骨。"

我拉着祖父就到后园里去了，一到了后园里，立刻就另是一个世界了。绝不是那房子里的狭窄的世界，而是宽广的，人和天地在一起，天地是多么大，多么远，用手摸不到天空。而土地上所长的又是那么繁华，一眼看上去，是看不完的，只觉得眼前鲜绿的一片。

一到后园里，我就没有对象地奔了出去，好像我是看准了什么而奔去了似的，好像有什么在那儿等着我似的。其实我是什么目的也没有。只觉得这园子里边无论什么东西都是活的，好像我的腿也非跳不可了。

若不是把全身的力量跳尽了，祖父怕我累了想招呼住我，那是不可能的，反而他越招呼，我越不听话。

等到自己实在跑不动了，才坐下来休息，那休息也是很快的，也不过随便在秧子上摘下一个黄瓜来，吃了也就好了。

休息好了又是跑。

樱桃树，明明是没有结樱桃，就偏跑到树上去找樱桃。李子树是半死的样子的，本不结李子的，就偏去找李子。一边在找，还一边大声的喊，在问着祖父：

"爷爷，樱桃树为什么不结樱桃？"

祖父老远的回答着：

"因为没有开花，就不结樱桃。"

再问：

"为什么樱桃树不开花？"

祖父说：

"因为你嘴馋，它就不开花。"

我一听了这话，明明是嘲笑我的话，于是就飞奔着跑到祖父那里，似乎是很生气的样子。等祖父把眼睛一抬，他用了完全没有恶意的眼睛一看我，我立刻就笑了。而且是笑了半天的工夫才能够止住，不知哪里来了那许多的高兴，把后园一时都让我搅乱了，我笑的声音不知有多大，自己都感到震耳了。

后园中有一棵玫瑰。一到五月就开花的。一直开到六月。花朵和酱油碟那么大。开得很茂盛，满树都是，因为花香，招来了很多的蜂子，嗡嗡地在玫瑰树那儿闹着。

别的一切都玩厌了的时候，我就想起来去摘玫瑰花，摘了一大堆把草帽脱下来用帽兜子盛着。在摘那花的时候，有两种恐惧，一种是怕蜂子的勾刺人，另一种是怕玫瑰的刺刺手。好不容易摘了一大堆，摘完了可又不知道做什么了。忽然异想天开，这花若给祖父戴起来该多好看。

祖父蹲在地上拔草，我就给他戴花。祖父只知道我是在捉弄他的帽子，而不知道我到底是在干什么。我把他的草帽给他插了一圈的花，红彤彤的二三十朵。我一边插着一边笑，当我听到祖父说：

"今年春天雨水大，咱们这棵玫瑰开得这么香。二里路也怕闻得到的。"

就把我笑得哆嗦起来。我几乎没有支持的能力再插上去。等我插完了，祖父还是安然的不晓得。他还照样地拔垅上的草。我跑得很远的站着，我不敢往祖父那边看，一看就想笑。所以我借机进屋去找一点吃的来，还没有等我回到园中，祖父也进屋来了。

那满头红彤彤的花朵，一进来祖母就看见了。她看见什么也没说，就大笑了起来。父亲母亲也笑了起来，而以我笑得最厉害，我在炕上打着滚笑。

祖父把帽子摘下来一看，原来那玫瑰的香并不是因为今年春天雨水大的缘故，而是那花就顶在他的头上。

他把帽子放下，他笑了十多分钟还停不住，过一会一想起来，又笑了。

祖父刚有点忘记了，我就在旁边提着说：

"爷爷……今年春天雨水大呀……"

一提起，祖父的笑就来了。于是我也在炕上打起滚来。

就这样一天一天的，祖父，后园，我，这三样是一样也不可缺少的了。

刮了风，下了雨，祖父不知怎样，在我却是非常寂寞的了。去没有去处，玩没有玩的，觉得这一天不知有多少日子那么长。

三

偏偏这后园每年都要封闭一次的，秋雨之后这花园就开始凋零了，黄的黄、败的败，好像很快似的一切花朵都灭了，好像有人把它们摧残了似的。它们一齐都没有从前那么健康了，好像它们都很疲倦了，而要休息了似的，好像要收拾收拾回家去了似的。

大榆树也是落着叶子，当我和祖父偶尔在树下坐坐，树叶竟落在我的脸上来了。树叶飞满了后园。

没有多少时候，大雪又落下来了，后园就被埋住了。

通到园去的后门，也用泥封起来了，封得很厚，整个的冬天挂着白霜。

我家住着五间房子，祖母和祖父共住两间，母亲和父亲共住两间。祖母住的是西屋，母亲住的是东屋。

是五间一排的正房，厨房在中间，一齐是玻璃窗子，青砖墙，瓦房间。

祖母的屋子，一个是外间，一个是内间。外间里摆着大躺箱，地长桌，太师椅。椅子上铺着红椅垫，躺箱上摆着朱砂瓶，长桌上列着坐钟。钟的两边站着帽筒，帽筒上并不挂着帽子，而插着几个孔雀翎。

我小的时候，就喜欢这个孔雀翎，我说它有金色的眼睛，总想用手摸一摸，祖母就一定不让摸，祖母是有洁癖的。

还有祖母的躺箱上摆着一个坐钟，那坐钟是非常稀奇的，画着一个穿着古装的大姑娘，好像活了似，每当我到祖母屋去，若是屋子里没有人，她就总用眼睛瞪我。我几次的告诉过祖父，祖父说：

"那是画的，她不会瞪人。"

我一定说她是会瞪人的，因为我看得出来，她的眼珠像是会转。

还有祖母的大躺箱上也尽雕着小人，尽是穿古装衣裳的，宽衣大袖，还戴顶子，带着翎子。满箱子都刻着，大概有二三十个人，还有吃酒的，吃饭的，还有作揖的……

我总想要细看一看，可是祖母不让我沾边，我还离得很远她就说：

"可不许用手摸，你的手脏。"

祖母的内间里边，在墙上挂着一个很古怪很古怪的挂钟，挂钟的下边用铁链子垂着两穗铁苞米。铁苞米比真的苞米大了很多,看起来非常重,似乎可以打死一个人。再往那挂钟里边看就更稀奇古怪了,有一个小人,长着蓝眼珠,钟摆一秒钟就响一下,钟摆一响,那眼珠就同时一转。

那小人是黄头发,蓝眼珠,跟我相差太远,虽然祖父告诉我,说那是毛子人,但我不承认她,我看她不像什么人。

所以我每次看这挂钟,就半天半天的看,都看得有点发呆了。我想:这毛子人就总在钟里边待着吗?永久也不下来玩吗?

外国人在呼兰河的土语叫作"毛子人"。我四五岁的时候,还没有见过一个毛子人,以为毛子人就是因为她的头发毛烘烘地卷着的缘故。

祖母的屋子除了这些东西,还有很多别的,因为那时候,别的我都不发生什么趣味,所以只记住了这三五样。

母亲的屋里,就连这一类的古怪玩意也没有了,都是些普通的描金柜,也是些帽筒、花瓶之类,没有什么好看的,我没有记住。

这五间房子的组织,除了四间住房一间厨房之外,还有极小的、极黑的两个小后房。祖母一个,母亲一个。

那里边装着各种各样的东西,因为是储藏室的缘故。

坛子罐子、箱子柜子、筐子篓子。除了自己家的东西,还有别人寄存的。

那里边是黑的,要端着灯进去才能看见。那里边的耗子很多,蜘蛛网也很多。空气不大好,永久有一种扑鼻的和药的气味似的。

我觉得这储藏室很好玩,随便打开哪一只箱子,里边一定有一些好看的东西,花丝线、各种色的绸条、香荷包、搭腰、裤腿、马蹄袖、绣花的领子。古香古色,颜色都配得特别的好看。箱子里边也常常有蓝翠的耳环或戒指,被我看见了,我一看见就非要一个玩不可,母亲就常常随着抛给我一个。

还有些桌子带着抽屉的,一打开那里边更有些好玩的东西,铜环、木刀、竹尺、观音粉。这些个都是我在别的地方没看过的。而且这抽屉始终也不锁的。所以我常常随意地开,开了就把样样,似乎是不加选择地都搜了出去,左手拿着木头刀,右手拿着观音粉,这里砍一下,那里画一下。后来我又得到了一个小锯,用这小锯,我开始毁坏起东西来,在椅子腿上锯一锯,在炕沿上锯一锯。我自己竟把我自己的小木刀也锯坏了。

无论吃饭和睡觉,我这些东西都带在身边,吃饭的时候,我就用这小锯,锯着馒头。睡觉做起梦来还喊着:

"我的小锯哪里去了?"

储藏室好像变成我探险的地方了。我常常趁着母亲不在屋我就打开门进去了。这储藏室也有一个后窗，下半天也有一点亮光，我就趁着这亮光打开了抽屉，这抽屉已经被我翻得差不多的了，没有什么新鲜的了。翻了一会，觉得没有什么趣味了，就出来了。到后来连一块水胶，一段绳头都让我拿出来了，把五个抽屉通通拿空了。

除了抽屉还有筐子笼子，但那个我不敢动，似乎每一样都是黑洞洞的，灰尘不知有多厚，蛛网蛛丝的不知有多少，因此我连想也不想动那东西。

记得有一次我走到这黑屋子的极深极远的地方去，一个发响的东西撞住我的脚上，我摸起来抱到光亮的地方一看，原来是一个小灯笼，用手指把灰尘一划，露出来是个红玻璃的。

我在一两岁的时候，大概我是见过灯笼的，可是长到四五岁，反而不认识了。我不知道这是个什么。我抱着去问祖父去了。

祖父给我擦干净了，里边点上个洋蜡烛，于是我欢喜得就打着灯笼满屋跑，跑了好几天，一直到把这灯笼打碎了才算完了。

我在黑屋子里边又碰到了一块木头，这块木头是上边刻着花的，用手一摸，很不光滑，我拿出来用小锯锯着。祖父看见了，说：

"这是印帖子的帖板。"

我不知道什么叫帖子，祖父刷上一片墨刷一张给我看，我只看见印出来几个小人，还有一些乱七八糟的花，还有字。祖父说：

"咱们家开烧锅的时候，发帖子就是用这个印的，这是一百吊的……还有伍十吊的十吊的……"

祖父给我印了许多，还用鬼子红给我印了些红的。

还有戴缨子的清朝的帽子，我也拿了出来戴上。多少年前的老大的鹅翎扇子，我也拿了出来吹着风。翻了一瓶莎仁出来，那是治胃病的药，母亲吃着，我也跟着吃。

不久，这些八百年前的东西，都被我弄出来了。有些是祖母保存着的，有些是已经出了嫁的姑母的遗物，已经在那黑洞洞的地方放了多少年了，连动也没有动过，有些个快要腐烂了，有些个生了虫子，因为那些东西早被人们忘记了，好像世界已经没有那么一回事了。而今天忽然又来到了他们的眼前，他们受了惊似的又恢复了他们的记忆。

每当我拿出一件新的东西的时候，祖母看见了，祖母说：

"这是多少年前的了！这是你大姑在家里边玩的……"

祖父看见了，祖父说：

"这是你二姑在家时用的……"

这是你大姑的扇子，那是你三姑的花鞋……都有了来历。但我不知道谁是我的三姑，谁是我的大姑。也许我一两岁的时候，我见过她们，可是我到四五岁时，我就不记得了。

我祖母有三个女儿，到我长起来时，她们都早已出嫁了。可见二三十年内就没有小孩子了。而今也只有我一个。实在的还有一个小弟弟，不过那时他才一岁半岁的，所以不算他。

家里边多少年前放的东西，没有动过，他们过的是既不向前，也不回头的生活。是凡过去的，都算是忘记了，未来的他们也不怎样积极地希望着，只是一天一天地平板地、无怨无尤地在他们祖先给他们准备好的口粮之中生活着。

等我生来了，第一给了祖父的无限的欢喜，等我长大了，祖父非常地爱我。使我觉得在这世界上，有了祖父就够了，还怕什么呢？虽然父亲的冷淡，母亲的恶言恶色，和祖母的用针刺我手指的这些事，都觉得算不了什么。何况又有后花园！后园虽然让冰雪给封闭了，但是又发现了这储藏室。这里边是无穷无尽地什么都有，这里边宝藏着的都是我所想象不到的东西，使我感到这世界上的东西怎么这样多！而且样样好玩，样样新奇。

比方我得到了一包颜料，是中国的大绿，看那颜料闪着金光，可是往指甲上一染，指甲就变绿了，往胳臂上一染，胳臂立刻飞来了一张树叶似的。实在是好看，也实在是莫名其妙，所以心里边就暗暗地欢喜，莫非是我得了宝贝吗？

得了一块观音粉。这观音粉往门上一划，门就白了一道，往窗上一划，窗就白了一道。这可真有点奇怪，大概祖父写字的墨是黑墨，而这是白墨吧？

得了一块圆玻璃，祖父说是"显微镜"。他在太阳底下一照，竟把祖父装好的一袋烟照着了。

这该多么使人欢喜，什么什么都会变的。你看它是一块废铁，说不定它就有用，比方我捡到一块四方的铁块，上边有一个小窝。祖父把榛子放在小窝里边，打着榛子给我吃。在这小窝里打，不知道比用牙咬要快了多少倍。何况祖父老了，他的牙又多半不大好。

我天天从那黑屋子往外搬着，而天天有新的。搬出来一批，玩厌了，弄坏了，就再去搬。

因此使我的祖父、祖母常常地慨叹。

他们说这是多少年前的了，连我的第三个姑母还没有生的时候就有这东西。

那是多少年前的了,还是分家的时候,从我曾祖那里得来的呢。又哪样哪样是什么人送的,而那家人家到今天也都家败人亡了,而这东西还存在着。

又是我在玩着的那葡蔓藤的手镯,祖母说她就戴着这个手镯,有一年夏天坐着小车子,抱着我大姑去回娘家,路上遇了土匪,把金耳环给摘去了,而没有要这手镯,若也是金的银的,那该多危险,也一定要被抢去的。

我听了问她:

"我大姑在哪儿?"

祖父笑了。祖母说:

"你大姑的孩子比你都大了。"

原来是四十年前的事情,我哪里知道?可是藤手镯却戴在我的手上,我举起手来,摇了一阵,那手镯好像风车似的,滴溜溜地转,手镯太大了,我的手太细了。

祖母看见我把从前的东西都搬出来了,她常常骂我:

"你这孩子,没有东西不拿着玩的,这小不成器的……"

她嘴里虽然是这样说,但她又在光天化日之下得以重看到这东西,也似乎给了她一些回忆的满足。所以她说我是并不十分严刻的,我当然是不听她,该拿还是照旧地拿。

于是我家里久不见天日的东西,经我这一搬弄,才得以见了天日。于是坏的坏,扔的扔,也就都从此消失了。

我有记忆的第一个冬天,就这样过去了。没有感到十分的寂寞,但总不如在后园里那样玩着好。但孩子是容易忘记的,也就随遇而安了。

四

第二年夏天,后园里种了不少的韭菜,是因为祖母喜欢吃韭菜馅的饺子而种的。

可是当韭菜长起来时,祖母就病重了,而不能吃这韭菜了,家里别的人也没有吃这韭菜,韭菜就在园子里荒着。

因为祖母病重,家里非常热闹,来了我的大姑母,又来了我的二姑母。

二姑母是坐着她自家的小车子来的。那拉车的骡子挂着铃当,哗哗啷啷的就停在窗前了。

从那车上第一个就跳下来一个小孩,那小孩比我高了一点,是二姑母的儿子。

他的小名叫"小兰",祖父让我向他叫兰哥。

别的我都不记得了，只记得不大一会工夫我就把他领到后园里去了。

告诉他这个是玫瑰树，这个是狗尾草，这个是樱桃树。樱桃树是不结樱桃的，我也告诉了他。

不知道在这之前他见过我没有，我可并没有见过他。

我带他到东南角上去看那棵李子树时，还没有走到眼前，他就说：

"这树前年就死了。"

他说了这样的话，是使我很吃惊的。这树死了，他可怎么知道的？心中立刻来了一种忌妒的情感，觉得这花园是属于我的，和属于祖父的，其余的人连晓得也不该晓得才对的。

我问他：

"那么你来过我们家吗？"

他说他来过。

这个我更生气了，怎么他来我不晓得呢？

我又问他："你什么时候来过的？"

他说前年来的，他还带给我一个毛猴子。他问着我：

"你忘了吗？你抱着那毛猴子就跑，跌倒了你还哭了哩！"

我无论怎样想，也想不起来了。不过总算他送给我过一个毛猴子，可见对我是很好的，于是我就不生他的气了。

从此天天就在一块玩。

他比我大三岁，已经八岁了，他说他在学堂里边念了书的，他还带来了几本书，晚上在煤油灯下他还把书拿出来给我看。书上有小人、有剪刀、有房子。因为都是带着图，我一看就连那字似乎也认识了，我说：

"这念剪刀，这念房子。"

他说不对：

"这念剪，这念房。"

我拿过来一细看，果然都是一个字，而不是两个字，我是照着图念的，所以错了。

我也有一盒方块，这边是图，那边是字，我也拿出来给他看了。

从此整天的玩。祖母病重与否，我不知道。不过在她临死的前几天就穿上了满身的新衣裳，好像要出门做客似的。说是怕死了来不及穿衣裳。

因为祖母病重，家里热闹得很，来了很多亲戚。忙忙碌碌不知忙些个什么。有的拿了些白布撕着，撕得一条一块的，撕得非常的响亮，旁边就有人拿着针在缝那白布。还有的把一个小罐，里边装了米，罐口蒙上了红布。还有的在后园门口拢起火来，在铁火勺里边炸着面饼了。问她：

"这是什么？"

"这是打狗饽饽。"

她说阴间有十八关，过到狗关的时候，狗就上来咬人，用这饽饽一打，狗吃了饽饽就不咬人了。

似乎是姑妄言之、姑妄听之，我没有听进去。

家里边的人越多，我就越寂寞，走到屋里，问问这个，问问那个，一切都不理解。祖父也似乎把我忘记了。我从后园里捉了一个特别大的蚂蚱送给他去看，他连看也没有看，就说：

"真好，真好，上后园去玩去吧！"

新来的兰哥也不陪我时，我就在后园里一个人玩。

五

祖母已经死了，人们都到龙王庙上去报过庙回来了。而我还在后园里边玩着。

后园里边下了点雨，我想要进屋去拿草帽去，走到酱缸旁边（我家的酱缸是放在后园里的），一看，有雨点啪啪的落到缸帽子上。我想缸帽子该多大，遮起雨来，比草帽一定更好。

于是我就从缸上把它翻下来了，到了地上它还乱滚一阵，这时候，雨就大了。我好不容易才设法钻进这缸帽子去。因为这缸帽子太大了，差不多和我一般高。

我顶着它，走了几步，觉得天昏地暗。而且重也是很重的，非常吃力。而且自己已经走到哪里了，自己也不晓，只晓得头顶上啪啪拉拉的打着雨点，往脚下看着，脚下只是些狗尾草和韭菜。找了一个韭菜很厚的地方，我就坐下了，一坐下这缸帽子就和个小房似的扣着我。这比站着好得多，头顶不必顶着，帽子就扣在韭菜地上。但是里边可是黑极了，什么是看不见。

同时听什么声音，也觉得都远了。大树在风雨里边被吹得呜呜的，好像大树已经被搬到别人家的院子去似的。

韭菜是种在北墙根上，我是坐在韭菜上。北墙根离家里的房子很远的，家里边那闹嚷嚷的声音，也像是来在远方。

我细听了一会，听不出什么来，还是在我自己的小屋里边坐着。这小屋这么好，不怕风，不怕雨。站起来走的时候，顶着屋盖就走了，有多么轻快。

其实是很重的了，顶起来非常吃力。

我顶着缸帽子，一路摸索着，来到了后门口，我是要顶给爷爷看看的。

我家的后门坎特别高，迈也迈不过去，因为缸帽子太大，使我抬不起腿来。好不容易两手把腿拉着，弄了半天，总算是过去。虽然进了屋，仍是不知道祖父在什么方向，于是我就大喊，正在这喊之间，父亲一脚把我踢翻了，差点没把我踢到灶口的火堆上去。缸帽子也在地上滚着。

等人家把我抱了起来，我一看，屋子里的人，完全不对了，都穿了白衣裳。

再一看，祖母不是睡在炕上，而是睡在一张长板上。

从这以后祖母就死了。

六

祖母一死，家里继续着来了许多亲戚，有的拿着香、纸，到灵前哭了一阵就回去了。有的就带着大包小包的来了就住下了。

大门前边吹着喇叭，院子里搭了灵棚，哭声终日，一闹闹了不知多少日子。

请了和尚道士来，一闹闹到半夜，所来的都是吃、喝、说、笑。

我也觉得好玩，所以就特别高兴起来。又加上从前我没有小同伴，而现在有了。比我大的，比我小的，共有四五个。我们上树爬墙，几乎连房顶也要上去了。

他们带我到小门洞子顶上去捉鸽子，搬了梯子到房檐头上去捉家雀。后花园虽然大，已经装不下我了。

我跟着他们到井边去往井里边看，那井是多么深，我从未见过。在上边喊一声，里边有人回答。用一个小石子投下去，那响声是很深远的。

他们带我到粮食房子去，到碾磨房去，有时候竟把我带到街上。是已经离开家了，不跟着家人在一起，我是从来没有走过这样远。

不料除了后园之外，还有更大的地方，我站在街上，不是看什么热闹，不是看那街上的行人车马，而是心里边想：是不是我将来一个人也可以走得很远？

有一天，他们把我带到南河沿上去了，南河沿离我家本不算远，也不过半里多地。可是因为我是第一次去，觉得实在很远。走出汗来了。走过一个黄土坑，又过一个南大营，南大营的门口，有兵把守门。那营房的院子大得在我看来太大了，实在是不应该。我们的院子就够大的了，怎么能比我们家的院子更大呢，大得有点不大好看了，我走过了，我还回过头来看。

路上有家人家，把花盆摆到墙头上来了，我觉得这也不大好，若是看不见人家偷去呢?

还看见了一座小洋房,比我们家的房不知好了多少倍。若问我,哪里好?我也说不出来,就觉得那房子是一色新,不像我家的房子那么陈旧。

我仅仅走了半里多路,我所看见的可太多了。所以觉得这南河沿实在远。问他们:

"到了没有?"

他们说:

"就到的,就到的。"

果然,转过了大营房的墙角,就看见河水了。

我第一次看见河水,我不能晓得这河水是从什么地方来的?走了几年了?

那河太大了,等我走到河边上,抓了一把沙子抛下去,那河水简直没有因此而脏了一点点。河上有船,但是不很多,有的往东去了,有的往西去了。也有的划到河的对岸去的,河的对岸似乎没有人家,而是一片柳条林。再往远看,就不能知道那是什么地方了,因为也没有人家,也没有房子,也看不见道路,也听不见一点音响。

我想将来是不是我也可以到那没有人的地方去看一看。

除了我家的后园,还有街道。除了街道,还有大河。除了大河,还有柳条林。除了柳条林,还有更远的,什么也没有的地方,什么也看不见的地方,什么声音也听不见的地方。

究竟除了这些,还有什么,我越想越不知道了。

就不用说这些我未曾见过的。就说一个花盆吧,就说一座院子吧。院子和花盆,我家里都有。但说那营房的院子就比我家的大,我家的花盆是摆在后园里的,人家的花盆就摆到墙头上来了。

可见我不知道的一定还有。

所以祖母死了,我竟聪明了。

七

祖母死了,我就跟祖父学诗。因为祖父的屋子空着,我就闹着一定要睡在祖父那屋。

早晨念诗,晚上念诗,半夜醒了也是念诗。念了一阵,念困了再睡去。

祖父教我的有《千家诗》,并没有课本,全凭口头传诵,祖父念一句,我就念一句。

祖父说：

"少小离家老大回……"

我也说：

"少小离家老大回……"

都是些什么字，什么意思，我不知道，只觉得念起来那声音很好听。所以很高兴地跟着喊。我喊的声音，比祖父的声音更大。

我一念起诗来，我家的五间房都可以听见，祖父怕我喊坏了喉咙，常常警告着我说：

"房盖被你抬走了。"

听了这笑话，我略微笑了一会工夫，过不了多久，就又喊起来了。

夜里也是照样地喊，母亲吓唬我，说再喊她要打我。

祖父也说：

"没有你这样念诗的，你这不叫念诗，你这叫乱叫。"

但我觉得这乱叫的习惯不能改，若不让我叫，我念它干什么。每当祖父教我一个新诗，一开头我若听了不好听，我就说：

"不学这个。"

祖父于是就换一个，换一个不好，我还是不要。

"春眠不觉晓，处处闻啼鸟，

夜来风雨声，花落知多少。"

这一首诗，我很喜欢，我一念到第二句，"处处闻啼鸟"那处处两字，我就高兴起来了。觉得这首诗，实在是好，真好听，"处处"该多好听。

还有一首我更喜欢的：

"重重叠叠上楼台，几度呼童扫不开。

刚被太阳收拾去，又为明月送将来。"

就这"几度呼童扫不开"，我根本不知道什么意思，就念成西沥忽通扫不开。越念越觉得好听，越念越有趣味。

还当客人来了，祖父总是呼我念诗的，我就总喜念这一首。

那客人不知听懂了与否，只是点头说好。

<h2 style="text-align:center">八</h2>

就这样瞎念，到底不是久计。念了几十首之后，祖父开讲了。

"少小离家老大回，乡音无改鬓毛衰，这是说家乡的口音还没有改变，胡子可白了。"

我问祖父：

"为什么小的时候离家？离家到哪里去？"

祖父说：

"好比爷像你那么大离家，现在老了回来了，谁还认识呢？儿童相见不相识，笑问客从何处来。小孩子见了就招呼着说：你这个白胡老头，是从哪里来的？"

我一听觉得不大好，赶快就问祖父：

"我也要离家的吗？等我胡子白了回来，爷爷你也不认识我了吗？"

心里很恐惧。

祖父一听就笑了：

"等你老了还有爷爷吗？"

祖父说完，看我还是不很高兴，他又赶快说：

"你不离家的，你哪里能够离家……快再念一首诗吧！念春眠不觉晓……"

我一念起春眠不觉晓来，又是满口的大叫，得意极了。完全高兴，什么都忘了。

但从此再读新诗，一定要先讲的，没有讲过的也要重讲。似乎那大嚷大叫的习惯稍稍好了一点。

"两个黄鹂鸣翠柳，一行白鹭上青天。"

这首诗本来我也很喜欢的，黄梨是很好吃的。经祖父这一讲，说是两个鸟，于是不喜欢了。

"去年今日此门中，人面桃花相映红。
人面不知何处去，桃花依旧笑春风。"

这首诗祖父讲了我也不明白，但是我喜欢这首。因为其中有桃花。桃树一开了花不就结桃吗？桃子不是好吃吗？

所以每念完这首诗，我就接着问祖父：

"今年咱们的樱桃树开花不开花？"

九

除了念诗之外，还很喜欢吃。

记得大门洞子东边那家是养猪的，一个大猪在前边走，一群小猪跟在后边。有一天一个小猪掉井了，人们用抬土的筐子把小猪从井吊了上来。吊上来，那小猪早已死了。井口旁边围了很多人看热闹，祖父和我也在旁边看热闹。那小猪一被打上来，祖父就说他要那小猪。

祖父把那小猪抱到家里，用黄泥裹起来，放在灶坑里烧上了，烧好了给我吃。

我站在炕沿旁边，那整个的小猪，就摆在我的眼前。祖父把那小猪一撕开，立刻就冒了油，真香，我从来没有吃过那么香的东西，从来没有吃过那么好吃的东西。

第二次，又有一只鸭子掉井了，祖父也用黄泥包起来，烧上给我吃了。

在祖父烧的时候，我也帮着忙，帮着祖父搅黄泥，一边喊着，一边叫着，好像啦啦队似的给祖父助兴。

鸭子比小猪更好吃，那肉是不怎样肥的。所以我最喜欢吃鸭子。

我吃，祖父在旁边看着，祖父不吃。等我吃完了，祖父才吃。他说我的牙齿小，怕我咬不动，先让我选嫩的吃，我吃剩的他才吃。

祖父看我每咽下去一口，他就点一下头，而且高兴地说：

"这小东西真馋。"或是"这小东西吃得真快。"

我的手满是油，随吃随在大襟上擦着，祖父看了也并不生气，只是说：

"快蘸点盐吧，快蘸点韭菜花吧，空口吃不好，等会要反胃的……"

说着就捏几个盐粒放在我手上拿着的鸭子肉上。我一张嘴又进肚去了。

祖父越称赞我能吃，我越吃得多。祖父看看不好了，怕我吃多了。让我停下，我才停下来。我明明白白的是吃不下去了，可是我嘴里还说着：

"一个鸭子还不够呢！"

自此吃鸭子的印象非常之深，等了好久，鸭子再不掉到井里，我看井沿有一群鸭子，我拿了秫秆就往井里边赶。可是鸭子不进去，围着井口转，而呱呱地叫着。我就招呼了在旁边看热闹的小孩子，我说：

"帮我赶哪!"

正在吵吵叫叫的时候,祖父奔到了,祖父说:

"你在干什么?"

我说:

"赶鸭子,鸭子掉井,捞出来好烧吃。"

祖父说:

"不用赶了,爷爷抓个鸭子给你烧着。"

我不听他的话,我还是追在鸭子的后边跑着。

祖父上前来把我拦住了,抱在怀里,一面给我擦着汗一面说:

"跟爷爷回家,抓个鸭子烧上。"

我想:不掉井的鸭子,抓都抓不住,可怎么能规规矩矩贴起黄泥来让烧呢?

于是从祖父的身上往下挣扎着,喊着:

"我要掉井的!我要掉井的!"

祖父几乎抱不住我了。

第四章

一

一到了夏天,蒿草长没大人的腰了,长没我的头顶了,黄狗进去,连个影也看不见了。

夜里一刮起风来,蒿草就刷拉刷拉地响着,因为满院子都是蒿草,所以那响声就特别大,成群结队的就响起来了。

下了雨,那蒿草的梢上都冒着烟,雨本来下得不很大,若一看那蒿草,好像那雨下得特别大似的。

下了毛毛雨,那蒿草上就迷漫得朦朦胧胧的,像是已经来了大雾,或者是要变天了,好像是下了霜的早晨,混混沌沌的,在蒸腾着白烟。

刮风和下雨,这院子是很荒凉的了。就是晴天,多大的太阳照在上空,这院子也一样是荒凉的。没有什么显眼耀目的装饰,没有人工设置过的一点痕迹,什么都是任其自然,愿意东,就东,愿意西,就西。若是纯然能够做到这样,倒也保存了原始的风景。但不对的,这算什么风景呢?东边堆着一堆朽木头,西边扔着一片乱柴火。左门旁排着一大片旧砖头,右门边晒着一片沙泥土。

沙泥土是厨子拿来搭炉灶的，搭好了炉灶的泥土就扔在门边了。若问他还有什么用处吗，我想他也不知道，不过忘了就是了。

至于那砖头可不知道是干什么的，已经放了很久了，风吹日晒，下了雨被雨浇。反正砖头是不怕雨的，浇浇又碍什么事。那么就浇着去吧，没人管它。其实也正不必管它，凑巧炉灶或是炕洞子坏了，那就用得着它了。就在眼前，伸手就来，用着多么方便。但是炉灶就总不常坏，炕洞子修的也比较结实。不知哪里找的这样好的工人，一修上炕洞子就是一年，头一年八月修上，不到第二年八月是不坏的，就是到了第二年八月，也得泥水匠来，砖瓦匠来用铁刀一块一块地把砖砍着搬下来。所以那门前的一堆砖头似乎是一年也没有多大的用处。三年两年的还是在那里摆着。大概总是越摆越少，东家拿去一块垫花盆，西家搬去一块又是做什么。不然若是越摆越多，那可就糟了，岂不是慢慢地会把房门封起来的吗？

其实门前的那砖头是越来越少的。不用人工，任其自然，过了三年两载也就没有了。

可是目前还是有的。就和那堆泥土同时在晒着太阳，它陪伴着它，它陪伴着它。

除了这个，还有打碎了的大缸扔在墙边上，大缸旁边还有一个破了口的坛子陪着它蹲在那里。坛子底上没有什么，只积了半坛雨水，用手攀着坛这一摇动，那水里边有很多活物，会上下地跑，似鱼非鱼，似虫非虫，我不认识。再看那勉强站着的，几乎是站不住了的已经被打碎了的大缸，那缸里边可是什么也没有。其实不能够说那是"里边"，本来这缸已经破了肚子。谈不到什么"里边""外边"了。就简称"缸磔"吧！在这缸磔上什么也没有，光滑可爱，用手一拍还会发响。小时候就总喜欢到旁边去搬一搬，一搬就不得了了，在这缸磔的下边有无数的潮虫。吓得赶快就跑。跑得很远地站在那里回头看着，看了一回，那潮虫乱跑一阵又回到那缸磔的下边去了。

这缸磔为什么不扔掉呢？大概就是专养潮虫。

和这缸磔相对着，还扣着一个猪槽子，那猪槽子已经腐朽了，不知扣了多少年了。槽子底上长了不少的蘑菇，黑森森的，那是些小蘑；看样子，大概吃不得，不知长着做什么。

说也奇怪，我家里的东西都是成对的，成双的。没有单个的。

砖头晒太阳，就有泥土来陪。有破坛子，就有破大缸。有猪槽子就有铁犁头。像是它们都配了对，结了婚。而且各自都有新生命送到世界上来。比方坛子里的似鱼非鱼，大缸下边的潮虫，猪槽子上的蘑菇等等。

不知为什么，这铁犁头，却看不出什么新生命来，而是全体腐烂下去了。什么也不生,什么也不长,全体黄澄澄的。用手一触就往下掉末,虽然它本质是铁的,但沦落到今天,就完全像黄泥做的了,就像要瘫了的样子。比起它的同伴那木槽子来,真是远差千里,惭愧惭愧。这犁头假若是人的话,一定要流泪大哭:"我的体质比你们都好哇,怎么今天衰弱到这个样子?"

它不但它自己衰弱,发黄,一下了雨,它那满身的黄色的色素,还跟着雨水流到别人身上去。那猪槽子的半边已经被染黄了。

那黄色的水流,还一直流得很远,是凡它所经过的那条土地,都被染得焦黄。

二

我家是荒凉的。

一进大门,靠着大门洞子的东壁是三间破房子,靠着大门洞子的西壁仍是三间破房子。再加上一个大门洞,看起来是七间连着串,外表上似乎是很威武的,房子都很高大,架着很粗的木头的房架。大柁是很粗的,一个小孩抱不过来。都一律是瓦房盖,房脊上还有透窿的用瓦做的花,迎着太阳看去,是很好看的。房脊的两梢上,一边有一个鸽子,大概也是瓦做的。终年不动,停在那里。这房子的外表,似乎不坏。

但我看它内容空虚。

西边的三间,自家用装粮食的,粮食没有多少,耗子可是成群了。

粮食仓子底下让耗子咬出洞来,耗子的全家在吃着粮食。耗子在下边吃,麻雀在上边吃。全屋都是土腥气。窗子坏了,用板钉起来,门也坏了,每一开就颤抖抖的。

靠着门洞子西壁的三间房,是租给一家养猪的。那屋里屋外没有别的,都是猪了。大猪小猪,猪槽子,猪粮食。来往的人也都是猪贩子,连房带人,都弄得气味非常之坏。

说来那家也并没有养了多少猪,也不过十个八个的。每当黄昏的时候,那叫猪的声音远近得闻。打着猪槽子,敲着圈棚。叫了几声,停了一停。声音有高有低,在黄昏的庄严的空气里好像是说他家的生活是非常寂寞的。

除了这一连串的七间房子之外,还有六间破房子,三间破草房,三间碾磨房。

三间碾磨房一起租给那家养猪的了,因为它靠近那家养猪的。

三间破草房是在院子的西南角上,这房子它单独的跑得那么远,孤零零的,毛头毛脚的,歪歪斜斜的站在那里。

房顶的草上长着青苔，远看去，一片绿，很是好看。下了雨，房顶上就出蘑菇，人们就上房采蘑菇，就好像上山去采蘑菇一样，一采采了很多。这样出蘑菇的房顶实在是很少有，我家的房子共有三十来间，其余的都不会出蘑菇，所以住在那房里的人一提着筐子上房去采蘑菇，全院子的人没有不羡慕的，都说：

"这蘑菇是新鲜的，可不比那干蘑菇，若是杀一个小鸡炒上，那真好吃极了。"

"蘑菇炒豆腐，嗳，真鲜！"

"雨后的蘑菇嫩过了仔鸡。"

"蘑菇炒鸡，吃蘑菇而不吃鸡。"

"蘑菇下面，吃汤而忘了面。"

"吃了这蘑菇，不忘了姓才怪的。"

"清蒸蘑菇加姜丝，能吃八碗小米子干饭。"

"你不要小看了这蘑菇，这是意外之财！"

同院住的那些羡慕的人，都恨自己为什么不住在那草房里。若早知道租了房子连蘑菇都一起租来了，就非租那房子不可。天下哪有这样的好事，租房子还带蘑菇的。于是感慨唏嘘，相叹不已。

再说站在房间上正在采着的，在多少只眼目之中，真是一种光荣的工作。于是也就慢慢的采，本来一袋烟的工夫就可以采完，但是要延长到半顿饭的工夫。同时故意选了几个大的从房顶上骄傲地抛下来，同时说：

"你们看吧，你们见过这样干净的蘑菇吗？除了是这个房顶，哪个房顶能够长出这样的好蘑菇来！"

那在下面的，根本看不清房顶到底那蘑菇全部多大，以为一律是这样大的，于是就更增加了无限的惊异。赶快弯下腰去拾起来，拿到家里，晚饭的时候，卖豆腐的来，破费二百钱捡点豆腐，把蘑菇烧上。

可是那在房顶上的因为骄傲，忘记了那房顶有许多地方是不结实的，已经露了洞了，一不加小心就把脚掉下去了，把脚往外一拔，脚上的鞋子不见了。

鞋子从房顶落下去，一直就落在锅里，锅里正是翻开的滚水，鞋子就在滚水里边煮上了。锅边漏粉的人越看越有意思，越觉得好玩，那一只鞋子在开水里滚着，翻着，还从鞋底上滚下一些泥浆来，弄得漏下去的粉条都黄乎乎的了。可是他们还不把鞋子从锅拿出来，他们说，反正这粉条是卖的，也不是自己吃。

房顶虽然产蘑菇，但是不能够避雨，一下起雨来，全屋就像小水罐似的，摸摸这个是湿的，摸摸那个是湿的。

好在这里边住的都是些个粗人。

有一个歪鼻瞪眼的名叫"铁子"的孩子。他整天手里拿着一柄铁锹,在一个长槽子里边往下切着,切些个什么呢?初到这屋子里来的人是看不清的,因为热气腾腾的这屋里不知都在做些个什么。细一看,才能看出来他切的是马铃薯。槽子里都是马铃薯。

这草房是租给一家开粉房的。漏粉的人都是些粗人,没有好鞋袜,没有好行李,一个一个的和小猪差不多,住在这房子里边是很相当的,好房子让他们一住也怕是住坏了。何况每一下雨还有蘑菇吃。

这粉房里的人吃蘑菇,总是蘑菇和粉配在一道,蘑菇炒粉,蘑菇炖粉,蘑菇煮粉。没有汤的叫作"炒",有汤的叫作"煮",汤少一点的叫作"炖"。

他们做好了,常常还端着一大碗来送给祖父。等那歪鼻瞪眼的孩子一走了,祖父就说:

"这吃不得,若吃到有毒的就吃死了。"

但那粉房里的人,从来没吃死过,天天里边唱着歌,漏着粉。

粉房的门前搭了几丈高的架子,亮晶晶的白粉,好像瀑布似的挂在上边。

他们一边挂着粉,也是一边唱着的。等粉条晒干了,他们一边收着粉,也是一边地唱着。那唱不是从工作所得到的愉快,好像含着眼泪在笑似的。

逆来顺受,你说我的生命可惜,我自己却不在乎。看着很危险。我却自己以为得意。不得意怎么样?人生是苦多乐少。

那粉房里的歌声,就像一朵红花开在了墙头上。越鲜明,就越觉得荒凉。

"正月十五正月正,
家家户户挂红灯。
人家的丈夫团圆聚,
孟姜女的丈夫去修长城。"

只要是一个晴天,粉丝一挂起来了,这歌声就听得见的。因为那破草房是在西南角上,所以那声音比较的辽远。偶尔也有装腔女人的音调在唱"五更天"。

那草房实在是不行了,每下一次大雨,那草房北头就要多加一只支柱,那支柱已经有七八只之多了,但是房子还是天天的往北边歪。越歪越厉害,我一看了就怕,怕从那旁边一过,恰好那房子倒了下来,压在我身上。那房子实在是不像样子了,窗子本来是四方的,都歪斜得变成菱形的了。门也歪斜得关不上了。墙上的大柁就要掉下来似的,向一边跳出来了。房脊上的正梁一天一天的往北走,已经拔了榫，脱离别人的牵掣，而它自己单独行动起来了。那些钉在房脊上的椽杆子，能够跟着它跑的，就跟着它一顺水地往北边跑下去了；不能够跟着它跑的，就挣断了钉子，而垂下头来，向着粉房里的人们的头垂下来，因为另一头是压在檐外，所以不能够掉下来，只是滴里郎当地垂着。

我一次进粉房去，想要看一看漏粉到底是怎样漏法。但是不敢细看，我很怕那椽子头掉下来打了我。

一刮起风来，这房子就喳喳的山响，大柁响，马梁响，门框、窗框响。

一下了雨，又是喳喳的响。

不刮风，不下雨，夜里也是会响的，因为夜深人静了，万物齐鸣，何况这本来就会响的房子，哪能不响呢。

以它响得最厉害。别的东西的响，是因为倾心去听它，就是听得到的，也是极幽渺的，不十分可靠的。也许是因为一个人的耳鸣而引起来的错觉，比方猫、狗、虫子之类的响叫，那是因为它们是生物的缘故。

可曾有人听过夜里房子会叫的，谁家的房子会叫，叫得好像个活物似的，嚓嚓的，带着无限的重量。往往会把睡在这房子里的人叫醒。

被叫醒了的人，翻了一个身说：

"房子又走了。"

真是活神活现，听他说了这话，好像房子要搬了场似的。

房子都要搬场了，为什么睡在里边的人还不起来，他是不起来的，他翻了个身又睡了。

住在这里边的人，对于房子就要倒的这回事，毫不加戒心，好像他们已经有了血族的关系，是非常信靠的。

似乎这房一旦倒了，也不会压到他们，就像是压到了，也不会压死的，绝对地没有生命的危险。这些人的过度的自信，不知从哪里来的，也许住在那房子里边的人都是用铁铸的，而不是肉长的。再不然就是他们都是敢死队，生命置之度外了。

若不然为什么这么勇敢？生死不怕。

若说他们是生死不怕，那也是不对的，比方那晒粉条的人，从杆子上往下摘粉条的时候，那杆子掉下来了，就吓他一哆嗦。粉条打碎了，他还没有被打着。他把粉条收起来，他还看着那杆子，他思索起来，他说：

"莫不是……"

他越想越奇怪，怎么粉打碎了，而人没打着呢。他把那杆子扶了上去，远远地站在那里看着，用眼睛捉摸着。越捉摸越觉得可怕。"唉呀！这要是落到头上呢？"

那真是不堪想象了。于是他摸着自己的头顶，他觉得万幸万幸，下回该加小心。

本来那杆子还没有房椽子那么粗，可是他一看见，他就害怕，每次他再晒粉条的时候，他都是躲着那杆子，连在它旁边走也不敢走。总是用眼睛溜着它，过了很多日才算把这回事忘了。

若下雨打雷的时候，他就把灯灭了，他们说雷扑火，怕雷劈着。

他们过河的时候，抛两个铜板到河里去，传说河是馋的，常常淹死人的，把铜板一抛到河里，河神高兴了，就不会把他们淹死了。

这证明住在这嚓嚓响着的草房里的他们，也是很胆小的，也和一般人一样是颤颤惊惊地活在这世界上。

那么这房子既然要塌了，他们为什么不怕呢？

据卖馒头的老赵头说：

"他们要的就是这个要倒的么！"

据粉房里的那个歪鼻瞪眼的孩子说：

"这是住房子啊，也不是娶媳妇要她周周正正。"

据同院住的周家的两位少年绅士说：

"这房子对于他们那等粗人，就再合适也没有了。"

据我家的有二伯说：

"是他们贪图便宜，好房子呼兰城里有的是，为啥他们不搬家呢？好房子人家要房钱的呀，不像是咱们家这房子，一年送来十斤二十斤的干粉就完事，等于白住。你二伯是没有家眷，若不我也找这样房子去住。"

有二伯说的也许有点对。

祖父早就想拆了那座房子的，是因为他们几次的全体挽留才留下来的。

至于这个房子将来倒与不倒，或是发生什么幸与不幸，大家都以为这太远了，不必想了。

三

我家的院子是很荒凉的。

那边住着几个漏粉的，那边住着几个养猪的。养猪的那厢房里还住着一个拉磨的。

那拉磨的,夜里打着梆子,通夜的打。

养猪的那一家有几个闲散杂人,常常聚在一起唱着秦腔,拉着胡琴。

西南角上那漏粉的则欢喜在晴天里边唱一个《叹五更》。

他们虽然是拉胡琴、打梆子、叹五更,但是并不是繁华的,并不是一往直前的,并不是他们看见了光明,或者希望着光明,这些都不是的。

他们看不见什么是光明的,甚至于根本也不知道,就像太阳照在了瞎子头上了,瞎子也看不见太阳,但瞎子却感到实在是温暖了。

他们就是这类人,他们不知道光明在哪里,可是他们实实在在地感得到寒凉就在他们的身上,他们想击退了寒凉,因此而来了悲哀。

他们被父母生下来,没有什么希望,只希望吃饱了,穿暖了。但也吃不饱,也穿不暖。

逆来的,顺受了。

顺来的事情,却一辈子也没有。

磨房里那打梆子的,夜里常常是越打越响,他越打得激烈,人们越说那声音凄凉。因为他单单的响音,没有同调。

四

我家的院子是很荒凉的。

粉房旁边的那小偏房里,还住着一家赶车的,那家喜欢跳大神,常常就打起鼓来,喝喝咧咧唱起来了。鼓声往往打到半夜才止,那说仙道鬼的,大神和二神的一对一答。苍凉、幽渺,真不知今世何世。

那家的老太太终年生病,跳大神都是为她跳的。

那家是这院子顶丰富的一家,老少三辈。家风是干净利落,为人谨慎,兄友弟恭,父慈子爱。家里绝对的没有闲散杂人。绝对不像那粉房和那磨房,说唱就唱,说哭就哭。他家永久是安安静静的。跳大神不算。

那终年生病的老太太是祖母,她有两个儿子,大儿子是赶车的,二儿子也是赶车的。一个儿子都有一个媳妇。大儿媳妇胖胖的,年已五十了。二儿媳妇瘦瘦的,年已四十了。

除了这些,老太太还有两个孙儿,大孙儿是二儿子的。二孙儿是大儿子的。

因此他家里稍稍有点不睦,那两个媳妇妯娌之间,稍稍有点不合适,不过也不很明朗化。只是你我之间各自晓得。做嫂子的总觉得兄弟媳妇对她有些不驯,或者就因为她的儿子大的缘故吧。兄弟媳妇就总觉得嫂子是想压她,凭什么想压人呢?自己的儿子小。没有媳妇指使着,看了别人还眼气。

老太太有了两个儿子,两个孙子,认为十分满意了。人手整齐,将来的家业,还不会兴旺的吗?就不用说别的,就说赶大车这把力气也是够用的。看看谁家的车上是爷四个,拿鞭子的,坐在车后尾巴上的都是姓胡,没有外姓。在家一盆火,出外父子兵。

所以老太太虽然是终年病着,但很乐观,也就是跳一跳大神什么的解一解心疑也就算了。她觉得就是死了,也是心安理得的了,何况还活着,还能够看得见儿子们的忙忙碌碌。

媳妇们对于她也很好的,总是隔长不短的张罗着给她花几个钱跳一跳大神。

每一次跳神的时候,老太太总是坐在炕里,靠着枕头,挣扎着坐了起来,向那些来看热闹的姑娘媳妇们讲:

"这回是我大媳妇给我张罗的。"或是"这回是我二媳妇给我张罗的。"

她说的时候非常得意,说着说着就坐不住了。她患的是瘫病,就赶快招媳妇们来把她放下了。放下了还要喘一袋烟的工夫。

看热闹的人,没有一个不说老太太慈祥的,没有一个不说媳妇孝顺的。

所以每一跳大神,远远近近的人都来了,东院西院的,还有前街后街的也都来了。

只是不能够预先订座,来得早的就有凳子、炕沿坐。来得晚的,就得站着了。

一时这胡家的孝顺,居于领导的地位,风传一时,成为妇女们的楷模。

不但妇女,就是男人也得说:

"老胡家人旺,将来财也必旺。"

"天时、地利、人和,最要紧的还是人和。人和了,天时不好也好了。地利不利也利了。"

"将来看着吧,今天人家赶大车的,再过五年看,不是二等户,也是三等户。"

我家的有二伯说:

"你看着吧,过不了几年人家就骡马成群了。别看如今人家就一辆车。"

他家的大儿媳妇和二儿媳妇的不睦,虽然没有新的发展,可也总没有消灭。

大孙子媳妇通红的脸,又能干,又温顺。人长得不肥不瘦,不高不矮,说起话来,声音不大不小。正合适配到他们这样的人家。

车回来了,牵着马就到井边去饮水。车马一出去了,就铡草。看她那长样可并不是做这类粗活人,可是做起事来并不弱于人,比起男人来,也差不了许多。

放下了外边的事情不说，再说屋里的，也样样拿得起来，剪、裁、缝、补，做哪样像哪样，他家里虽然没有什么绫、罗、绸、缎可做的，就说粗布衣也要做个四六见线，平平板板。一到过年的时候，无管怎样忙，也要偷空给奶奶婆婆，自己的婆婆，大娘婆婆，各人做一双花鞋。虽然没有什么好的鞋面，就说青水布的，也要做个精致。虽然没有丝线，就用棉花线，但那颜色却配得水灵灵地新鲜。

奶奶婆婆的那双绣的是桃红的大瓣莲花。大娘婆婆的那双绣的是牡丹花。婆婆的那双绣的是素素雅雅的绿叶兰。

这孙子媳妇回了娘家，娘家的人一问她婆家怎样，她说都好都好，将来非发财不可。大伯公是怎样的兢兢业业，公公是怎样的吃苦耐劳。奶奶婆婆也好，大娘婆婆也好。凡是婆家的无一不好。完全顺心，这样的婆家实在难找。

虽然她的丈夫打过她，但她说，哪个男人不打女人呢？于是也心满意足地并不以为那是缺陷了。

她把绣好的花鞋送给奶奶婆婆，她看她绣了那么一手好花，她感到了对这孙子媳妇有无限的惭愧，觉得这样一手好针线，每天让她喂猪打狗的，真是难为了她了。奶奶婆婆把手伸出来，把那鞋接过来，真是不知如何说好，只是轻轻地托着那鞋，苍白的脸孔，笑盈盈地点着头。

这是这样好的一个大孙子媳妇。二孙子媳妇也订好了，只是二孙子太小，一时不能娶过来。

她家的两个妯娌之间的摩擦，都是为了这没有娶过来的媳妇，她自己的婆婆的主张把她接过来，做团圆媳妇。婶婆婆就不主张接来，说她太小不能干活，只能白吃饭，有什么好处。

争执了许久，来与不来，还没有决定。等下回给老太太跳大神的时候，顺便问一问大仙家再说吧。

五

我家是荒凉的。

天还未明，鸡先叫了；后边磨房里那梆子声还没有停止，天就发白了。天一发白，乌鸦群就来了。

我睡在祖父旁边，祖父一醒，我就让祖父念诗，祖父就念：

"春眠不觉晓，处处闻啼鸟。

夜来风雨声，花落知多少？"

"春天睡觉不知不觉地就睡醒了，醒了一听，处处有鸟叫着，回想昨夜的风雨，可不知道今早花落了多少。"

是每念必讲的，这是我的约请。

祖父正在讲着诗，我家的老厨子就起来了。

他咳嗽着，听得出来，他担着水桶到井边去挑水去了。

井口离得我家的住房很远，他摇着井绳哗啦啦地响，日里是听不见的，可是在清晨，就听得分外地清明。

老厨子挑完了水，家里还没有人起来。

听得见老厨子刷锅的声音刷啦啦地响。老厨子刷完了锅，烧了一锅洗脸水了，家里还没有人起来。

我和祖父念诗，一直念到太阳出来。

祖父说：

"起来吧。"

"再念一首。"

祖父说：

"再念一首可得起来了。"

于是再念一首，一念完了，我又赖起来不算了，说再念一首。

每天早晨都是这样纠缠不清地闹。等一开了门，到院子去。院子里边已经是万道金光了。大太阳晒在头上都滚热的了。太阳两丈高了。

祖父到鸡架那里去放鸡，我也跟在那里。祖父到鸭架那里去放鸭，我也跟在后边。

我跟着祖父，大黄狗在后边跟着我。我跳着，大黄狗摇着尾巴。

大黄狗的头像盆那么大，又胖又圆，我总想要当一匹小马来骑它。祖父说骑不得。

但是大黄狗是喜欢我的，我是爱大黄狗的。

鸡从架里出来了，鸭子从架里出来了，它们抖擞着毛，一出来就连跑带叫的，吵的声音很大。

祖父撒着通红的高粱粒在地上，又撒了金黄的谷粒子在地上。

于是鸡啄食的声音，咯咯地响成群了。

喂完了鸡，往天空一看，太阳已经三丈高了。

我和祖父回到屋里,摆上小桌,祖父吃一碗饭米汤,浇白糖;我则不吃,我要吃烧苞米;祖父领着我,到后园去,蹚着露水去到苞米丛中为我掰一穗苞米来。

掰来了苞米,袜子、鞋,都湿了。

祖父让老厨子把苞米给我烧上,等苞米烧好了,我已经吃了两碗以上的饭米汤浇白糖了。苞米拿来,我吃一两个粒,就说不好吃,因为我已吃饱了。

于是我手里拿烧苞米就到院子去喂大黄去了。

"大黄"就是大黄狗的名字。

街上,在墙头外面,各种叫卖声音都有了,卖豆腐的,卖馒头的,卖青菜的。

卖青菜的喊着,茄子、黄瓜、荚豆和小葱子。

一挑喊着过去了,又来了一挑;这一挑不喊茄子、黄瓜,而喊着芹菜、韭菜、白菜……

街上虽然热闹起来了,而我家里则仍是静悄悄的。

满院子蒿草,草里面叫着虫子。破东西,东一件西一样的扔着。

看起来似乎是因为清早,我家才冷静,其实不然的,是因为我家的房子多,院子大,人少的缘故。

哪怕就是到正午,也仍是静悄悄的。

每到秋天,在蒿草的当中,也往往开了蓼花,所以引来了不少的蜻蜓和蝴蝶在那荒凉的一片蒿草上闹着。这样一来,不但不觉得繁华,反而更显得荒凉寂寞。

第五章

一

我玩的时候,除了在后花园里,有祖父陪着,其余的玩法,就只有我自己了。

我自己在房檐下搭了个小布棚,玩着玩着就睡在那布棚里了。

我家的窗子是可以摘下来的,摘下来直立着是立不住的,就靠着墙斜立着,正好立出一个小斜坡来,我称这小斜坡叫"小屋",我也常常睡到这小屋里边去了。

我家满院子是蒿草,蒿草上飞着许多蜻蜓,那蜻蜓是为着红蓼花而来的。可是我偏偏喜欢捉它,捉累了就躺在蒿草里边睡着了。

蒿草里边长着一丛一丛的天星星,好像山葡萄似的,是很好吃的。

我在蒿草里边搜索着吃,吃困了,就睡在天星星秧子的旁边了。

蒿草是很厚的,我躺在上边好像是我的褥子,蒿草是很高的,它给我遮着荫凉。

有一天,我就正在蒿草里边做着梦,那是下午晚饭之前,太阳偏西的时候。大概我睡得不太着实,我似乎是听到了什么地方有不少的人讲着话,说说笑笑,似乎是很热闹。但到底发生了什么事情,却听不清,只是在西南角上,或者是院里;或者是院外。到底是院里院外,那就不大清楚了。反正是有几个人在一起嚷嚷着。

我似睡非睡地听了一会就又听不见了。大概我已经睡着了。

等我睡醒了,回到屋里去,老厨子第一个就告诉我:

"老胡家的团圆媳妇来啦,你还不知道,快吃了饭去看吧!"

老厨子今天特别忙,手里端着一盘黄瓜菜往屋里走,因为跟我指手画脚地一讲话,差一点没把菜碟子掉在地上,只把黄瓜丝打翻了。

我一走进祖父的屋去,只有祖父一个人坐在饭桌前面,桌子上边的饭菜都摆好了,却没有人吃,母亲和父亲都没有来吃饭,有二伯也没有来吃饭。祖父一看见我,祖父就问我:

"那团圆媳妇好不好?"

大概祖父以为我是去看团圆媳妇回来的。我说我不知道,我在草棵里边吃天星星来的。

祖父说:

"你妈他们都去看团圆媳妇去了,就是那个跳大神的老胡家。"

祖父说着就招呼老厨子,让他把黄瓜菜快点拿来。

醋拌黄瓜丝,上边浇着辣椒油,红的红,绿的绿,一定是那老厨子又重切了一盘的,那盘我眼看着撒在地上了。

祖父一看黄瓜菜也来了,祖父说:

"快吃吧,吃了饭好看团圆媳妇去。"

老厨子站在旁边,用围裙在擦着他满脸的汗珠,他每一说话就眨巴眼睛,从嘴里往外喷着唾沫星。他说:

"那看团圆媳妇的人才多呢!粮米铺的二老婆,带着孩子也去了。后院的小麻子也去了,西院老杨家也来了不少的人,都是从墙头上跳过来的。"

他说他在井沿上打水看见的。

经他这一煊惑,我说:

"爷爷,我不吃饭了,我要看团圆媳妇去。"

祖父一定让我吃饭，他说吃了饭他带我去。我急得一顿饭也没有吃好。我从来没有看过团圆媳妇，我以为团圆媳妇不知道多么好看呢！越想越觉得一定是很好看的，越着急也越觉得是非特别好看不可。不然，为什么大家都去看呢。不然，为什么母亲也不回来吃饭呢？

越想越着急，一定是很好看的节目都看过。若现在就去，还多少看得见一点，若再去晚了，怕是就来不及了。我就催促着祖父。

"快吃，快吃，爷爷快吃吧。"

那老厨子还在旁边乱讲乱说，祖父间或问他一两句。

我看那厨子打扰祖父吃饭，我就不让那老厨子说话。那老厨子不听，还是笑嘻嘻地说。我就下地把老厨子硬推出去了。

祖父还没有吃完，老周家的周三奶奶又来了，是她说她的公鸡总是往我家这边跑，她是来捉公鸡的。公鸡已经捉到了，她还不走，她还扒着玻璃窗子跟祖父说话。她说：

"老胡家那小团圆媳妇过来，你老爷子还没去看看吗？那看的人才多呢，我还没去呢，吃了饭就去。"

祖父也说吃了饭就去，可是祖父的饭总也吃不完。一会要点辣椒油，一会要点咸盐面的。我看不但我着急，就是那老厨子也急得不得了了。头上直冒着汗，眼睛直眨巴。

祖父一放下饭碗，连点一袋烟我也不让他点，拉着他就往西南角那边走。

一边走，一边心里后悔，眼看着一些看热闹的人都回来了。为什么一定要等祖父呢？不会一个人早就跑着来吗？何况又觉得我躺在草棵子里就已经听见这边有了动静。真是越想越后悔，这事情都闹了一个下半天了，一定是好看的都过去了，一定是来晚了。白来了，什么也看不见了，在草棵子听到了这边说笑，为什么不就立刻跑来看呢？越想越后悔。自己和自己生气，等到了老胡家的窗前，一听果然连一点声音也没有了。差一点没有气哭了。

等真的进屋一看，全然不是那么一回事，母亲，周三奶奶，还有些个认识的人，都在那里，与我想象的完全不一样，没有什么看的，团圆媳妇在哪儿？我也看不见，经人家指指点点的，我才看见了。不是什么媳妇，而是一个小姑娘。

我一看就没有兴趣了，拉着爷爷就向外边走，说：

"爷爷回家吧。"

等第二天早晨她出来倒洗脸水的时候，我看见她了。

她的头发又黑又长，梳着很大的辫子，普通姑娘们的辫子都是到腰间那么长，而她的辫子竟快到膝间了。她脸长得黑乎乎的，笑呵呵的。

院子里的人，看过老胡家的团圆媳妇之后，没有什么不满意的地方。不过都说太大了，不像个团圆媳妇了。

周三奶奶说：

"见人一点也不知道羞。"

隔院的杨老太太说：

"那才不怕羞呢！头一天来到婆家，吃饭就吃三碗。"

周三奶奶又说：

"哟哟！我可没见过，别说还是一个团圆媳妇，就说一进门就姓了人家的姓，也得头两天看看人家的脸色。哟哟！么大的姑娘。她今年十几岁啦？"

"听说十四岁么！"

"十四岁会长得那么高，一定是瞒岁数。"

"可别说呀！也有早长的。"

"可是他们家可怎么睡呢？"

"可不是，老少三辈，就三铺小炕……"

这是杨老太太扒在墙头上和周三奶奶讲的。

至于我家里，母亲也说那团圆媳妇不像个团圆媳妇。

老厨子说：

"没见过，大模大样的，两个眼睛骨碌骨碌地转。"

有二伯说：

"介（这）年头是啥年头呢，团圆媳妇也不像个团圆媳妇了。"

只是祖父什么也不说，我问祖父：

"那团圆媳妇好不好？"

祖父说：

"怪好的。"

于是我也觉得怪好的。

她天天牵马到井边上去饮水，我看见她好几回，中间没有什么人介绍，她看看我就笑了，我看看她也笑了。我问她十几岁？她说：

"十二岁。"

我说不对。

"你十四岁的,人家都说你十四岁。"

她说:

"他们看我长得高,说十二岁怕人家笑话,让我说十四岁的。"

我不知道,为什么长得高还让人家笑话,我问她:

"你到我们草棵子里去玩好吧!"

她说:

"我不去,他们不让。"

二

过了没有几天,那家就打起团圆媳妇来了,打得特别厉害,那叫声不管多远都可以听得见的。

这全院子都是没有小孩子的人家,从没有听到过谁家在哭叫。

邻居左右因此又都议论起来,说早就该打的,哪有那样的团圆媳妇一点也不害羞,坐到那儿坐得笔直,走起路来,走得风快。

她的婆婆在井边上饮马,和周三奶奶说:

"给她一个下马威。你听着吧,我回去我还得打她呢,这小团圆媳妇才厉害呢!没见过,你拧她大腿,她咬你;再不然,她就说她回家。"

从此以后,我家的院子里,天天有哭声,哭声很大,一边哭,一边叫。

祖父到老胡家去说了几回,让他们不要打她了;说小孩子,知道什么,有点差错教导教导也就行了。

后来越打越厉害了,不分昼夜,我睡到半夜醒来和祖父念诗的时候,念着念着就听西南角上哭叫起来了。

我问祖父:

"是不是那小团圆媳妇哭?"

祖父怕我害怕,说:

"不是,是院外的人家。"

我问祖父:

"半夜哭什么?"

祖父说:

"别管那个,念诗吧。"

清早醒了，正在念"春眠不觉晓"的时候，那西南角上的哭声又来了。

一直哭了很久，到了冬天，这哭声才算没有了。

三

虽然不哭了，那西南角上又夜夜跳起大神来，打着鼓，叮当叮当地响；大神唱一句，二神唱一句，因为是夜里，听得特别清晰，一句半句的我都记住了。

什么"小灵花呀"，什么"胡家让她去出马呀"。

差不多每天大神都唱些个这个。

"小灵花呀，胡家让她去出马呀……"

而且叮叮当，叮叮当的，用声音模拟着打鼓。

"小灵花"就是小姑娘；"胡家"就是胡仙；"胡仙"就是狐狸精；"出马"就是当跳大神的。

大神差不多跳了一个冬天，把那小团圆媳妇就跳出毛病来了。那小团圆媳妇，有点黄，没有夏天她刚一来的时候，那么黑了。不过还是笑呵呵的。

祖父带着我到那家去串门，那小团圆媳妇还过来给祖父装了一袋烟。

她看见我，也还偷着笑，大概她怕她婆婆看见，所以没和我说话。

她的辫子还是很大的。她的婆婆说她有病了，跳神给她赶鬼。

等祖父临出来的时候，她的婆婆跟出来了，小声跟祖父说：

"这团圆媳妇，怕是要不好，是个胡仙旁边的，胡仙要她去出马……"

祖父想要让他们搬家。但呼兰河这地方有个规矩，春天是二月搬家，秋天是八月搬家。一过了二八月就不是搬家的时候了。

我们每当半夜让跳大神惊醒的时候，祖父就说：

"明年二月就让他们搬了。"

我听祖父说了好几次这样的话。

当我模拟着大神喝喝咧咧地唱着"小灵花"的时候，祖父也说那样的话，明年二月让他们搬家。

四

可是在这期间，院子的西南角上就越闹越厉害。请一个大神，请好几个二神，鼓声连天地响。

说那小团圆媳妇若再去让她出马，她的命就难保了。所以请了不少的二神来，设法从大神那里把她要回来。

于是有许多人给他家出了主意，人哪能够见死不救呢？于是凡有善心的人都帮起忙来。他说他有一个偏方，她说她有一个邪令。

有的主张给她扎一个谷草人，到南大坑去烧了。

有的主张到扎彩铺去扎一个纸人，叫作"替身"，把它烧了或者可以替了她。

有的主张给她画上花脸，把大神请到家里，让那大神看了嫌她太丑，也许就不捉她当弟子了，就可以不必出马了。

周三奶奶则主张给她吃一个全毛的鸡，连毛带腿地吃下去，选一个星星出全的夜，吃了用被子把人蒙起来，让她出一身大汗。蒙到第二天早晨鸡叫，再把她从被子放出来。她吃了鸡，她又出了汗，她的魂灵里边因此就永远有一个鸡存在着，神鬼和胡仙黄仙就都不敢上她的身了。传说鬼是怕鸡的。

据周三奶奶说，她的曾祖母就是被胡仙抓住过的，闹了整整三年，差一点没死，最后就是用这个方法治好的。因此一生不再闹别的病了。她半夜里正做一个噩梦，她正吓得要命，她魂灵里边的那个鸡，就帮了她的忙，只叫了一声，噩梦就醒了。她一辈子没生过病。说也奇怪，就是到死，也死得不凡，她死那年已经是八十二岁了。八十二岁还能够拿着花线绣花，正给她小孙子绣花兜肚嘴。绣着绣着，就有点困了，她坐在木凳上，背靠着门扇就打一个盹。这一打盹就死了。

别人就问周三奶奶：

"你看见了吗？"

她说：

"可不是……你听我说呀，死了三天三夜按都按不倒。后来没有办法，给她打着一口棺材也是坐着的，把她放在棺材里，那脸色是红扑扑的，还和活着的一样……"

别人问她：

"你看见了吗？"

她说：

"哟哟！你这问的可怪，传话传话，一辈子谁能看见多少，不都是传话传的吗！"

她有点不大高兴了。

再说西院的杨老太太，她也有个偏方，她说黄连二两，猪肉半斤，把黄连和猪肉都切碎了，用瓦片来焙，焙好了，压成面，用红纸包分成五包包起来。每次吃一包，专治惊风，掉魂。

这个方法，倒也简单。虽然团圆媳妇害的病可不是惊风，掉魂，似乎有点药不对症。但也无妨试一试，好在只是二两黄连，半斤猪肉。何况呼兰河这个地方，又常有卖便宜猪肉的。虽说那猪肉怕是瘟猪，有点靠不住。但那是治病，也不是吃，又有什么关系。

"去，买上半斤来，给她治一治。"

旁边有着赞成的说：

"反正治不好也治不坏。"

她的婆婆也说：

"反正死马当活马治吧！"

于是团圆媳妇先吃了半斤猪肉加二两黄连。

这药是婆婆亲手给她焙的。可是切猪肉是他家的大孙子媳妇给切的。那猪肉虽然是连紫带青的，但中间毕竟有一块是很红的，大孙子媳妇就偷着把这块给留下来了，因为她想，奶奶婆婆不是四五个月没有尝到一点荤腥了吗？于是她就给奶奶婆婆偷着下了一碗面疙瘩汤吃了。

奶奶婆婆问：

"可哪儿来的肉？"

大孙子媳妇说：

"你老人家吃就吃吧，反正是孙子媳妇给你做的。"

那团圆媳妇的婆婆是在灶坑里边搭起瓦来给她焙药。一边焙着，一边说：

"这可是半斤猪肉，一条不缺……"

越焙，那猪肉的味越香，有一只小猫嗅到了香味而来了，想要在那已经焙好了的肉干上攫一爪，它刚一伸爪，团圆媳妇的婆婆一边用手打着那猫，一边说：

"这也是你动得爪的吗！你这馋嘴巴，人家这是治病呵，是半斤猪肉，你也想要吃一口？你若吃了这口，人家的病可治不好了。一个人活活地要死在你身上，你这不知好歹的。这是整整半斤肉，不多不少。"

药焙好了，压碎了就冲着水给团圆媳妇吃了。

一天两包，才吃一天，第二天早晨，药还没有再吃，还有三包压在灶王爷板上，那些传偏方的人就又来了。有的说，黄连可怎么能够吃得？黄连是大凉药，出虚汗像她这样的人，一吃黄连就要泄了元气，一个人要泄了元气那还得了吗？

又有一个人说：

"那可吃不得呀！吃了过不去两天就要一命归阴的。"

团圆媳妇的婆婆说：

"那可怎么办呢？"

那个人就慌忙的问：

"吃了没有呢？"

团圆媳妇的婆婆刚一开口，就被他家的聪明的大孙子媳妇给遮过去了，说：

"没吃，没吃，还没吃。"

那个人说：

"既然没吃就不要紧，真是你老胡家有天福，吉星高照，你家差点没有摊了人命。"

于是他又给出了个偏方，这偏方，据他说已经不算是偏方了，就是东二道街上"李永春"药铺的先生也常常用这个方单，是一用就好的，百试百灵。无管男、女、老、幼，一吃一个好。也无管什么病，头痛、脚痛、肚子痛、五脏六腑痛，跌、打、刀伤、生疮、生疔、生疖子……

无管什么病，药到病除。

这究竟是什么药呢？人们越听这药的效力大，就越想知道究竟是怎样的一种药。

他说：

"年老的人吃了，眼花缭乱，又恢复到了青春。"

"年轻的人吃了，力气之大，可以搬动泰山。"

"妇女吃了，不用胭脂粉，就可以面如桃花。"

"小孩子吃了，八岁可以拉弓，九岁可以射箭，十二岁可以考状元。"

大孙子媳妇，就让一些围观的闪开一点，她到梳头匣子里拿出一根画眉的柳条炭来。她说：

"快请把药方开给我们吧，好到药铺赶早去抓药。"

这个出药方的人，本是"李永春"药铺的厨子。三年前就离开了"李永春"那里了。三年前他和一个妇人吊膀子，那妇人背弃了他，还带走了他半生所积下的那点钱财，因此一气而成了半疯子，但他在"李永春"那里所记住的药名字还没有全然忘记。

他是不会写字的，他就用嘴说："车前子二钱，当归二钱，生地二钱，藏红花二钱，川贝母二钱，白术二钱，远志二钱，紫河车二钱……"

他说着说着似乎就想不起来了，急得头顶一冒汗，张口就说红糖二斤，就算完了。

说完了,他就和人家讨酒喝。

"有酒没有,给两盅喝喝。"

这半疯,全呼兰河的人都晓得,只有老胡家不知道。

因为老胡家是外来户,所以受了他的骗了。家里没有酒,就给了他两吊的酒钱。那个药方是根本不能够用的,是他随意胡说了一阵的结果。

团圆媳妇的病,一天比一天严重,据他家里的人说,夜里睡觉,她要忽然坐起来的。看了人她会害怕的。她的眼睛里边老是充满了眼泪。这团圆媳妇大概非出马不可了。若不让她出马,大概人要好不了的。

这种传说,一传出来,东邻西邻的,又都去建了议,都说哪能够见死不救呢?

有的说,让她出马就算了。有的说,还是不出马的好。年轻轻的就出马,这一辈子可得什么时候才能够到个头。

她的婆婆则是绝对不赞成出马的,她说:

"大家可不要错猜了,以为我订这媳妇的时候花了几个钱,我不让她出马,好像我舍不得这几个钱似的。我也是那么想,一个小小的人出了马,这一辈子可什么时候才到个头?"

于是大家就都主张不出马的好,想偏方的,请大神的,各种人才齐聚,东说东的好,西说西的好。于是来了一个"抽帖儿的"。

他说他不远千里而来,他是从乡下赶到的。他听城里的老胡家有一个团圆媳妇新接来不久就病了。经过多少名医,经过多少仙家也治不好,他特地赶来看看,万一要用得着,救一个人命也是好的。

这样一说,十分使人感激。于是让到屋里,坐在奶奶婆婆的炕沿上,给他倒一杯水,给他装一袋烟。

大孙子媳妇先过来说:

"我家的弟妹,年本十二岁,因为她长得太高,就说她十四岁,又说又笑,百病皆无。自接到我们家里就一天一天的黄瘦。到近来就水不想喝,饭不想吃,睡觉的时候睁着眼睛,一惊一乍的。什么偏方都吃过了,什么香火也都烧过了。就是百般地不好……"

大孙子媳妇还没有说完,大娘婆婆就接着说:

"她来到我家,我没给她气受,哪家的团圆媳妇不受气,一天打八顿,骂三场。可是我也打过她,那是我要给她一个下马威。我只打了她一个多月,虽然说我打得狠了一点,可是不狠哪能够规矩出一个好人来。我也是不愿意狠打她的,打得连喊带叫的,我是为她着想,不打得狠一点。她是不能够中用的。有几回,我是把她吊在大梁上，让她叔公公用皮鞭子狠狠抽了她几回，打得是狠着点了，打昏过去了。可是只昏了一袋烟的工夫，就用冷水把她浇过来了。是打狠了一点，全身也都打青了，也还出了点血。可是立刻就打了鸡蛋青子给她擦上了。也没有肿得怎样高，也就是十天半月地就好了。这孩子，嘴也是特别硬，我一打她，她就说她要回家。我就问她：哪儿是你的家？这儿不就是你的家吗？她可就偏不这样说。她说回她的家。我一听就更生气。人在气头上还管得了这个那个，因此我也用烧红过的烙铁烙过她的脚心。谁知道来，也许是我把她打掉了魂啦，也许是我把她吓掉了魂啦，她一说她要回家，我不用打她，我就说看你回家，我用索链子把你锁起来。她就吓得直叫。大仙家也看过了，说是要她出马。一个团圆媳妇的花费也不少呢，你看她八岁我订下她的，一订就是八两银子，年年又是头绳钱，鞋面钱的，到如今又用火车把她从辽阳接来，这一路的盘费。到了这儿，就是今天请神，明天看香火，几天吃偏方。若是越吃越好，那还罢了。可是百般地不见好，将来谁知道来……到结果……"

不远千里而来的这位抽帖儿的，端庄严肃，风尘仆仆，穿的是蓝袍大衫，罩着棉袄。头上戴的是长耳四喜帽。使人一见了就要尊之为师。

所以奶奶婆婆也说：

"快给我二孙子媳妇抽一个帖吧，看看她的命理如何。"

那抽帖儿的一看，这家人家真是诚心诚意。于是他就把皮耳帽子从头上摘下来了。

一摘下帽子来，别人都看得见，这人头顶上梳着发卷，戴着道帽。一看就知道他可不是市井上一般的平凡的人。别人正想要问，还不等开口，他就说他是某山上的道人，他下山来是为的奔向山东的泰山去，谁知路出波折，缺少盘缠，就流落在这呼兰河的左右，已经不下半年之久了。

人家问他，既是道人，为什么不穿道人的衣裳。他回答说：

"你们哪里晓得，世间三百六十行，各有各的苦。这地方的警察特别厉害，他一看穿了道人的衣裳，他就说三问四。他们那些叛道的人，无理可讲，说抓就抓，说拿就拿。"

他还有一个别号，叫云游真人，他说一提云游真人，远近皆知，无管什么病痛或是吉凶，若一抽了他的帖儿，则生死存亡就算定了。他说他的帖法，是张天师所传。

他的帖儿并不多，只有四个，他从衣裳的口袋里一个一个地往外摸，摸出一帖来是用红纸包着，再一帖还是红纸包着，摸到第四帖也都是红纸包着。

他说帖下也没有字,也没有影。里边只包着一包药面,一包红,一包绿,一包蓝,一包黄。抽着黄的就是黄金富贵,抽到红的就是红颜不老。抽到绿的就不大好了。绿色的是鬼火。抽到蓝的也不大好,蓝的就是铁脸蓝青,张天师说过,铁脸蓝青,不死也得见阎王。

那抽帖的人念完了一套,就让病人的亲人伸出手来抽。

团圆媳妇的婆婆想,这倒也简单、容易,她想赶快抽一帖出来看看,命定是死是活,多半也可以看出来个大概。不承想,刚一伸出手去,那云游真人就说:

"每帖十吊钱,抽着蓝的,若嫌不好,还可以再抽,每帖十吊……"

团圆媳妇的婆婆一听,这才恍然大悟,原来这可不是白抽的,十吊钱一张可不是玩的,十吊钱捡豆腐可以捡二十块。三天捡一块豆腐,二十块,二三得六,六十天都有豆腐吃。若是隔十天捡一块,一个月捡三块,那就半年都不缺豆腐吃了。她又想,三天一块豆腐,哪有这么浪费的人家。依着她一个月捡一块大家尝尝也就是了。那么办,二十块豆腐,每月一块,可以吃二十个月,就是一年半还多两个月!

若不是买豆腐,若养一口小肥猪,经心地喂着它,喂得胖胖的,喂到五六个月,那就是多少钱哪!喂到一年,那就是千八百吊了……

再说就是不买猪,买鸡也好,十吊钱的鸡,就是十来个,一年的鸡,第二年就可以下蛋,一个蛋,多少钱!就说不卖鸡蛋,就说拿鸡蛋换青菜吧,一个鸡蛋换来的青菜,够老少三辈吃一天的了……何况鸡会生蛋,蛋还会生鸡,永远这样循环地生下去,岂不有无数的鸡,无数的蛋吗?岂不发了财吗?

但她可并不是这么想,她想够吃也就算了,够穿也就算了。一辈子俭俭朴朴,多多少少积储了一点也就够了。她虽然是爱钱,若说让她发财,她可绝对的不敢。

那是多么多呀!数也数不过来了。记也记不住了。假若是鸡生了蛋,蛋生了鸡,来回地不断的生,这将成个什么局面,鸡岂不和蚂蚁一样多了吗?看了就要眼花,眼花就要头痛。

这团圆媳妇的婆婆,从前也养过鸡,就是养了十吊钱的。她也不多养,她也不少养。十吊钱的就是她最理想的。十吊钱买了十二个小鸡仔,她想:这就正好了,再多怕丢了,再少又不够十吊钱的。

在她一买这刚出蛋壳的小鸡子的时候,她就挨着个看,这样的不要,那样的不要。黑爪的不要,花膀的不要,脑门上带点的又不要。她说她亲娘就是会看鸡,那真是养了一辈子鸡呀!年年养,可也不多养。可是一辈子针啦,线啦,没有缺过,一年到头没花过钱,都是拿鸡蛋换的。人家那眼睛真是认货,什么样的鸡短命，什么样的鸡长寿，一看就跑不了她老人家的眼睛的，就这样的鸡下蛋大，那样的鸡下蛋小，她都一看就在心里了。

她一边买着鸡，她就一边也恨着自己没有用，想当年为什么不跟母亲好好学学呢！唉！年轻的人哪里会虑后事。她一边买着，就一边感叹。她虽然对这小鸡仔的选择上边，也下了万分的心思，可以说是选无可选了。那卖鸡子的人一共存二百多小鸡，她通通地选过了，但究竟她所选了的，是否都是顶优秀的，这一点，她自己也始终把握不定。

她养鸡，是养得很经心的，她怕猫吃了，怕耗子咬了。她一看那小鸡，白天一打盹，她就给驱着苍蝇，怕苍蝇把小鸡咬醒了，她让它多睡一会，她怕小鸡睡眠不足。小鸡的腿上，若让蚊子咬了一块疤，她一发现了，她就立刻泡了艾蒿水来给小鸡来擦。她说若不及早的擦呀，那将来是公鸡，就要长不大，是母鸡就要下小蛋。小鸡蛋一个换两块豆腐，大鸡蛋换三块豆腐。

这是母鸡。再说公鸡，公鸡是一刀菜，谁家杀鸡不想杀胖的。小公鸡是不好卖的。

等她的小鸡略微长大了一点，能够出了屋子，能够在院子里自己找食吃去的时候，她就把它们给染了六匹红的，六匹绿的。都是在脑门上。

至于把颜色染在什么地方，那就先得看邻居家的都染在什么地方，而后才能够决定。邻居家的小鸡把色染在膀梢上，那她就染在脑门上。邻居家的若染在脑门上，那她就要染在肚囊上。大家切不要染在一个地方，染在一个地方可怎么能够识别呢？你家的跑到我家来，我家的跑到你家去，那么岂不又要混乱了吗？

小鸡上染了颜色是十分好看的，红脑门的，绿脑门的，好像它们都戴了花帽子。好像不是养的小鸡，好像养的是小孩似的。

这团圆媳妇的婆婆从前她养鸡的时候就说过："养鸡可比养小孩子更娇贵，谁家的孩子还不就是扔在旁边他自己长大的，蚊子咬咬，臭虫咬咬，那怕什么的，哪家的孩子的身上没有个疤痢疖子的。没有疤痢疖子的孩子都不好养活，都要短命的。"

据她说，她一辈子的孩子并不多，就是这一个儿子，虽然说是稀少，可是也没有娇养过。到如今那身上的疤也有二十多块。

她说："不信，脱了衣裳给大家伙看看……那孩子那身上的疤痢，真是多大的都有，碗口大的有一块。真不是说，我对孩子真没有娇养过。除了他自个儿跌的摔的不说，就说我用劈柴棒子打的也落了好几个疤。养活孩子可不是养活鸡鸭的呀！养活小鸡，你不好好养它，它不下蛋。一个蛋，大的换三块豆腐，小的换两块豆腐,是闹玩的吗?可不是闹着玩的。"

有一次,她的儿子踏死了一个小鸡仔,她打了她儿子三天三夜,她说:

"我为什么不打他呢?一个鸡子就是三块豆腐,鸡仔是鸡蛋变的呀!要想变一个鸡仔,就非一个鸡蛋不行,半个鸡蛋能行吗?不但半个鸡蛋不行,就是差一点也不行,坏鸡蛋不行,陈鸡蛋不行。一个鸡要一个鸡蛋,那么一个鸡不就是三块豆腐是什么呢?眼睁睁地把三块豆腐放脚底踩了,这该多大的罪,不打他,哪儿能够不打呢?我越想越生气,我想起来就打,不管黑夜白日,我打了他三天,后来打出一场病来,半夜三更的,睡好好的说哭就哭。可是我也没有当他是一回子事,我就拿饭勺子敲着门框,给他叫了叫魂。没理他也就好了。"

她这有多少年没养鸡了,自从订了这团圆媳妇,把积存下的那点针头线脑的钱都花上了。这还不说,还得每年头绳钱啦,腿带钱的托人捎去,一年一个空,这几年来就紧得不得了。想养几个鸡,都狠心没有养。

现在这抽贴的云游真人坐在她的眼前,一贴又是十吊钱。若是先不提钱,先让她把贴抽了,哪管抽完了再要钱呢,那也总算是没有花钱就抽帖的。可是偏偏不先,那抽帖的人,帖还没让抽,就先提到了十吊钱。

所以那团圆媳妇的婆婆觉得,一伸手,十吊钱,一张口,十吊钱,这不是眼看着钱往外飞吗?

这不是飞,这是干什么,一点声响也没有,一点影子也看不见。还不比过河,往河里扔钱;往河里扔钱,还听一个响呢,还打起一个水泡呢。这是什么代价也没有的,好比自己发了昏,把钱丢了,好比遇了强盗,活活地把钱抢去了。

团圆媳妇的婆婆,差一点没因为心内的激愤而流了眼泪。她一想十吊钱一帖,这哪里是抽帖,这是抽钱。

于是她把伸出去的手缩回来了。她赶快跑到脸盆那里去,把手洗了,这可不是闹笑话的,这是十吊钱哪!她洗完了手又跪在灶王爷那里祷告了一番。祷告完了才能够抽帖的。

她第一帖就抽了个绿的,绿的不大好,绿的就是鬼火。她再抽一帖,这一帖就更坏了,原来就是那最坏的,不死也得见阎王的里边包着蓝色药粉的那张帖。

团圆媳妇的婆婆一见两帖都坏,本该抱头大哭,但是她没有那么的。自从团圆媳妇病重了,说长的、说短的、说死的、说活的,样样都有。又加上已经左次右番的请胡仙、跳大神、闹神闹鬼,已经使她见过不少的世面了。说活虽然高兴,说去见阎王也不怎样悲哀,似乎一时也总像见不了的样子。

于是她就问那云游真人,两帖抽的都不好,是否可以想一个方法可以破一破?

云游真人就说了:"拿笔拿墨来。"

她家本也没有笔,大孙子媳妇就跑到大门洞子旁边那粮米铺去借去了。

粮米铺的山东女老板,就用山东腔问她:"你家做啥?"

大孙子媳妇说:"给弟妹画病。"

女老板又说:"你家的弟妹,这一病不浅,到如今好了没有?"

大孙子媳妇本想端着砚台,拿着笔就跑,可是人家关心,怎好不答,于是去了好几袋烟的工夫,还不见回来。

等她抱砚台回来的时候,那云游真人,已经把红纸都撕好了,于是拿起笔来,在撕好的四块红纸上,一块上边写了一个大字,那红纸条也不过半寸宽,一寸长。他写的那字大得都要从红纸的四边飞出来了。

这四个字,他家本没有识字的人。灶王爷上的对联还是求人写的。一模一样,好像一母所生,也许写的就是一个字。大孙子媳妇看看不认识,奶奶婆婆看看也不认识。虽然不认识,大概这个字一定也坏不了,不然,就用这个字怎能破开一个人不见阎王呢?于是都一齐点头称好。

那云游真人又命拿浆糊来。她们家终年不用浆糊,浆糊那么贵,白面十多吊钱一斤。都是用黄米饭粒来粘鞋面的。

大孙子媳妇到锅里去铲了一块黄黏米饭来。云游真人,就用饭粒贴在红纸上了。于是掀开团圆媳妇蒙在头上的破棉袄,让她拿出手来,一个手心上给她贴一张。又让她脱了袜子,一只脚心上给她贴上一张。

云游真人一见,脚心上有一大片白色的疤痕。他一想就是方才她婆婆所说的用烙铁给她烙的。可是他假装不知,问说:"这脚心可是生过什么病症吗?"

团圆媳妇的婆婆连忙接过来说:"我方才不是说过吗,是我用烙铁给她烙的。哪里会见过的呢?走道像飞似的,打她,她记不住,我就给她烙一烙。好在也没什么,小孩子肉皮活,也就是十天半月的下不来地,过后也就好了。"

那云游真人想了一想,好像要吓唬她一下,就说这脚心的疤,虽然是贴了红帖,也怕贴不住,阎王爷是什么都看得见的,这疤怕是就给了阎王爷以特殊的记号,有点不大好办。

云游真人说完了,看一看她们怕不怕,好像是不怎样怕。于是他就说得严重一些:"这疤不掉,阎王爷在三天之内就能够找到她,一找到她,就要把她活捉了的。刚才的那帖是再准也没有的了。这红帖也绝没有用处。"

他如此的吓唬着她们,似乎她们从奶奶婆婆到孙子媳妇都不大怕。那云游真人,连想也没有想,于是开口就说:"阎王爷不但要捉团圆媳妇去,还要捉了团圆媳妇的婆婆去,现世现报,拿烙铁烙脚心,这不是虐待,这是什么?婆婆虐待媳妇,做婆婆的死了下油锅,老胡家的婆婆虐待媳妇……"

他就越说越声大,似乎要喊了起来,好像他是专打抱不平的好汉,而变了他原来的态度了。

一说到这里,老胡家的老少三辈都害怕了,毛骨悚然,以为她家里又是撞进来了什么恶魔,而最害怕的是团圆媳妇的婆婆,吓得乱哆嗦。这是多么骇人听闻的事情,虐待媳妇,世界上能有这样的事情吗?

于是团圆媳妇的婆婆赶快跪下了,面向着那云游真人,眼泪一对一双地往下落:"这都是我一辈子没有积德,有孽遭到儿女的身上,我哀告真人,请真人诚心的给我化散化散,借了真人的灵法让我的媳妇死里逃生吧。"

那云游真人立刻就不说阎王了,说她的媳妇一定见不了阎王,因为他还有一个办法一办就好的。说来这法子也简单得很,就是让团圆媳妇把袜子再脱下来,用笔在那疤痕上一画,阎王爷就看不见了。当场就脱下袜子来在脚心上画了。一边画着还嘴里嘟嘟地念着咒语。这一画不知费了多大力气,旁边看着的人倒觉十分地容易,可是那云游真人却冒了满头的汗,他故意的咬牙切齿,皱面瞪眼。这一画也并不是容易的事情,好像他在上刀山似的。

画完了,把钱一算,抽了两帖二十吊。写了四个红纸贴在脚心手心上,每帖五吊是半价出售的,一共是四五等于二十吊。外加这一画,一画本来是十吊钱,现在就给打个对折吧,就算五吊钱一只脚心,一共画了两只脚心,又是十吊。

二十吊加二十吊,再加十吊。一共是五十吊。

云游真人拿了这五十吊钱乐乐呵呵地走了。

团圆媳妇的婆婆,在她刚要抽帖的时候,一听每帖十吊钱,她就心痛得了不得,又要想用这钱养鸡,又要想用这钱养猪。等到现在五十吊钱拿出去了,她反而也不想养鸡了,也不想养猪了。因为她想,来到临头,不给也是不行了。帖也抽了,字也写了,要想不给人家钱也是不可能的了。事到临头,还有什么办法呢?别说五十吊,就是一百吊钱也得算着吗?不给还行吗?

于是心安理得地把五十吊钱给了人家了。这五十吊钱,是她秋天出城去在豆田里拾黄豆粒,一共拾了二升豆子卖了几十吊钱。在田上拾黄豆粒也不容易,一片大田,主人家的收割,还能够剩下多少豆粒呢?而况穷人聚了那么大的一群,孩子、女人、老太太……你抢我夺的,你争我打的。为了二升豆子就得在田上爬了半月二十天的,爬得腰酸腿疼。唉,为着这点豆子,那团圆媳妇的婆婆还到"李永春"药铺,去买过二两红花的。那就是因为在土上爬豆子的时候,有一棵豆秧刺了她的手指甲一下。她也没有在乎，把刺拔出来也就去他的了。该拾豆子还是拾豆子。就因此那指甲可就不知怎么样，睡了一夜那指甲就肿起来了，肿得和茄子似的。

这肿一肿又算什么呢？又不是皇上娘娘，说起来可真娇惯了，哪有一个人吃天靠天，而不生点天灾的？

闹了好几天，夜里痛得火辣辣地不能睡觉了。这才去买了二两红花来。

说起买红花来，是早就该买的，奶奶婆婆劝她买，她不买。大孙子媳妇劝她买，她也不买。她的儿子想用孝顺来征服他的母亲，他强硬地要去给她买，因此还挨了他妈的一烟袋锅子，这一烟袋锅子就把儿子的脑袋给打了鸡蛋大的一个包。

"你这小子，你不是败家吗？你妈还没死，你就做了主了。我看着你再说买红花的！我看着你的。"

就这一边骂着，一边烟袋锅子就打下来了。

后来也到底还是买了，大概是惊动了东邻西舍，这家说说，那家讲讲的，若再不买点红花来，也太不好看了，让人家说老胡家的大儿媳妇，一年到头，就能够寻寻觅觅的积钱，钱一到她的手里，好像掉了地缝了，一个钱也再不用想从她的手里拿出来。假若这样地说开去，也是不太好听，何况这拣来的豆子能卖好几十吊呢，花个三吊两吊的就花了吧。一咬牙，去买上二两红花来擦擦。

想虽然是这样想过了，但到底还没有决定，延迟了好几天还没有"一咬牙"。

最后也毕竟是买了，她选择了一个顶严重的日子，就是她的手，不但一个指头，而是整个手都肿起来了。那原来肿得像茄子的指头，现在更大了，已经和一个小冬瓜似的。而且连手掌也无限度地胖了起来，胖得和张大簸箕似的。她多少年来，就嫌自己太瘦，她总说，太瘦的人没有福分。尤其是瘦手瘦脚的，一看就不带福相。尤其是精瘦的两只手，一伸出来和鸡爪似的，真是轻薄的样子。

现在她的手是胖了，但这样胖法，是不大舒服的。同时她也发了点热，她觉得眼睛和嘴都干，脸也发烧，身上也时冷时热，她就说："这手是要闹点事吗？这手……"

一清早起，她就这样地念了好几遍。那胖得和小簸箕似的手，是一动也不能动了，好像一只大猫或者一个小孩的头似的，她把它放在枕头上和她一齐地躺着。

"这手是要闹点事的吧！"

当她的儿子来到她旁边的时候，她就这样说。

她的儿子一听她母亲的口气，就有些了解了。大概这回她是要买红花的了。

于是她的儿子跑到奶奶的面前，去商量着要给她母亲去买红花，她们家住的是南北对面的炕，那商量的话声，虽然不甚大，但是他的母亲是听到的了。

听到了，也假装没有听到，好表示这买红花可到底不是她的意思，可并不是她的主使，她可没有让他们去买红花。

在北炕上，祖孙二人商量了一会，孙子说向她妈去要钱去。祖母说："使你奶奶的钱先去买吧，你妈好了再还我。"

祖母故意把这句话说得声音大一点，似乎故意让她的大儿媳妇听见。

大儿媳妇是不但这句话，就是全部的话也都了然在心了，不过装着不动就是了。

红花买回来了，儿子坐在母亲的旁边，儿子说："妈，你把红花酒擦上吧。"

母亲从枕头上转过脸儿来，似乎买红花这件事情，事先一点也不晓得，说：

"哟！到底买了红花来……"

这回可并没有用烟袋锅子打，倒是安安静静地把手伸出来，让那浸了红花的酒，把一只胖手完全染上了。

这红花到底是二吊钱的，还是三吊钱的，若是二吊钱的倒给的不算少，若是三吊钱的，那可贵了一点。若是让她自己去买，她可绝对地不能买这么多，也就是红花吗！红花就是红的就是了，治病不治病，谁晓得？也不过就是解解心疑就是了。

她想着想着，因为手上涂了酒觉得凉爽，就要睡一觉，又加上烧酒的气味香扑扑的，红花的气味药忽忽的。她觉得实在是舒服了不少。于是她一闭眼睛就做了一个梦。

这梦做的是她买了两块豆腐，这豆腐又白又大。是用什么钱买的呢？就是用买红花剩来的钱买的。因为在梦里边她梦见是她自己去买的红花。她自己也不买三吊钱的，也不买两吊钱的，是买了一吊钱的。在梦里边她还算着，不但今天有两块豆腐吃，哪天一高兴还有两块吃的！三吊钱才买了一吊钱的红花呀！

现在她一遭就拿了五十吊钱给了云游真人。若照她的想法来说，这五十吊钱可该买多少豆腐了呢？

但是她没有想，一方面因为团圆媳妇的病也实在病得缠绵，在她身上花钱也花得大手大脚的了。别一方面就是那云游真人的来势也过于猛了点，竟打起抱不平来，说她虐待团圆媳妇。还是赶快地给了他钱，让他滚蛋吧。

真是家里有病人是什么气都受得呵。团圆媳妇的婆婆左思右想，越想越是自己遭了无妄之灾，满心的冤屈，想骂又没有对象，想哭又哭不出来，想打也无处下手了。

那小团圆媳妇再打也就受不住了。

若是那小团圆媳妇刚来的时候，那就非先抓过她来打一顿再说，做婆婆的打了一只饭碗，也抓过来把小团圆媳妇打一顿。她丢了一根针也抓过来把小团圆媳妇打一顿。她跌了一个筋斗，把单裤膝盖的地方跌了一个洞，她也抓过来把小团圆媳妇打一顿。总之，她一不顺心，她就觉得她的手就想要打人。她打谁呢？谁能够让她打呢？于是就轮到小团圆媳妇了。

有娘的，她不能够打。她自己的儿子也舍不得打。打猫，她怕把猫打丢了。打狗，她怕把狗打跑了。打猪，怕猪掉了斤两。打鸡，怕鸡不下蛋。

唯独打这小团圆媳妇是一点毛病没有，她又不能跑掉，她又不能丢了。她又不会下蛋，反正也不是猪，打掉了一些斤两也不要紧，反正也不过秤。

可是这小团圆媳妇，一打也就吃不下饭去。吃不下饭去不要紧，多喝一点饭汤子啦，反正饭米汤剩下也是要喂猪的。

可是这都成了以往的她的光荣的日子了，那种自由的日子恐怕一时不会再来了。现在她不用说打，就连骂也不大骂她了。

现在她别的都不怕，她就怕她死，她心里总有一个阴影，她的小团圆媳妇可不要死了呵。

于是她碰到了多少的困难，她都克服了下去，她咬着牙根，她忍住眼泪，她要骂不能骂，她要打不能打。她要哭，她又止住了。无限的伤心，无限的悲哀，常常一齐会来到她心中的。她想，也许是前生没有做了好事，此生找到她了。不然为什么连一个团圆媳妇的命都没有。她想一想，她一生没有做过恶事，面软、心慈，凡事都是自己吃亏，让着别人。虽然没有吃斋念佛，但是初一十五的素口也自幼就吃着。虽然不怎样拜庙烧香，但四月十八的庙会，也没有拉下过。娘娘庙前一把香，老爷庙前三个头。哪一年也都是烧香磕头的没有落过"过场"。虽然是自小没有读过诗文，不认识字，但是"金刚经""灶王经"也会念上两套。虽然说不曾做过舍善的事情，没有补过路，没有修过桥，但是逢年过节，对那些讨饭的人，也常常给过他们汤饭的。虽然过日子不怎样俭省，但也没有多吃过一块豆腐。拍拍良心，对天对得起，对地也对得住。那为什么老天爷明明白白的却把祸根种在她身上？

她越想，她越心烦意乱。

"都是前生没有做了好事，今生才找到了。"

她一想到这里，她也就不再想了，反正事到临头，瞎想一阵又能怎样呢？于是她自己劝着自己就又忍着眼泪，咬着牙根，把她那兢兢业业的，养猪喂狗所积下来的那点钱，又一吊吊的，一五一十的，往外拿着。

东家说看着个香火，西家说吃个偏方。偏方、野药、大神、赶鬼、看香、扶乩，样样都已经试过。钱也不知花了多少，但是都不怎样见效。

那小团圆媳妇夜里说梦话，白天发烧。一说起梦话来，总是说她要回家。

"回家"这两个字，她的婆婆觉得最不祥，就怕她是阴间的花姐，阎王奶奶要把她叫了回去。于是就请了一个圆梦的。那圆梦的一圆，果然不错，"回家"就是回阴间地狱的意思。

所以那小团圆媳妇，做梦的时候，一梦到她的婆婆打她，或者是用梢子绳把她吊在房梁上了，或是梦见婆婆用烙铁烙她的脚心，或是梦见婆婆用针刺她的手指尖。一梦到这些，她就大哭大叫，而且嚷她要"回家"。

婆婆一听她嚷回家，就伸出手去在大腿上拧着她。日子久了，拧来，拧去，那小团圆媳妇的大腿被拧得像一个梅花鹿似的青一块、紫一块的了。

她是一份善心，怕是真的她回了阴间地狱，赶快地把她叫醒来。

可是小团圆媳妇睡得朦里朦胧的，她以为她的婆婆可又真的在打她了，于是她大叫着，从炕上翻身起来，跳下地去，拉也拉不住她，按也按不住她。

她的力气大得惊人，她的声音喊得怕人。她的婆婆于是觉得更是见鬼了、着魔了。

不但她的婆婆，全家的人也都相信这孩子的身上一定有鬼。

谁听了能不相信呢？半夜三更的喊着回家，一招呼醒了，她就跳下地去，瞪着眼睛，张着嘴，连哭带叫的，那力气比牛还大，那声音好像杀猪似的。

谁能够不相信呢？又加上她婆婆的渲染，说她眼珠子是绿的，好像两点鬼火似的，说她的喊声，是直声拉气的，不是人声。

所以一传出去，东邻西舍的，没有不相信的。

于是一些善人们，就觉得这小女孩子也实在让鬼给捉弄得可怜了。哪个孩儿是没有娘的，哪个人不是肉生肉长的。谁家不都是养老育小，……于是大动恻隐之心。东家二姨，西家三姑，她说她有奇方，她说她有妙法。

于是就又跳神赶鬼、看香、扶乩，老胡家闹得非常热闹。传为一时之盛。若有不去看跳神赶鬼的，竟被指为落伍。

因为老胡家跳神跳得花样翻新，是自古也没有这样跳的，打破了跳神的纪录了，给跳神开了一个新纪元。若不去看看，耳目因此是会闭塞了的。

当地没有报纸，不能记录这桩盛事。若是患了半身不遂的人，患了瘫病的人，或是大病卧床不起的人，那真是一生的不幸，大家也都为他惋惜，怕是他此生也要孤陋寡闻，因为这样的隆重的盛举，他究竟不能够参加。

呼兰河这地方，到底是太闭塞，文化是不大有的。虽然当地的官绅认为已经满意了，而且请了一位满清的翰林，作了一首歌，歌曰：

溯呼兰天然森林，自古多奇材。
5 5 5 3 | 5 5 　i | 2 1 3 3 2

这首歌还配上了从东洋流来的乐谱，使当地的小学都唱着。这歌不止这两句这么短，不过只唱这两句就已经够好的了，所好的是使人听了能够引起一种自负的感情来，尤其当清明植树节的时候，几个小学堂的学生都排队来在大街上游行，并唱着这首歌。使老百姓听了，也觉得呼兰河是个了不起的地方，一开口说话就"我们呼兰河"，那在街道上捡粪蛋的孩子，手里提着粪耙子，他还说"我们呼兰河！"可不知道呼兰河给了他什么好处。也许那粪耙子就是呼兰河给了他的。

呼兰河这地方，尽管奇才很多，但到底太闭塞，竟不会办一张报纸。以至于把当地的奇闻妙事都没有记载，任它风散了。

老胡家跳大神，就实在跳得奇。用大缸给团圆媳妇洗澡，而且是当众就洗的。这种奇闻盛举一经传了出来，大家都想去开开眼界，就是那些患了半身不遂的，患了瘫病的人，人们觉得他们瘫了倒没有什么，只是不能够前来看老胡家团圆媳妇大规模地洗澡，真是一生的不幸。

五

天一黄昏，老胡家就打起鼓来了，大缸，开水，公鸡，都预备好了。

公鸡抓来了，开水烧滚了，大缸摆好了。

看热闹的人，络绎不绝地来看。我和祖父也来了。

小团圆媳妇躺在炕上，黑乎乎的，笑呵呵的，我给她一个玻璃球，又给她一片碗碟，她说这碗碟很好看，她拿在眼睛前照一照。她说这玻璃球也很好玩，她用手指甲弹着。她看一看她的婆婆不在旁边，她就起来了，她想要坐起来在炕上弹这玻璃球。

还没有弹，她的婆婆就来了，就说：

"小不知好歹的，你又起来疯什么？"

说着走近来，就用破棉袄把她蒙起来了，蒙得没头没脑的，连脸也露不出来。

我问祖父她为什么不让她玩？

祖父说：

"她有病。"

我说：

"她没有病，她好好的。"

于是我上去把棉袄给她掀开了。

掀开一看，她的眼睛早就睁着。她问我，她的婆婆走了没有，我说走了，于是她又起来了。

她一起来，她婆婆又来，又把她给蒙了起来说：

"也不怕人家笑话，病得跳神赶鬼的，哪有的事情，说起来，就起来。"

这是她婆婆向她小声说的，等婆婆回过头去向着众人就又那么说：

"她是一点也着不得凉的，一着凉就犯病。"

屋里屋外，越张罗越热闹了，小团圆媳妇跟我说：

"等一会你看吧，就要洗澡了。"

她说着的时候，好像说着别人地一样。

果然，不一会工夫就洗起澡来了，洗得吱哇乱叫。

大神打着鼓，命令她当众脱了衣裳。衣裳她是不肯脱的，她的婆婆抱住了她，还请了几个帮忙的人，就一齐上来，把她的衣裳撕掉了。

她本来是十二岁，却长得十五六岁那么高，所以一时看热闹的姑娘媳妇们，看了她，都难为情起来。

很快地小团圆媳妇就被抬进大缸里去。大缸里满是热水，是滚热的热水。

她在大缸里边，叫着、跳着，好像她要逃命似的狂喊。她的旁边站着三四个人从缸里搅起热水来往她的头上浇。不一会，浇得满脸通红，她再也不能够挣扎了，她安稳地在大缸里边站着，她再不往外边跳了，大概她觉得跳也跳不出来了。那大缸是很大的，她站在里边仅仅露着一个头。

我看了半天，到后来她连动也不动，哭也不哭，笑也不笑。满脸的汗珠，满脸通红，红得像一张红纸。

我跟祖父说：

"小团圆媳妇不叫了。"我再往大缸里一看，小团圆媳妇没有了。她倒在大缸里了。这时候，看热闹的人们，一声狂喊，都以为小团圆媳妇是死了，大家都跑过去拯救她，竟有心慈的人，流下眼泪来。

小团圆媳妇还活着的时候，她像要逃命似的。前一刻她还求救于人的时候，并没有一个人上前去帮忙她，把她从热水里解救出来。

现在她是什么也不知道了，什么也不要求了。可是一些人，偏要去救她。

把她从大缸里抬出来，给她浇一点冷水。这小团圆媳妇一昏过去，可把那些看热闹的人可怜得不得了，就是前一刻她还主张着"用热水浇哇！用热水浇哇！"的人，现在也心痛起来。怎能够不心痛呢，活蹦乱跳的孩子，一会工夫就死了。

小团圆媳妇摆在炕上，浑身像火炭那般热了。东家的婶子，伸出一只手来，到她身上去摸一摸，西家大娘也伸出手来到她身上去摸一摸。都说：

"哟哟，热得和火炭似的。"

有的说，水太热了一点。

有的说，不应该往头上浇，大热的水，一浇哪有不昏的。

大家正谈说之间，她的婆婆过来，赶快拉了一张破棉袄给她盖上了，说：

"赤身裸体羞不羞！"

小团圆媳妇怕羞不肯脱下衣裳来，她婆婆喊着号令给她撕下来了。现在她什么也不知道了，她没有感觉了，婆婆反而替她着想了。

大神打了几阵鼓，二神向大神对了几阵话。看热闹的人，你望望他，他望望你。虽然不知道下文如何，这小团圆媳妇到底是死是活。但却没有白看一场热闹，到底是开了眼界，见了世面，总算是不无所得的。

有的竟觉得困了，问着别人，三道鼓是否加了横锣，说他要回家睡觉去了。

大神一看这场面不大好，怕是看热闹的人都要走了，就卖一点力气叫一叫，于是痛打了一阵鼓，喷了几口酒在团圆媳妇的脸上，从腰里拿出银针来，刺着小团圆媳妇的手指尖。

不一会，小团圆媳妇就活转来了。

大神说，洗澡必得连洗三次，还有两次要洗的。

于是人心大为振奋，困的也不困了，要回家睡觉的也精神了。这来看热闹的，不下三十人，个个眼睛发亮，人人精神百倍。看吧，洗一次就昏过去了，洗两次又该怎样呢？洗上三次，那可就不堪想象了。所以看热闹的人的心里，都满怀奥秘。

果然的，小团圆媳妇一被抬到大缸里去，被热水一烫，就又大声地怪叫了起来，一边叫着一边还伸出手来把着缸沿想要跳出来。这时候，浇水的浇水，按头的按头，总算让大家压服又把她昏倒在缸底里了。

这次她被抬出来的时候，她的嘴里还往外吐着水。

于是一些善心的人，是没有不可怜这小女孩子的。东家的二姨，西家的三婶，就都一齐围拢过去,都去设法施救去了。

她们围拢过去,看看有没有死?(若还有气,那就不用救。若是死了,那就赶快浇凉水。)

若是有气,她自己就会活转来的。若是断了气,那就赶快施救,不然,怕她真的死了。

小团圆媳妇当晚被热水烫了三次,烫一次,昏一次。

闹到三更天才散了场。大神回家去睡觉去了。看热闹的人也都回家去睡觉去了。

星星月亮,出满了一天,冰天雪地正是个冬天。雪扫着墙根,风刮着窗棂,鸡在架里边睡觉,狗在窝里边睡觉,猪在栏里边睡觉,全呼兰河都睡着了。

只有远远的狗叫,那或许是从白旗屯传来的,或者是从呼兰河的南岸那柳条林子里的野狗的叫唤。总之,那声音是来得很远,那已经是呼兰河城以外的事情了。而呼兰河全城,就都一齐睡着了。

前半夜那跳神打鼓的事情一点也没有留下痕迹。那连哭带叫的小团圆媳妇,好像在这世界上她也并未曾哭过叫过,因为一点痕迹也并未留下。家家户户都是黑洞洞的,家家户户都睡得沉实实的。

团圆媳妇的婆婆也睡得打呼了。因为三更已经过了,就要来到四更天了。

六

第二天小团圆媳妇昏昏沉沉地睡了一天,第三天,第四天,也都是昏昏沉沉地睡着,眼睛似睁非睁的,留着一条小缝,从小缝里边露着白眼珠。

家里的人,看了她那样子,都说,这孩子经过一番操持,怕是真魂就要附体了,真魂一附了体,病就好了。不但她的家里人这样说,就是邻人也都这样说。所以对于她这种不饮不食,似睡非睡的状态,不但不引以为忧,反而觉得应该庆幸。她昏睡了四五天,她家的人就快乐了四五天,她睡了六七天,她家的人就快乐了六七天。在这期间,绝对的没有使用偏方,也绝对的没有采用野药。

但是过了六七天,她还是不饮不食地昏睡,要好起来的现象一点也没有。

于是又找了大神来,大神这次不给她治了,说这团圆媳妇非出马当大神不可。

于是又采用了正式的赶鬼的方法,到扎彩铺去,扎了一个纸人,而后给纸人缝起布衣来穿上,——穿布衣裳为的是绝对的像真人——搽脂抹粉,手里提着花手巾,很是好看,穿了满身花洋布的衣裳,打扮成一个十七八岁的大姑娘。用人抬着，抬到南河沿旁边那大土坑去烧了。

这叫作烧"替身"，据说把这"替身"一烧了，她可以替代真人，真人就可以不死。

烧"替身"的那天，团圆媳妇的婆婆为着表示虔诚，她还特意地请了几个吹鼓手，前边用人举着那扎彩人，后边跟着几个吹鼓手，噜哇，噜哇地向着南大土坑走去了。

那景况说热闹也很热闹，喇叭曲子吹的是句句双。说凄凉也很凄凉，前面一个扎彩人，后边三五个吹鼓手，出丧不像出丧，报庙不像报庙。

跑到大街上来看这热闹的人也不很多，因为天太冷了，探头探脑地跑出来的人一看，觉得没有什么可看的，就关上大门回去了。

所以就孤孤单单的，凄凄凉凉在大土坑那里把那扎彩人烧了。

团圆媳妇的婆婆一边烧着还一边后悔，若早知道没有什么看热闹的人，那又何必给这扎彩人穿上真衣裳。她想要从火堆中把衣裳抢出来，但又来不及了，就眼看着让它烧去了。这一套衣裳，一共花了一百吊钱。于是她看着那衣裳的烧去，就像眼看着烧去了一百多吊钱。

她心里是又悔又恨，她简直忘了这是她的团圆媳妇烧替身，她本来打算念一套祷神告鬼的词句。她回来的时候，走在路上才想起来。但想起来也晚了，于是她自己感到大概要白白的烧了个替身，灵不灵谁晓得呢！

七

后来又听说那团圆媳妇的大辫子，睡了一夜觉就掉下来了。

就掉在枕头旁边，这可不知是怎么回事。

她的婆婆说这团圆媳妇一定是妖怪。

把那掉下来的辫子留着，谁来给谁看。

看那样子一定是什么人用剪刀给她剪下来的。但是她的婆婆偏说不是，就说，睡了一夜觉就自己掉下来了。

于是这奇闻又远远地传开去了。不但她的家人不愿意和妖怪在一起，就是同院住的人也都觉得太不好。

夜里关门关窗户的，一边关着于是就都说："老胡家那小团圆媳妇一定是个小妖怪。"

我家的老厨子是个多嘴的人,他和祖父讲老胡家的团圆媳妇又怎样怎样了。又出了新花头,辫子也掉了。

我说:"不是的,是用剪刀剪的。"

老厨子看我小,他欺侮我,他用手指住了我的嘴。他说:"你知道什么,那小团圆媳妇是个妖怪呀!"

我说:"她不是妖怪,我偷着问她,她头发是怎么掉了的,她还跟我笑呢!她说她不知道。"

祖父说:"好好的孩子快让他们捉弄死了。"

过了些日子,老厨子又说:"老胡家要'休妻',要'休'了那个小妖怪。"

祖父以为老胡家那人家不大好。

祖父说:"二月让他搬家。把人家的孩子快捉弄死了,又不要了。"

八

还没有到二月,那黑乎乎的,笑呵呵的小团圆媳妇就死了。是一个大清早晨,老胡家的大儿子,那个黄脸大眼睛的车老板子就来了。一见祖父,他就双手举在胸前作了一个揖。

祖父问他什么事?

他说:"请老太爷施舍一块地方,好把小团圆媳妇埋上……"

祖父问他:"什么时候死的?"

他说:"我赶着车,天亮才到家。听说半夜就死了。"

祖父答应了他,让他埋在城外的地边上。并且招呼有二伯来,让有二伯领着他们去。

有二伯临走的时候,老厨子也跟去了。

我说,我也要去,我也跟去看看,祖父百般地不肯。祖父说:

"咱们在家下压拍子打小雀吃……"

我于是就没有去。虽然没有去,但心里边总惦着有一回事。等有二伯也不回来,等那老厨子也不回来。等他们回来,我好听一听那情形到底怎样?

一点多钟,他们两个在人家喝了酒,吃了饭才回来的。前边走着老厨子,后边走着有二伯。好像两个鸭子似的,走也走不动了,又慢又得意。

走在前边的老厨子,眼珠通红,嘴唇发光。走在后边的有二伯,面红耳热,一直红到脖子下边的那条大筋。

进到祖父屋来,一个说:

"酒菜真不错……"

一个说:

"……鸡蛋汤打得也热乎。"

关于埋葬团圆媳妇的经过,却先一字未提。好像他们两个是过年回来的,充满了欢天喜地的气象。

我问有二伯,那小团圆媳妇怎么死的,埋葬的情形如何。

有二伯说:

"你问这个干什么,人死不如一只鸡……一伸腿就算完事……"

我问:

"有二伯,你多咱死呢?"

他说:

"你二伯死不了的……那家有万贯的,那活着享福的,越想长寿,就越活不长……上庙烧香,上山拜佛的也活不长。像你有二伯这条穷命,越老越结实。好比个石头疙瘩似的,哪儿死啦!俗语说得好,'有钱三尺寿,穷命活不够'。像二伯就是这穷命,穷命鬼阎王爷也看不上眼儿来的。"

到晚饭,老胡家又把有二伯他们二位请去了。又在那里喝的酒。因为他们帮了人家的忙,人家要酬谢他们。

九

老胡家的团圆媳妇死了不久,他家的大孙子媳妇就跟人跑了。

奶奶婆婆后来也死了。

他家的两个媳妇,一个为着那团圆媳妇瞎了一只眼睛。因为她天天哭,哭她那花在团圆媳妇身上的倾家荡产的五千多吊钱。

另外的一个因为她的儿媳妇跟着人家跑了,要把她羞辱死了,一天到晚的,不梳头,不洗脸地坐在锅台上抽着烟袋。有人从她旁边过去,她高兴的时候,她向人说:

"你家里的孩子、大人都好哇?"

她不高兴的时候,她就向着人脸,吐一口痰。

她变成一个半疯了。

老胡家从此不大被人记得了。

十

我家的背后有一个龙王庙，庙的东角上有一座大桥。人们管这桥叫"东大桥"。那桥下有些冤魂枉鬼，每当阴天下雨，从那桥上经过的人，往往听到鬼哭的声音。

据说，那团圆媳妇的灵魂，也来到了东大桥下。说她变了一只很大的白兔，隔三差五的就到桥下来哭。

有人问她哭什么？

她说她要回家。

那人若说：

"明天，我送你回去……"

那白兔子一听，拉过自己的大耳朵来，擦擦眼泪，就不见了。

若没有人理她，她就一哭，哭到鸡叫天明。

第六章

一

我家的有二伯，性情真古怪。

有东西，你若不给他吃，他就骂。若给他送上去，他就说：

"你二伯不吃这个，你们拿去吃吧！"

家里买了落花生、冻梨之类，若不给他，除了让他看不见，若让他找着了一点影子，他就没有不骂的：

"……兔羔子，有猫狗吃的，有蟑螂、耗子吃的，就是没有人吃的……"

若给他送上去，他就说：

"你二伯不吃这个，你们拿去吃吧。"

二

有二伯的性情真古怪，他很喜欢和天空的雀子说话，他很喜欢和大黄狗谈天。

他一和人在一起，他就一句话没有了，就是有话也是很古怪的，使人听了常常不得要领。

夏天晚饭后大家坐在院子里乘凉的时候，大家都是嘴里不停地讲些个闲话，讲得很热闹，就连蚊子也嗡嗡的，就连远处的蛤蟆也呱呱地叫着。只是有二伯一声不响的坐着。他手里拿着蝇甩子，东甩一下，西甩一下。

若有人问他的蝇甩子是马鬃的还是马尾的？他就说：

"啥人玩啥鸟，武大郎玩鸭子。马鬃，都是贵东西，那是穿绸穿缎的人拿着，腕上戴着藤萝镯，指上戴着大攀指，什么人玩什么物。穷人，野鬼，不要自不量力，让人家笑话。……"

传说天上的那颗大昴星，就是灶王爷骑驴上西天的时候，他手里打着的那个灯笼，因为毛驴跑得太快，一不加小心灯笼就掉在天空了。我就常常把这个话题来问祖父，说那灯笼为什么被掉在天空，就永久长在那里了，为什么不落在地上来？

这话题，我看祖父也回答不出的，但是因为我的非问不可，祖父也就非答不可了。他说，天空里有一个灯笼杆子，那才高呢，大昴星就挑在那灯笼杆子上。并且那灯笼杆子，人的眼睛是看不见的。

我说：

"不对，我不相信……"

我说：

"没有灯笼杆子，若是有，为什么我看不见？"

于是祖父又说：

"天上有一根线，大昴星就被那线系着。"

我说：

"我不信，天上没有线的，有为什么我看不见？"

祖父说：

"线是细的么，你哪能看见，就是谁也看不见的。"

我就问祖父：

"谁也看不见，你怎么看见啦？"

乘凉的人都笑了，都说我厉害。

于是祖父被逼得东说西说，说也说不上来了。眼看祖父是被我逼得胡诌起来，我也知道他是说不清楚的了。不过我越看他胡诌我就越逼他。

到后来连大昴星是龙王爷的灯笼这回事，我也推翻了。我问祖父大昴星到底是个什么？

别人看我纠缠不清了，就有出主意的让我问有二伯去。

我跑到了有二伯坐着的地方，我还没有问，刚一碰了他的蝇甩子，他就把我吓了一跳，他把蝇甩子一抖，嚎唠一声：

"你这孩子，远点去吧……"

使我不得不站得远一点，我说："有二伯，你说那天上的大昴星到底是什么？"

他没有立刻回答我，他似乎想了一想，才说：

"穷人不观天象。狗咬耗子，猫看家，多管闲事。"

我又问，我以为他没有听准：

"大昴星是龙王爷的灯笼吗？"

他说：

"你二伯虽然也长了眼睛，但是一辈子没有看见什么。你二伯是又聋又瞎，这话可怎么说呢？比方那亮亮堂堂的大瓦房吧，你二伯也有看见了的，可是看见了怎么样，是人家的，看见了也是白看。听也是一样，听见了又怎样，与你不相干……你二伯活着是个不相干……星星，月亮，刮风，下雨，那是天老爷的事情，你二伯知道……"

有二伯真古怪，他走路的时候，他的脚踢到了一块砖头，那砖头把他的脚碰痛了。他就很小心地弯下腰去把砖头拾起来，他细细地端详着那砖头，看看那砖头长得是否不瘦不胖合适，是否顺眼，看完了，他才和那砖头开始讲话：

"你这小子，我看你也是没有眼睛，也是跟我一样，也是瞎模糊眼的。不然你为啥往我脚上撞，若有胆子撞，就撞那个耀武扬威的，脚上穿着靴子鞋的……你撞我还不是个白撞，撞不出一大二小来，臭泥子滚石头，越滚越臭……"

他和那砖头把话谈完了，他才顺手把它抛开去，临抛开的时候，他还最后嘱咐了它一句：

"下回你往那穿鞋穿袜的脚上去碰呵。"

他这话说完了，那砖头也就啪搭地落到了地上。原来他没有抛得多远，那砖头又落到原来的地方。

有二伯走在院子里，天空飞着的麻雀或是燕子若落了一点粪在他的身上，他就停下脚来，站在那里不走了。他扬着头。他骂着那早已飞过去了的雀子，大意是：那雀子怎样怎样不该把粪落在他身上，应该落在那穿绸穿缎的人的身上。不外骂那雀子糊涂瞎眼之类。

可是那雀子很敏捷的落了粪之后，早已飞得无影无踪了，于是他就骂着他头顶上那块蓝瓦瓦的天空。

三

有二伯说话的时候,把"这个"说成"介个"。
"那个人好。"
"介个人坏。"
"介个人狼心狗肺。"
"介个物不是物。"
"家雀也往身上落粪,介个年头是啥年头。"

四

还有,
有二伯不吃羊肉。

五

祖父说,有二伯在三十年前就来到了我们家里,那时候他才三十多岁。
而今有二伯六十多岁了。
他的乳名叫有子,他已经六十多岁了,还叫着乳名。祖父叫他"有子做这个。""有子做那个。"
我们叫他有二伯。
老厨子叫他有二爷。
他到房户、地户那里去,人家叫他有二东家。
他到北街头的烧锅去,人家叫他有二掌柜的。
他到肉铺子去买肉,人家也叫他有二掌柜的。
一听人家叫他"二掌柜的",他就笑逐颜开。叫他有二爷叫他有二东家,叫他有二伯也都是一样地笑逐颜开。
有二伯最忌讳人家叫他的乳名,比方街上的孩子们,那些讨厌的,就常常在他的背后抛一颗石子,掘一捧灰土,嘴里边喊着"有二子""大有子""小有子"。
有二伯一遇到这机会,就没有不立刻打了过去的,他手里若是拿着蝇甩子,他就用蝇甩子把去打。他手里若是拿着烟袋，他就用烟袋锅子去打。

把他气得像老母鸡似的，把眼睛都气红了。

那些顽皮的孩子们一看他打了来，就立刻说："有二爷，有二东家，有二掌柜的，有二伯。"并且举起手来作着揖，向他朝拜着。

有二伯一看他们这样子，立刻就笑逐颜开，也不打他们了，就走自己的路去了。

可是他走不了多远，那些孩子们就在后边又吵起来了，什么：

"有二爷，兔儿爷。"

"有二伯，打桨杆。"

"有二东家，捉大王八。"

他在前边走，孩子们还在他背后的远处喊。一边喊着，一边扬着街道上的灰土，灰土高飞着一会工夫，街上闹成个小旋风似的了。

有二伯不知道听见了这个与否，但孩子们以为他是听见了的。

有二伯却很庄严的，连头也不回地一步一步地沉着地向前走去了。

"有二爷"，老厨子总是一开口"有二爷"，一闭口"有二爷"的叫着。

"有二爷的蝇甩子……"

"有二爷的烟袋锅子……"

"有二爷的烟荷包……"

"有二爷的烟荷包疙瘩……"

"有二爷吃饭啦……"

"有二爷，天下雨啦……"

"有二爷快看吧，院子里的狗打仗啦……"

"有二爷，猫上墙头啦……"

"有二爷，你的蝇甩子掉了毛啦……"

"有二爷你的草帽顶落了家雀粪啦。"

老厨子一向是叫他"有二爷"的。唯独他们两个一吵起来的时候，老厨子就说：

"我看你这个'二爷'一丢了，就只剩下个'有'字了。"

"有字"和"有子"差不多，有二伯一听正是他的乳名。

于是他和老厨子骂了起来，他骂他一句，他骂他两句。越骂声音越大。有时他们两个也就打了起来。

但是过了不久，他们两个又照旧地好了起来。又是：

"有二爷这个。"

"有二爷那个。"

老厨子一高起兴来，就说：

"有二爷，我看你的头上去了个'有'字，不就只剩了'二爷'吗？"

有二伯于是又笑逐颜开了。

祖父叫他"有子"，他不生气，他说：

"向皇上说话，还称自己是奴才呢！总也得有个大小。宰相大不大，可是他见了皇上也得跪下，在万人之上，在一人之下。"

有二伯的胆子是很大的，他什么也不怕。我问他怕狼不怕？

他说：

"狼有什么怕的，在山上，你二伯小的时候上山放猪去，那山上就有狼。"

我问他敢走黑路不敢？

他说："走黑路怕啥的，没有愧心事，不怕鬼叫门。"

我问他夜里一个人，敢过那东大桥吗？

他说："有啥不敢的，你二伯就是愧心事不敢做，别的都敢。"

有二伯常常说，跑毛子的时候（日俄战时）他怎样怎样地胆大，全城都跑空了，我们家也跑空了。那毛子拿着大马刀在街上跑来跑去，骑在马身上。那真是杀人无数。见了关着大门的就敲，敲开了，抓着人就杀。有二伯说：

"毛子在街上跑来跑去，那大马蹄子跑得呱呱地响，我正自己煮面条吃呢，毛子就来敲大门来了，在外边喊着'里边有人没有？'若有人快点把门打开，不打开毛子就要拿刀把门劈开的，劈开门进来，那就没有好，非杀不可……"

我就问：

"有二伯你可怕？"

他说：

"你二伯烧着一锅开水，正在下着面条。那毛子在外边敲，你二伯还在屋里吃面呢……"

我还是问他：

"你可怕？"

他说：

"怕什么？"

我说：

"那毛子进来，他不拿马刀杀你？"

他说：

"杀又怎么样！不就是一条命吗？"

可是每当他和祖父算起账来的时候,他就不这么说了。他说:

"人是肉长的呀!人是爹娘养的呀!谁没有五脏六腑。不怕,怎么能不怕!也是吓得抖抖乱颤,……眼看着那是大马刀,一刀下来,一条命就完了。"

我一问他:

"你不是说过,你不怕吗?"

这种时候,他就骂我:

"没心肝的,远的去着罢!不怕,是人还有不怕的……"

不知怎么的,他一和祖父提起跑毛子来,他就胆小了,他自己越说越怕。有的时候他还哭了起来。说那大马刀闪光湛亮,说那毛子骑在马上乱杀乱砍。

六

有二伯的行李,是零零碎碎的,一掀动他的被子就从被角往外流着棉花。一掀动他的褥子,那所铺着的毡片,就一片一片地好像活动地图似的一省一省的割据开了。

有二伯的枕头,里边装的是荞麦壳,每当他一抡动的时候,那枕头就在角上或是在肚上露了馅了,哗哗地往外流着荞麦壳。

有二伯是爱护他这一套行李的,没有事的时候,他就拿起针来缝它们。缝缝枕头,缝缝毡片,缝缝被子。

不知他的东西,怎那样地不结实,有二伯三天两天的就要动手缝一次。

有二伯的手是很粗的,因此他拿着一颗很大的大针,他说太小的针他拿不住的。他的针是太大了点,迎着太阳,好像一颗女人头上的银簪子似的。

他往针鼻里穿线的时候,那才好看呢!他把针线举得高高的,睁着一个眼睛,闭着一个眼睛,好像是在瞄准,好像他在半天空里看见了一样东西,他想要快快的拿它,又怕拿不准跑了,想要研究一会再去拿,又怕过一会就没有了。于是他的手一着急就哆嗦起来,那才好看呢。

有二伯的行李,睡觉起来,就卷起来的。卷起来之后,用绳子捆着。好像他每天要去旅行的样子。

有二伯没有一定的住处,今天住在那咔咔响着房架子的粉房里,明天住在养猪的那家的小猪官的炕梢上,后天也许就和那后磨房里的冯歪嘴子一条炕睡上了。反正他是什么地方有空他就在什么地方睡。

他的行李他自己背着,老厨子一看他背起行李,就大嚷大叫地说:

"有二爷，又赶集去了……"

有二伯也就远远地回答着他：

"老王，我去赶集，你有啥捎的没有呵？"

于是有二伯又自己走自己的路，到房户的家里的方便地方去投宿去了。

七

有二伯的草帽没有边沿，只有一个帽顶，他的脸焦焦黑，他的头顶雪雪白。黑白分明的地方，就正是那草帽扣下去被切得溜齐的脑盖的地方。他每一摘下帽子来，是上一半白，下一半黑。就好像后园里的倭瓜晒着太阳的那半是绿的，背着阴的那半是白的一样。

不过他一戴起草帽来也就看不见了。他戴帽的尺度是很准确的，一戴就把帽边很准确的切在了黑白分明的那条线上。不高不低，就正正地在那条线上。偶尔也戴得略微高了一点，但是这种时候很少，不大被人注意。那就是草帽与脑盖之间，好像镶了一趟窄窄的白边似的，有那么一趟白线。

八

有二伯穿的是大半截子的衣裳，不是长衫，也不是短衫，而是齐到膝头那么长的衣裳，那衣裳是鱼蓝色竹布的，带着四方大尖托领，宽衣大袖，怀前带着大麻铜纽子。

这衣裳本是前清的旧货，压在祖父的箱底里，祖母一死了，就陆续地穿在有二伯的身上了。

所以有二伯一走在街上，都不知他是哪个朝代的人。

老厨子常说：

"有二爷，你宽衣大袖的，和尚看了像和尚，道人看了像道人。"

有二伯是喜欢卷着裤脚的，所以耕田种地的庄稼人看了，又以为他是一个庄稼人，一定是插秧了刚刚回来。

九

有二伯的鞋子，不是前边掉了底，就是后边缺了跟。他自己前边掌掌，后边钉钉，似乎钉也钉不好，掌也掌不好，过了几天，又是掉底缺跟仍然照旧。

走路的时候拖拖的，再不然就跋跋的。前边掉了底，那鞋就张着嘴，他的脚好像舌头似的，每一迈步，就在那大嘴里边活动着。后边缺了跟，每一走动，就踢踢跋跋地脚跟打着鞋底发响。

有二伯的脚，永远离不开地面，母亲说他的脚下了千斤闸。

老厨子说有二伯的脚上了绊马索。

有二伯自己则说：

"你二伯挂了绊脚丝了。"

绊脚丝是人临死的时候挂在两只脚上的绳子。有二伯就这样地说着自己。

十

有二伯虽然作弄成一个耍猴不像耍猴的，讨饭不像讨饭的，可是他一走起路来，却是端庄、沉静，两个脚跟非常有力，打得地面咚咚地响，而且是慢吞吞地前进，好像一位大将军似的。

有二伯一进了祖父的屋子，那摆在琴桌上的那口黑色的坐钟，钟里边的钟摆，就常常格棱棱格棱棱的响了一阵就停下来了。

原来有二伯的脚步过于沉重了点，好像大石头似的打着地板，使地板上所有的东西，一时都起了跳动。

十一

有二伯偷东西被我撞见了。

秋末，后园里的大榆树也落了叶子，园里荒凉了，没有什么好玩的了。

长在前院的蒿草，也都败坏了而倒了下来，房后菜园上的各种秧棵完全挂满了白霜，老榆树全身的叶子已经没有多少了，可是秋风还在摇着它。天空是发灰的，云彩也失了形状，好像被洗过砚台的水盆，有深有浅，混洞洞的。这样的云彩，有时带来了雨点，有时带来了细雨。

这样的天气，我为着外边没有好玩的，我就在藏乱东西的后房里玩着。我爬上了装旧东西的屋顶去。

我是登着箱子上去的，我摸到了一个小琉璃罐，那里边装的完全是黑枣。

等我抱着这罐子要下来的时候，可就下不来了，方才上来的时候，我蹬着的那箱子,有二伯站在那里正在开着它。

他不是用钥匙开,他是用铁丝在开。

我看着他开了很多时候,他用牙齿咬着他手里的那块小东西……他歪着头,咬得格格拉拉地发响。咬了之后又放在手里扭着它,而后又把它触到箱子上去试一试。

他显然不知道我在棚顶看着他,他既打开了箱子,他就把没有边沿的草帽脱下来,把那块咬了半天的小东西就压在帽顶里面。

他把箱子翻了好几次,红色的椅垫,蓝色粗布的绣花围裙,女人的绣花鞋子……还有一团滚乱的花色的丝线,在箱子底上还躺着一只湛黄的铜酒壶。

有二伯用他满都是脉络的粗手把绣花鞋子,乱丝线,抓到一边去,只把铜酒壶从那一堆之中抓出来了。

太师椅上的红垫子,他把它放在地上,用腰带捆了起来。铜酒壶放在箱子盖上,而后把箱子锁了。

看样子好像他要带着这些东西出去,不知为什么,他没有带东西,他自己出去了。

我一看他出去,我赶快的登着箱子就下来了。

我一下来,有二伯就又回来了,这一下子可把我吓了一跳,因为我是在偷黑枣,若让母亲晓得了,母亲非打我不可。平常我偷着把鸡蛋馒头之类,拿出去和邻居家的孩子一块去吃,有二伯一看见就没有不告诉母亲的,母亲一晓得就打我。

他先提起门旁的椅垫子,而后又来拿箱子盖上的铜酒壶。等他掀着衣襟把铜壶压在肚子上边,他才看到墙角上站着的是我。

他的肚子前压着铜酒壶,我的肚子前抱着一罐黑枣。他偷,我也偷,所以两边害怕。

有二伯一看见我,立刻头盖上就冒着很大的汗珠。他说:

"你不说么?"

"说什么……"

"不说,好孩子……"他拍着我的头顶。

"那么,你让我把这琉璃罐拿出去。"

他说:"拿罢。"

他一点没有阻挡我。我看他不阻挡我,我还在门旁的筐子里抓了四五个大馒头,就跑了。

有二伯还在粮食仓子里边偷米,用大口袋背着,背到大桥东边那粮米铺去卖了。

有二伯还偷各种东西，锡火锅、大铜钱、烟袋嘴……反正家里边一丢了东西，就说有二伯偷去了。有的东西是老厨子偷去的，也就赖上了有二伯，有的东西是我偷着拿出去玩了，也赖上了有二伯。还有比方一个镰刀头，根本没有丢，只不过放忘了地方，等用的时候一找不到，就说有二伯偷去了。

有二伯带着我上公园的时候，他什么也不买给我吃。公园里边卖什么的都有，油炸糕、香油掀饼，豆腐脑，等等。他一点也不买给我吃。

我若是稍稍在那卖东西吃的旁边一站，他就说：

"快走罢，快往前走。"

逛公园就好像赶路似的，他一步也不让我停。

公园里变把戏的，耍熊瞎子的都有，敲锣打鼓，非常热闹。而他不让我看。我若是稍稍地在那变把戏的前边停了一停，他就说：

"快走罢，快往前走。"

不知为什么他时时在追着我。

等走到一个卖冰水的白布篷前边，我看见那玻璃瓶子里边泡着两个焦黄的大佛手，这东西我没有见过，我就问有二伯那是什么？

他说：

"快走罢，快往前走。"

好像我若再多看一会工夫，人家就要来打我了似的。

等来到了跑马戏的近前，那里边连喊带唱的，实在热闹，我就非要进去看不可。有二伯则一定不进去，他说：

"没有什么好看的……"

他说：

"你二伯不看介个……"

他又说：

"家里边吃饭了。"

他又说：

"你再闹，我打你。"

到了后来，他才说：

"你二伯也是愿意看，好看的有谁不愿意看。你二伯没有钱，没有钱买票，人家不让咱进去。"

在公园里边，当场我就拉住了有二伯的口袋，给他施以检查，检查出几个铜板来，买票这不够的。有二伯又说：

"你二伯没有钱……"

我一急就说："没有钱你不会偷？"

有二伯听了我那话，脸色雪白，可是一转眼之间又变成通红了。他通红的脸上，他的小眼睛故意地笑着，他的嘴唇颤抖着，好像他又要照着他的习惯，一串一串地说一大套的话。但是他没有说。

"回家罢！"

他想了一想之后，他这样地招呼着我。

我还看见过有二伯偷过一个大澡盆。

我家院子里本来一天到晚是静的，祖父常常睡觉，父亲不在家里，母亲也只是在屋子里边忙着，外边的事情，她不大看见。

尤其是到了夏天睡午觉的时候，全家都睡了，连老厨子也睡了。连大黄狗也睡在有阴凉的地方了。所以前院，后园，静悄悄地一个人也没有，一点声音也没有。

就在这样的一个白天，一个大澡盆被一个人掮着在后园里边走起来了。

那大澡盆是白洋铁的，在太阳下边闪光湛亮。大澡盆有一人多长，一边走着还一边咣郎咣郎地响着。看起来，很害怕，好像瞎话上的白色的大蛇。

那大澡盆太大了，扣在有二伯的头上，一时看不见有二伯，只看见了大澡盆。好像那大澡盆自己走动了起来似的。

再一细看，才知道是有二伯顶着它。

有二伯走路，好像是没有眼睛似的，东倒一倒，西斜一斜，两边歪着。我怕他撞到了我，我就靠住了墙根上。

那大澡盆是很深的，从有二伯头上扣下来，一直扣到他的腰间。所以他看不见路了，他摸着往前走。

有二伯偷了这澡盆之后，就像他偷那铜酒壶之后的一样。一被发现了之后，老厨子就天天戏弄他，用各种的话戏弄着有二伯。

有二伯偷了铜酒壶之后，每当他一拿着酒壶喝酒的时候，老厨子就问他：

"有二爷，喝酒还是铜酒壶好呀，还是锡酒壶好？"

有二伯说：

"什么的还不是一样，反正喝的是酒。"

老厨子说：

"不见得罢，大概还是铜的好呢……"

有二伯说：

"铜的有啥好!"

老厨子说:

"对了,有二爷。咱们就是不要铜酒壶,铜酒壶拿去卖了也不值钱。"

旁边的人听到这里都笑了,可是有二伯还不自觉。

老厨子问有二伯:

"一个铜酒壶多少钱?"

有二伯说:

"没卖过,不知道。"

到后来老厨子又说五十吊,又说七十吊。

有二伯说:

"哪有那么贵的价钱,好大一个铜酒壶还卖不上三十吊呢。"

于是把大家都笑坏了。

自从有二伯偷了澡盆之后,那老厨子就不提酒壶,而常常问有二伯洗澡不洗澡,问他一年洗几次澡,问有二伯一辈子洗几次澡,他还问人死了到阴间也洗澡的吗?

有二伯说:"到阴间,阴间阳间一样,活着是个穷人,死了是条穷鬼。穷鬼阎王爷也不爱惜,不下地狱就是好的。还洗澡呢!别玷污了那洗澡水。"

老厨子于是说:

"有二爷,照你说的穷人是用不着澡盆的喽!"

有二伯有点听出来了,就说:

"阴间没去过,用不用不知道。"

"不知道?"

"不知道。"

"我看你是明明知道,我看你是昧着良心说瞎话……"。老厨子说。

于是两个人打起来了。

有二伯逼着问老厨子,他哪儿昧过良心。有二伯说:

"一辈子没昧过良心。走的正,行的端,一步两脚窝……"

老厨子说:

"两脚窝,看不透……"

有二伯正颜厉色的说:"你有什么看不透的?"

老厨子说:

"说出来怕你羞死!"

有二伯说：

"死，死不了；你别看我穷，穷人还有个穷活头。"

老厨子说：

"我看你也是死不了。"

有二伯说：

"死不了。"

老厨子说：

"死不了……"

有的时候，他们两个能接续着骂了一两天，每次到后来，都是有二伯打了败仗。老厨子骂他是个老"绝后"。

有二伯每一听到这两个字，就甚于一切别的字，比"见阎王"更坏。于是他哭了起来，他说：

"可不是么！死了连个添坟上土的人也没有。人活一辈子是个白活，到了终归是一场空……无家无业，死了连个打灵头幡的人也没有。"

于是他们两个又和和平平地，笑笑嘻嘻地照旧地过着和平的日子。

十二

后来我家在五间正房的旁边，造了三间东厢房。

这新房子一造起来，有二伯就搬回家里来住了。

我家是静的，尤其是夜里，连鸡鸭都上了架，房头的鸽子，檐前的麻雀也都各自回到自己的窝里去睡觉了。

这时候就常常听到厢房里的哭声。

有一回父亲打了有二伯，父亲三十多岁，有二伯快六十岁了。他站起来就被父亲打倒下去了，他再站起来，又被父亲打倒下去，最后他起不来了，他躺在院子里边了，而他的鼻子也许是嘴还流了一些血。

院子里一些看热闹的人都站得远远的，大黄狗也吓跑了，鸡也吓跑了。老厨子该收柴收柴，该担水担水，假装没有看见。

有二伯孤零零地躺在院心，他的没有边的草帽，也被打掉了，所以看得见有二伯的头部的上一半是白的，下一半是黑的，而且黑白分明的那条线就在他的前额上，好像西瓜的"阴阳面"。

有二伯就这样自己躺着，躺了许多时候，才有两个鸭子来啄食撒在有二伯身边的那些血。

那两个鸭子，一个是花脖，一个绿头顶。

有二伯要上吊，就是这个夜里，他先是骂着，后是哭着，到后来也不哭也不骂了。又过了一会，老厨子一声喊起，几乎是发现了什么怪物似的大叫：

"有二爷上吊啦！有二爷上吊啦！"

祖父穿起衣裳来，带着我。等我们跑到厢房去一看，有二伯不在了。

老厨子在房子外边招呼着我们。我们一看南房梢上挂了绳子，是黑夜，本来看不见，是老厨子打着灯笼我们才看到的。

南房梢上有一根两丈来高的横杆，绳子在那横杆上悠悠荡荡地垂着。

有二伯在哪里呢？等我们拿灯笼一照，才看见他在房墙的根边，好好的坐着。他也没有哭，他也没有骂。

等我再拿灯笼向他脸上一照，我看他用哭红了的小眼睛瞪了我一下。

过了不久，有二伯又跳井了。

是在同院住的挑水的来报的信，又敲窗户又打门。我们跑到井边上一看，有二伯并没有在井里边，而是坐在井外边，而是离开井口五十步之外的安安稳稳的柴堆上。他在那柴堆上安安稳稳地坐着。

我们打着灯笼一照，他还在那里拿着小烟袋抽烟呢。

老厨子，挑水的，粉房里的漏粉的都来了，惊动了不少的邻居。

他开初是一动不动，后来他看人们来全了，他站起来就往井边上跑，于是许多人就把他抓住了，那许多人，哪里会眼看着他去跳井的？

有二伯去跳井，他的烟荷包，小烟袋都带着。人们推拥着他回家的时候，那柴堆上还有一枝小洋蜡，他说："把那洋蜡给我带着。"

后来有二伯"跳井""上吊"这些事，都成了笑话，街上的孩子都给编成了一套歌在唱着："有二爷跳井，没那么回事。""有二伯上吊，白吓唬人。"

老厨子说他贪生怕死，别人也都说他死不了。

以后有二伯再"跳井""上吊"也都没有人看他了。

有二伯还是活着。

十三

我家的院子是荒凉的，冬天一片白雪，夏天则满院蒿草。风来了，蒿草发着声响，雨来了，蒿草梢上冒烟了。

没有风，没有雨，则关着大门静静地过着日子。

狗有狗窝，鸡有鸡架，鸟有鸟笼，一切各得其所。唯独有二伯夜夜不好好地睡觉。在那厢房里边，他自己半夜三更的就讲起话来。

"说我怕'死'？我也不是吹，叫过三个两个来看！问问他们见过'死'没有！那俄国毛子的大马刀闪光湛亮，说杀就杀，说砍就砍。那些胆大的，不怕死的，一听说俄国毛子来了，只顾逃命，连家业也不要了。那时候，若不是这胆小的给他守着，怕是跑毛子回来连条裤子都没有穿的。到了如今，吃得饱，穿得暖，前因后果连想也不想，早就忘到九霄云外去了。良心长到肋条上，黑心荔，铁面人，……"

"……说我怕死，我也不是吹，兵马刀枪我见过，霹雷，黄风我见过。就说那俄国毛子的大马刀罢，见人就砍，可是我也没有怕过，说我怕死……介年头是啥年头，……"

那东厢房里，有二伯一套套地讲着，又是河沟涨水了，水涨得那么大，别人没有敢过的，有二伯说他敢过。又是什么时候有一次着大火，别人都逃了，有二伯上去抢了不少的东西。又是他的小时候，上山去打柴，遇见了狼，那狼是多么凶狠，他说：

"狼心狗肺，介个年头的人狼心狗肺的，吃香的喝辣的。好人在介个年头，是个兔羔子……"

"兔羔子，兔羔子……"

有二伯夜里不睡，有的时候就来在院子里没头没尾的"兔羔子、兔羔子"自己说着话。

半夜三更的，鸡鸭猫狗都睡了。唯独有二伯不睡。

祖父的窗子上了帘子，看不见天上的星星月亮，看不见大昴星落了没有，看不见三星是否打了横梁。只见白煞煞的窗帘子被星光月光照得发白通亮。

等我睡醒了，我听见有二伯"兔羔子、兔羔子"地自己在说话，我要起来掀起窗帘来往院子里看一看他。祖父不让我起来，祖父说：

"好好睡罢，明天早晨早早起来，咱们烧苞米吃。"

祖父怕我起来，就用好话安慰着我。

等再睡觉了，就在梦中听到了呼兰河的南岸，或是呼兰河城外远处的狗咬。

于是我做了一个梦，梦见了一个大白兔，那兔子的耳朵，和那磨房里的小驴的耳朵一般大。我听见有二伯说"兔羔子"，我想到一个大白兔，我听到磨房的梆子声，我想到了磨房里的小毛驴，于是梦见了白兔长了毛驴那么大的耳朵。

我抱着那大白兔,我越看越喜欢,我一笑笑醒了。

醒来一听,有二伯仍旧"兔羔子、兔羔子"的坐在院子里。后边那磨房里的梆子也还打得很响。

我梦见的这大白兔,我问祖父是不是就是有二伯所说的"兔羔子"?

祖父说:

"快睡觉罢,半夜三更不好讲话的。"

说完了,祖父也笑了,他又说:

"快睡罢,夜里不好多讲话的。"

我和祖父还都没有睡着,我们听到那远处的狗咬,慢慢地由远而近,近处的狗也有的叫了起来。大墙之外,已经稀疏疏地有车马经过了,原来天已经快亮了。可是有二伯还在骂"兔羔子",后边磨房里的磨官还在打着梆子。

十四

第二天早晨一起来,我就跑去问有二伯,"兔羔子"是不是就是大白兔?

有二伯一听就生气了:

"你们家里没好东西,尽是些耗子,从上到下,都是良心长在肋条上,大人是大耗子,小孩是小耗子……"

我不知道他说的是什么,我听了一会,没有听懂。

第七章

一

磨房里边住着冯歪嘴子。

冯歪嘴子打着梆子,半夜半夜地打,一夜一夜地打。冬天还稍微好一点,夏天就更打得厉害。

那磨房的窗子临着我家的后园。我家的后园四周的墙根上,都种着倭瓜、西葫芦或是黄瓜等类会爬蔓子的植物,倭瓜爬上墙头了,在墙头上开起花来了,有的竟越过了高墙爬到街上去,向着大街开了一朵火黄的黄花。

因此那磨房的窗子上,也就爬满了那顶会爬蔓子的黄瓜了。黄瓜的小细蔓,细得像银丝似的,太阳一来了的时候,那小细蔓闪眼湛亮,那蔓梢干净得好像用

—— 109 ——

黄蜡抽成的丝子，一棵黄瓜秧上伸出来无数的这样的丝子。丝蔓的尖顶每棵都是掉转头来向回卷曲着，好像是说它们虽然勇敢，大树、野草、墙头、窗棂，到处的乱爬，但到底它们也怀着恐惧的心理。

太阳一出来了，那些在夜里冷清清的丝蔓，一变而为温暖了，于是它们向前发展的速度更快了，好像眼看着那丝蔓就长了，就向前跑去了。因为种在磨房窗根下的黄瓜秧，一天爬上了窗台，两天爬上了窗棂，等到第三天就在窗棂上开花了。

再过几天，一不留心，那黄瓜梗经过了磨房的窗子，爬上房顶去了。

后来那黄瓜秧就像它们彼此招呼着似的，成群结队地就都一齐把那磨房的窗给蒙住了。

从此那磨房里边的磨官就见不着天日了。磨房就有一张窗子，而今被黄瓜掩遮得风雨不透。从此那磨房里黑沉沉的，园里，园外，分成两个世界了。冯歪嘴子就被分到花园以外去了。

但是从外边看起来，那窗子实在好看，开花的开花，结果的结果。满窗是黄瓜了。

还有一棵倭瓜秧，也顺着磨房的窗子爬到房顶去了，就在房檐上结了一个大倭瓜。那倭瓜不像是从秧子上长出来的，好像是由人搬着坐在那屋瓦上晒太阳似的。实在好看。

夏天，我在后园玩的时候，冯歪嘴子就喊我，他向我要黄瓜。

我就摘了黄瓜，从窗子递进去。那窗子被黄瓜秧封闭得严密得很，冯歪嘴子用手扒开那满窗的叶子，从一条小缝中伸出手来把黄瓜拿进去。

有时候，他停止了打他的梆子。他问我，黄瓜长了多大了？西红柿红了没有？他与这后园只隔了一张窗子，就像关着多远似的。

祖父在园子里的时候，他和祖父谈话。他说拉着磨的小驴子，驴蹄子坏了，一走一瘸。祖父说请个兽医给它看看。冯歪嘴子说，看过了，也不见好。祖父问那驴吃的什么药？冯歪嘴子说是吃的黄瓜子拌高粱醋。

冯歪嘴子在窗里，祖父在窗外，祖父看不见冯歪嘴子，冯歪嘴子看不见祖父。

有的时候，祖父走远了，回屋去了，只剩下我一个人在磨房的墙根下边坐着玩，我听到了冯歪嘴子还说：

"老太爷今年没下乡去看看哪！"

有的时候，我听了这话，我故意的不出声，听听他往下还说什么。

有的时候，我心里觉得可笑，忍也不能忍住，我就跳了起来了，用手敲打着窗子，笑得我把窗上挂着的黄瓜都敲打掉了。而后我一溜烟地跑进屋去，把这情形告诉了祖父。祖父也一样和我似的,笑得不能停了,眼睛笑出眼泪来。但是总是说,不要笑啦,不要笑啦,看他听见,有的时候祖父竟把后门关起来再笑。祖父怕冯歪嘴子听见了不好意思。

但是老厨子就不然了。有的时候,他和冯歪嘴子谈天,故意谈到一半他就溜掉了。因为冯歪嘴子隔着爬满了黄瓜秧的窗子,看不见他走了,就自己独自说了一大篇话,而后让他故意得不到反响。

老厨子提着筐子到后园去摘茄子,一边摘着一边就跟冯歪嘴子谈话,正谈到半路,老厨子蹑手蹑足的,提着筐子就溜了,回到屋里去烧饭去了。

这时冯歪嘴子还在磨房里大声地说:

"西岗公园来了跑马戏的,我还没得空去看,你去看过了吗?老王。"

其实后花园里一个人也没有了,蜻蜓,蝴蝶随意地飞着,冯歪嘴子的话声,空空地落到花园里来,又空空地消失了。

烟消火灭了。

等他发现了老王早已不在花园里,他这才又打起梆子来,看着小驴拉磨。

有二伯一和冯歪嘴子谈话,可从来没有偷着溜掉过,他问下雨天,磨房的房顶漏得厉害不厉害?磨房里的耗子多不多?

冯歪嘴子同时也问着有二伯,今年后园里雨水大吗?茄子、芸豆都快罢园了吧?

他们两个彼此说完了话,有二伯让冯歪嘴子到后园里来走走,冯歪嘴子让有二伯到磨房去坐坐。

"有空到园子里来走走。"

"有空到磨房里来坐坐。"

有二伯于是也就告别走出园子来。冯歪嘴子也就照旧打他的梆子。

秋天,大榆树的叶子黄了,墙头上的狗尾草干倒了,园里一天一天地荒凉起来了。

这时候冯歪嘴子的窗子也露出来了。因为那些纠纠缠缠的黄瓜秧也都蔫败了,舍弃了窗棂而脱落下来了。

于是站在后园里就可看到冯歪嘴子,扒着窗子就可以看到在拉磨的小驴。那小驴竖着耳朵,戴着眼罩。走了三五步就响一次鼻子,每一抬脚那只后腿就有点瘸,每一停下来,小驴就用三条腿站着。

冯歪嘴子说小驴的一条腿坏了。

这窗子上的黄瓜秧一干掉了,磨房里的冯歪嘴子就天天可以看到的。

冯歪嘴子喝酒了，冯歪嘴子睡觉了，冯歪嘴子打梆子了，冯歪嘴子拉胡琴了，冯歪嘴子唱唱本了，冯歪嘴子摇风车了。只要一扒着那窗台，就什么都可以看见的。

一到了秋天，新鲜黏米一下来的时候，冯歪嘴子就三天一拉磨，两天一拉黏糕。黄米黏糕，撒上大芸豆。一层黄，一层红，黄的金黄，红的通红。三个铜板一条，两个铜板一片的用刀切着卖。愿意加红糖的有红糖，愿意加白糖的有白糖。加了糖不另要钱。

冯歪嘴子推着单轮车在街上一走，小孩子们就在后边跟了一大帮，有的花钱买，有的围着看。

祖父最喜欢吃这黏糕，母亲也喜欢，而我更喜欢。母亲有时让老厨子去买，有的时候让我去买。

不过买了来是有数的，一人只能吃手掌那么大的一片，不准多吃，吃多了怕不能消化。

祖父一边吃着，一边说够了够了，意思是怕我多吃。母亲吃完了也说够了，意思是怕我还要买。其实我真的觉得不够，觉得再吃两块也还不多呢！不过经别人这样一说，我也就没有什么办法了，也就不好意思喊着再去买，但是实在话是没有吃够的。

当我在大门外玩的时候，推着单轮车的冯歪嘴子总是在那块黏糕上切下一片来送给我吃，于是我就接受了。

当我在院子里玩的时候，冯歪嘴子一喊着"黏糕""黏糕"地从大墙外经过，我就爬上墙头去了。

因为西南角上的那段土墙，因为年久了出了一个豁，我就扒着那墙豁往外看着。果然冯歪嘴子推着黏糕的单轮车由远而近了。来到我的旁边，就问着：

"要吃一片吗？"

而我也不说吃，也不说不吃。但我也不从墙头上下来，还是若无其事地待在那里。

冯歪嘴子把车子一停，于是切好一片黏糕送上来了。

一到了冬天，冯歪嘴子差不多天天出去卖一锅黏糕的。

这黏糕在做的时候，需要很大的一口锅，里边烧着开水，锅口上坐着竹帘子。把碾碎了的黄米粉就撒在这竹帘子上，撒一层粉，撒一层豆。冯歪嘴子就在磨房里撒的，弄得满屋热气腾腾。进去买黏糕的时候，刚一开门，只听屋里火柴烧得噼啪地响，竟看不见人了。

我去买黏糕的时候,我总是去得早一点,我在那边等着,等着刚一出锅,好买热的。

那屋里的蒸气实在大,是看不见人的。每次我一开门,我就说:"我来了。"

冯歪嘴子一听我的声音就说:"这边来,这边来。"

二

有一次母亲让我去买黏糕,我略微地去得晚了一点,黏糕已经出锅了。我慌慌忙忙地买了就回来了。回到家里一看,不对了。母亲让我买的是加白糖的,而我买回来的是加红糖的。当时我没有留心,回到家里一看,才知道错了。

错了,我又跑回去换。冯歪嘴子又另外切了几片,撒上白糖。

接过黏糕来,我正想拿着走的时候,一回头,看见了冯歪嘴子的那张小炕上挂着一张布帘。

我想这是做什么,我跑过去看一看。

我伸手就掀开布帘了,往里边一看,呀!里边还有一个小孩呢!

我转身就往家跑,跑到家里就跟祖父讲,说那冯歪嘴子的炕上不知谁家的女人睡在那里,女人的被窝里边还有一个小孩,那小孩还露着小头顶呢,那小孩头还是通红的呢!

祖父听了一会觉得纳闷,就说让我快吃黏糕罢,一会冷了,不好吃了。

可是我哪里吃得下去。觉得这事情真好玩,那磨房里边,不单有一个小驴,还有一个小孩呢。

这一天早晨闹得黏糕我也没有吃,又戴起皮帽子来,跑去看了一次。

这一次,冯歪嘴子不在屋里,不知他到哪里去了,黏糕大概也没有去卖,推黏糕的车子还在磨盘的旁边扔着。

我一开门进去,风就把那挂着的白布帘吹开了,那女人仍旧躺着不动,那小孩也一声不哭,我往屋子的四边观察一下,屋子的边处没有什么变动,只是磨盘上放着一个黄铜盆,铜盆里泡着一点破布,盆里的水已经结冰了,其余的没有什么变动。

小驴一到冬天就住在磨房的屋里,那小驴还是照旧的站在那里,并且还是安安敦敦地和每天一样地麻搭着眼睛。其余的磨房里的风车子、罗柜、磨盘,都是照旧地在那里待着,就是墙根下的那些耗子也出来和往日一样地乱跑,耗子一边跑着还一边吱吱喳喳地叫着。

我看了一会,看不出所以然来,觉得十分无趣。正想转身出来的时候,被我发现了一个瓦盆,就在炕沿上已经像小冰山似的冻得鼓鼓的了。于是我想起这屋的冷来了,立刻觉得要打寒颤,冷得不能站脚了。我一细看那扇通到后园去的窗子也通着大洞,瓦房的房盖也透着青天。

我开门就跑了,一跑到家里,家里的火炉正烧得通红,一进门就热气扑脸。

我正想要问祖父,那磨房里是谁家的小孩。这时冯歪嘴子从外边来了。

戴着他的四耳帽子,他未曾说话先笑一笑的样子,一看就是冯歪嘴子。

他进了屋来,他坐在祖父的旁边的太师椅上,那太师椅垫着红毛哔叽的厚垫子。

冯歪嘴子坐在那里,似乎有话说不出来。右手不住地摸擦着椅垫子,左手不住地拉着他的左耳朵。他未曾说话先笑的样子,笑了好几阵也没说出话来。

我们家里的火炉太热,把他的脸烤得通红的了。他说:

"老太爷,我摊了点事。……"

祖父就问他摊了什么事呢?

冯歪嘴子坐在太师椅上扭扭歪歪的,摘下那狗皮帽子来,手里玩弄着那皮帽子。未曾说话他先笑了,笑了好一阵工夫,他才说出一句话来:

"我成了家啦。"

说着冯歪嘴子的眼睛就流出眼泪来,他说:

"请老太爷帮帮忙,现下她们就在磨房里呢!她们没有地方住。"

我听到了这里,就赶快抢住了,向祖父说:

"爷爷,那磨房里冷呵!炕沿上的瓦盆都冻裂了。"

祖父往一边推着我,似乎他在思索的样子。我又说:

"那炕上还睡着一个小孩呢!"

祖父答应了让他搬到磨房南头那个装草的房子里去暂住。

冯歪嘴子一听,连忙就站起来了,说:

"道谢,道谢。"

一边说着,他的眼睛又一边来了眼泪,而后戴起狗皮帽子来,眼泪汪汪的就走了。

冯歪嘴子刚一走出屋去,祖父回头就跟我说:

"你这孩子当人面不好多说话的。"

我那时也不过六七岁，不懂这是什么意思，我问着祖父：

"为什么不准说，为什么不准说？"

祖父说："你没看冯歪嘴子的眼泪都要掉下来了吗？冯歪嘴子难为情了。"

我想可有什么难为情的，我不明白。

三

晌午，冯歪嘴子那磨房里就吵起来了。

冯歪嘴子一声不响地站在磨盘的旁边，他的掌柜的拿着烟袋在他的眼前骂着，掌柜的太太一边骂着，一边拍着风车子，她说：

"破了风水了，我这碾磨房，岂是你那不干不净的野老婆住的地方！"

"青龙白虎也是女人可以冲的吗！"

"冯歪嘴子，从此我不发财，我就跟你算帐；你是什么东西，你还算个人吗？你没有脸，你若有脸你还能把个野老婆弄到大面上来，弄到人的眼皮下边来……你赶快给我搬走……"

冯歪嘴子说：

"我就要叫她们搬的，就搬……"

掌柜的太太说："叫她们搬，她们是什么东西，我不知道。我是叫你走的，你可把人糟蹋苦了……"

说着，她往炕上一看：

"唉呀！面口袋也是你那野老婆盖得的！赶快给我拿下来。我说冯歪嘴子，你可把我糟蹋苦了。你可把我糟蹋苦了。"

那个刚生下来的小孩是盖着盛面口袋在睡觉的，一齐盖着四五张，厚墩墩的压着小脸。

掌柜的太太在旁边喊着：

"给我拿下来，快给我拿下来！"

冯歪嘴子过去把面口袋拿下来了，立刻就露出孩子通红的小手来，而且那小手还伸伸缩缩地摇动着，摇动了几下就哭起来了。

那孩子一哭，从孩子的嘴里冒着雪白的白气。

那掌柜的太太把面口袋接到手里说："可冻死我了，你赶快搬罢，我可没工夫跟你吵了……"

说着开了门缩着肩膀就跑回上屋去了。

王四掌柜的，就是冯歪嘴子的东家，他请祖父到上屋去喝茶。

我们坐在上屋的炕上，一边烤着炭火盆，一边听到磨房里的那小孩的哭声。

祖父问我的手烤暖了没有？我说还没烤暖，祖父说："烤暖了，回家罢。"

从王四掌柜的家里出来，我还说要到磨房里去看看。祖父说，没有什么的，要看回家暖过来再看。

磨房里没有寒暑表，我家里是有的。我问祖父："爷爷，你说磨房的温度在多少度上？"

祖父说在零度以下。

我问：

"在零度以下多少？"

祖父说：

"没有寒暑表，哪儿知道呵！"

我说：

"到底在零度以下多少？"

祖父看一看天色就说：

"在零下七八度。"

我高兴起来了，我说：

"哎呀，好冷呵！那不和室外温度一样了吗？"

我抬脚就往家里跑，井台，井台旁边的水槽子，井台旁边的大石头碾子，房户老周家的大玻璃窗子，我家的大高烟筒，在我一溜烟地跑起来的时候，我看它们都移移动动的了，它们都像往后退着。我越跑越快，好像不是我在跑，而像房子和大烟筒在跑似的。

我自己玄乎得我跑得和风一般快。

我想那磨房的温度在零度以下，岂不是等于露天地了吗？这真笑话，房子和露天地一样。我越想越可笑，也就越高兴。

于是连喊带叫地也就跑到家了。

四

下半天冯歪嘴子就把小孩搬到磨房南头那草棚子里去了。

那小孩哭的声音很大，好像他并不是刚刚出生，好像已经长大了的样子。

那草房里吵得不得了，我又想去看看。

这回那女人坐起来了，身上披着被子，很长的大辫子垂在背后，面朝里，坐在一堆草上不知在干什么。她一听门响，她一回头，我看出来了，她就是我们同院住着的老王家的大姑娘，我们都叫她王大姐的。

这可奇怪，怎么就是她呢？她一回头几乎是把我吓了一跳。

我转身就想往家里跑。跑到家里好赶快地告诉祖父，这到底是怎么回事？

她看是我，她就先向我一笑，她长的是很大的脸孔，很尖的鼻子，每笑的时候，她的鼻梁上就皱了一堆的褶。今天她的笑法还是和从前的一样，鼻梁处堆满了皱褶。

平常我们后园里的菜吃不了的时候，她就提着筐到我们后园来摘些茄子、黄瓜之类回家去。她是很能说能笑的，她是很响亮的人，她和别人相见之下，她问别人：

"你吃饭了吗？"

那声音才大呢，好像房顶上落了喜鹊似的。

她的父亲是赶车的，她牵着马到井上去饮水，她打起水来，比她父亲打的更快，三绕两绕就是一桶。别人看了都说：

"这姑娘将来是个兴家立业的好手！"

她在我家后园里摘菜，摘完临走的时候，常常就折一朵马蛇菜花戴在头上。

她那辫子梳得才光呢，红辫根，绿辫梢，干干净净，又加上一朵马蛇菜花戴在鬓角上，非常好看。她提着筐子前边走了，后边的人就都指指画画地说她的好处。

老厨子说她大头子大眼睛长得怪好看的。

有二伯说她膀大腰圆的带点福相。

母亲说她：

"我没有这么大的儿子，有儿子我就娶她，这姑娘真响亮。"

同院住的老周家三奶奶则说：

"哟哟，这姑娘真是一棵大葵花，又高又大，你今年十几啦？"

周三奶奶一看到王大姐就问她十几岁？已经问了不知几遍了，好像一看见就必得这么问，若不问就好像没有话说似的。

每逢一问，王大姐也总是说：

"二十了。"

"二十了，可得给说一个媒了。"再不然就是，"看谁家有这么大的福气，看吧，将来看吧。"

隔院的杨家的老太太，扒着墙头一看见王大姐就说：

"这姑娘的脸红得像一盆火似的。"

现在王大姐一笑还是一皱鼻子，不过她的脸有一点清瘦，颜色发白了许多。

她怀里抱着小孩。我看一看她，她也不好意思了，我也不好意思了。我的不好意思是因为好久不见的缘故，我想她也许是和我一样吧。我想要走，又不好意立刻就走开。想要多待一会又没有什么话好说的。

我就站在那里静静地站了一会，我看她用草把小孩盖了起来，把小孩放到炕上去。其实看不见什么是炕，乌七八糟的都是草，地上是草，炕上也是草，草捆子堆得房梁上去了。那小炕本来不大，又都叫草捆子给占满了。那小孩也就在草中偎了个草窝，铺着草盖着草地就睡着了。

我越看越觉得好玩，好像小孩睡在喜鹊窝里了似的。

到了晚上，我又把全套我所见的告诉了祖父。

祖父什么也不说。但我看出来祖父晓得的比我晓得的多的样子。我说：

"那小孩还盖着草呢！"

祖父说："嗯！"

我说：

"那不是王大姐吗？"

祖父说：

"嗯。"

祖父是什么也不问，什么也不听的样子。

等到了晚上在煤油灯的下边，我家全体的人都聚集了的时候，那才热闹呢！连说带讲的。这个说，王大姑娘这么的。那个说王大姑娘那么着……说来说去，说得不成样子了。

说王大姑娘这样坏，那样坏，一看就知道不是好东西。

说她说话的声音那么大，一定不是好东西，哪有姑娘家家的，大说大讲的。

有二伯说：

"好好的一个姑娘，看上了一个磨房的磨官，介个年头是啥年头！"

老厨子说：

"男子要长个粗壮，女子要长个秀气。没见过一个姑娘长得和一个扛大个的

（扛工）似的。"

有二伯也就接着说：

"对呀！老爷像老爷，娘娘像娘娘，你没四月十八去逛过庙吗？那老爷庙上的老爷，威风八面，娘娘庙上的娘娘，温柔典雅。"

老厨子又说：

"哪有的勾当，姑娘家家的，打起水来，比男子大丈夫还有力气。没见过，姑娘家家的那么大的力气。"

有二伯说：

"那算完，长的是一身穷骨头穷肉，那穿绸穿缎的她不去看，她看上了个灰秃秃的磨官。真是武大郎玩鸭子，啥人玩啥鸟。"

第二天，左邻右居的都晓得王大姑娘生了个小孩子。

周三奶奶跑到我家来探听了一番，母亲说就在那草棚子里，让她去看，她说：

"哟哟！我可没那么大的工夫去看的，什么好勾当。"

西院的杨老太太听了风也来了。穿了一身浆得闪光发亮的蓝大布衫，头上扣着银扁方，手上戴着白铜的戒指。

一进屋，母亲就告诉她冯歪嘴子得了儿子了，杨老太太连忙就说：

"我可不是来探听他们那些猫三狗四的，我是来问问那广和银号的利息到底是大加一呢，还是八成？因为昨天西荒上的二小子打信来说，他老丈人要给一个亲戚拾几万吊钱。"

说完了，她庄庄严严地坐在那里。

我家的屋子太热，杨老太太一进屋来就把脸热的通红。母亲连忙打开了北边的那通气窗。

通气窗一开，那草棚子里的小孩的哭声就听见了，那哭声特别吵闹。

"听听啦，"母亲说，"这就是冯歪嘴子的儿子。"

"怎么的啦？那王大姑娘我看就不是个好东西，我就说，那姑娘将来好不了，"杨老太太说，"前些日子那姑娘忽然不见了，我就问她妈，'你们大姑娘哪儿去啦？'她妈说，'上她姥姥家去了。'一去去了这么久没回来，我就有点觉景。"

母亲说：

"王大姑娘夏天的时候常常哭，把眼圈都哭红了。她姑说她脾气大，跟她妈吵架气的。"

杨老太太把肩膀一抱说：

"气的,好大的气性,到今天都丢了人啦,怎么没有气死呢,那姑娘不是好东西,你看她那双眼睛,多么大!我早就说过,这姑娘好不了。"

而后在母亲的耳朵上喊喊喳喳了一阵,又说又笑地走了。

把她那原来到我家里来的原意,大概也忘了,她来是为了广和银号利息的问题。可是一直到走也没有再提起那广和银号来。

杨老太太,周三奶奶,还有同院住的那些粉房里的人,没有一个不说王大姑娘坏的。

说王大姑娘的眼睛长得不好,说王大姑娘的力气太大,说王大姑娘的辫子长得也太长。

五

这事情一发,全院子的人给王大姑娘做论的做论,做传的做传,还有人给她做日记的。

做传的说,她从小就在外祖母家里养着,一天尽和男孩子在一块,没男没女。有一天她竟拿着烧火的叉子把她的表弟给打伤了。又是一天刮大风,她把外祖母的二十多个鸭蛋一次给偷着吃光了。又是一天她在河沟子里边采菱角,她自己采的少,她就把别人的菱角倒在她的筐里了,就说是她采的。说她强横得不得了,没有人敢去和她分辩,她开口就骂,举手就打。

那给她做传的人,说着就好像看见过似的,说腊月二十三,过小年的那天,王大姑娘因为外祖母少给了她一块肉吃,她就跟外祖母打了一仗,就跑回家里来了。

"你看看吧,她的嘴该多馋。"

于是四边听着的人,没有不笑的。

那给王大姑娘做传的人,材料的确搜集得不少。

自从团圆媳妇死了,院子里似乎寂寞了很长的一个时期,现在虽然不能说十分热闹,但大家都总要尽力地鼓吹一番。虽然不跳神打鼓,但也总应该给大家多少开一开心。

于是吹风的,把眼的,跑线的,绝对的不辞辛苦,在飘着白白的大雪的夜里,也就戴着皮帽子,穿着大毡靴,站在冯歪嘴子的窗户外面,在那里候着,为的是偷听一点什么消息。若能听到一点点,哪怕针孔那么大一点,也总没有白挨冻,好作为第二天宣传的材料。

所以冯歪嘴子那门下在开初的几天,竟站着不少的探访员。

这些探访员往往没有受过教育,他们最喜欢造谣生事。

比方我家的老厨子出去探访了一阵,回家报告说:

"那草棚子才冷呢!五凤楼似的,那小孩一声不响了,大概是冻死了,快去看热闹吧!"

老厨子举手舞脚的,他高兴得不得了。

不一会他又戴上狗皮帽子,他又去探访了一阵,这一回他报告说:

"没有死,那小孩还没冻死呢!还在娘怀里吃奶呢。"

这新闻发生的地点,离我家也不过五十步远,可是一经探访员们这一探访,事情本来的面目可就大大的两样了。

有的看了冯歪嘴子的炕上有一段绳头,于是就传说着冯歪嘴子要上吊。

这"上吊"的刺激,给人们的力量真是不小。女的戴上风帽,男的穿上毡靴,要来这里参观的,或是准备着来参观的人不知多少。

西院老杨家就有三十多口人,小孩不算在内,若算在内也有四十口了。就单说这三十多人若都来看上吊的冯歪嘴子,岂不把我家的那小草棚挤翻了吗!就说他家那些人中有的老的病的,不能够来,就说最低限度来上十个人吧。那么西院老杨家来十个,同院的老周家来三个——周三奶奶,周四婶子,周老婶子——外加周四婶子怀抱着一个孩子,周老婶子手里牵着个孩子——她们是有这样的习惯的——那么一共周家老少三辈总算五口了。

还有磨房里的漏粉匠,烧火的,跑街送货的等等,一时也数不清是几多人,总之这全院好看热闹的人也不下二三十。还有前后街上的,一听了消息也少不了来了不少的。

"上吊!"为啥一个好好人,活着不愿意活,而愿意"上吊"呢?大家快去看看吧,其中必有趣味无穷,大家快去看看吧。

再说开开眼也是好的,反正也不是去看跑马戏的,又要花钱,又要买票。

所以呼兰河城里凡是一有跳井投河的,或是上吊的,那看热闹的人就特别多,我不知道中国别的地方是否这样,但在我的家乡确是这样的。

投了河的女人,被打捞上来了,也不赶快的埋,也不赶快的葬,摆在那里一两天,让大家围着观看。

跳了井的女人,从井里捞出来,也不赶快的埋,也不赶快的葬,好像国货展览会似的,热闹得车水马龙了。

其实哪有什么好看的,假若冯歪嘴子上了吊,那岂不是看了很害怕吗?

有一些胆小的女人,看了投河的,跳井的,三天五夜的不能睡觉,但是下次,一有这样的冤魂,她仍旧是去看的,看了回来就觉得那恶劣的印象就在眼前,于是又是睡觉不安,吃饭也不香。但是不去看,是不行的,第三次仍去看,哪怕去看了之后,心里觉得恐怖,而后再买一匹黄钱纸,一扎线香到十字路口上去烧了,向着那东西南北的大道磕上三个头,同时嘴里说:

"邪魔野鬼可不要上我的身哪,我这里香纸的也都打发过你们了。"

有的谁家的姑娘,为了去看上吊的,回来吓死了。听说不但是看上吊的,就是看跳井的,也有被吓死的。吓出一场病来,千医百治的治不好,后来死了。

但是人们愿意看,男人也许特别胆子大,不害怕。女人却都是胆小的多,都是乍着胆子看。

还有小孩,女人也把他们带来看。他们还没有长成为一个人,母亲就早把他们带来了,也许在这热闹的世界里,还是提早地演习着一点的好,免得将来对于跳井上吊太外行了。

有的探访员晓得冯歪嘴子从街上买来一把家常用的切菜的刀,于是就大放冯歪嘴子要自刎的空气。

六

冯歪嘴子,没有上吊,没有自刎,还是好好地活着。过了一年,他的孩子长大了。

过年我家杀猪的时候,冯歪嘴子还是到我家里来帮忙的,帮着刮猪毛。到了晚上他吃了饭,喝了酒之后,临回去的时候,祖父说,让他带了几个大馒头去,他把馒头挟在腰里就走了。

人们都取笑着冯歪嘴子,说:

"冯歪嘴子有了大少爷了。"

冯歪嘴子平常给我家做一点小事,磨半斗豆子做小豆腐,或是推二斗上好的红黏谷,做黏糕吃,祖父都是招呼他到我家里来吃饭的。就在饭桌上,当着众人,老厨子就说:

"冯歪嘴子少吃两个馒头吧,留着馒头带给大少爷去吧……"

冯歪嘴子听了也不难为情，也不觉得这是嘲笑他的话，他很庄严地说：

"他在家里有吃的，他在家里有吃的。"

等吃完了，祖父说：

"还是带上几个吧！"

冯歪嘴子拿起几个馒头来，往哪儿放呢？放在腰里，馒头太热。放在袖筒里怕掉了。

于是老厨子说：

"你放在帽兜子里啊！"

于是冯歪嘴子用帽兜着馒头回家去了。

东邻西舍谁家若是办了红白喜事，冯歪嘴子若也在席上的话，肉丸子一上来，别人就说：

"冯歪嘴子，这肉丸子你不能吃，你家里有大少爷的是不是？"

于是人们说着，就把冯歪嘴子应得的那一份的两个肉丸子，用筷子夹出来，放在冯歪嘴子旁边的小碟里。来了红烧肉，也是这么照办，来了干果碟，也是这么照办。

冯歪嘴子一点也感不到羞耻，等席散之后，用手巾包着，带回家来，给他儿子吃了。

七

他的儿子也和普通的小孩一样，七个月出牙，八个月会爬，一年会走，两年会跑了。

夏天，那孩子浑身不穿衣裳，只带一个花兜肚，在门前的水坑里捉小蛤蟆。他的母亲坐在门前给他绣着花兜肚子。他的父亲在磨房打着梆子，看管着小驴拉着磨。

八

又过了两三年，冯歪嘴子的第二个孩子又要出生了。冯歪嘴子欢喜得不得了，嘴都闭不上了。

在外边，有人问他：

"冯歪嘴子又要得儿子了？"

他呵呵呵。他故意的平静着自己。

他在家里边，他一看见他的女人端一个大盆。他就说：

"你这是干什么，你让我来拿不好么！"

他看见他的女人抱一捆柴火，他也这样阻止着她：

"你让我来拿不好么！"

可是那王大姐，却一天比一天瘦，一天比一天苍白，她的眼睛更大了，她的鼻子也更尖了似的。冯歪嘴子说，过后多吃几个鸡蛋，好好养养就身子好起来了。

他家是快乐的，冯歪嘴子把窗子挂了一张窗帘。这张白布是新从铺子里买来的。冯歪嘴子的窗子，三五年也没有挂过帘子，这是第一次。

冯歪嘴子买了二斤新棉花，买了好几尺花洋布，买了二三十个上好的鸡蛋。

冯歪嘴子还是照旧的拉磨，王大姐就剪裁着花布做成小小的衣裳。

二三十个鸡蛋，用小筐装着，挂在二梁上，每一开门开窗的，那小筐就在高处游荡着。

门口来一挑担卖鸡蛋的，冯歪嘴子就说：

"你身子不好，我看还是应该多吃几个鸡蛋。"

冯歪嘴子每次都想再买一些，但都被孩子的母亲阻止了。冯歪嘴子说：

"你从生了这小孩以来，身子就一直没养过来。多吃几个鸡蛋算什么呢！我多卖几斤黏糕就有了。"

祖父一到他家里去串门。冯歪嘴子就把这一套话告诉了祖父。他说：

"那个人才俭省呢，过日子连一根草也不肯多烧。要生小孩子，多吃一个鸡蛋也不肯。看着吧，将来会发家的……"

冯歪嘴子说完了，是很得意的。

九

七月一过去，八月乌鸦就来了。

其实乌鸦七月里已经来了，不过没有八月那样多了。

七月的晚霞，红得像火似的，奇奇怪怪的，老虎、大狮子、马头、狗群。这一些云彩，一到了八月，就都没有。那满天红洞洞的，那满天金黄的，满天绛紫的，满天朱砂色的云彩，一齐都没有了，无论早晨或黄昏，天空就再也没有它们了，就再也看不见它们了。

八月的天空是静悄悄的，一丝不挂。六月的黑云，七月的红云都没有了。一进了八月雨也没有了，风也没有了。白天就是黄金的太阳，夜里就是雪白的月亮。

天气有些寒了，人们都穿起夹衣来。

晚饭之后，乘凉的人没有了。院子里显得冷清寂寞了许多。

鸡鸭都上架去了，猪也进了猪栏，狗也进了狗窝。院子里的蒿草，因为没有风，就都一动不动地站着，因为没有云，大昴星一出来就亮得和一盏小灯似的了。

在这样的一个夜里，冯歪嘴子的女人死了。第二天早晨，正遇着乌鸦的时候，就给冯歪嘴子的女人送殡了。

乌鸦是黄昏的时候，或黎明的时候才飞过的。不知道这乌鸦从什么地方来，飞到什么地方去，但这一大群遮天蔽瓦的，吵着叫着，好像一大片黑云似的从远处来了，来到头上，不一会过去了。终究过到什么地方去，也许大人知道，孩子们是不知道的，我也不知道。

听说那些乌鸦就过到呼兰河南岸那柳条林里去的，过到那柳条林里去做什么？所以我不大相信。不过那柳条林，乌烟瘴气的，不知那里有些什么，或者是过了那柳条林，柳条林的那边更是些什么？站在呼兰河的这边，只见那乌烟瘴气的，有好几里路的柳条林上，飞着白白的大鸟之外，究竟还有什么，那就不得而知了。

据说乌鸦就往那边过，乌鸦过到那边又怎样，又从那边究竟飞到什么地方去，这个人们不大知道了。

冯歪嘴子的女人是产后死的，传说上这样的女人死了，大庙不收，小庙不留，是将要成为游魂的。

我要到草棚子去看，祖父不让我去看。

我在大门口等着。

我看见了冯歪嘴子的儿子，打着灵头幡送他的母亲。

灵头幡在前，棺材在后，冯歪嘴子在最前边，他在最前边领着路向东大桥那边走去了。

那灵头幡是用白纸剪的，剪成络络网，剪成葫椒眼，剪成不少的轻飘飘的穗子，用一根杆子挑着，扛在那孩子的肩上。

那孩子也不哭，也不表示什么，只好像他扛不动那灵幡，使他扛得非常吃力似的。

他往东边越走越远了。我在大门外看着,一直看着他走过了东大桥,几乎是看不见,我还在那里看着。

乌鸦在头上呱呱地叫着。

过了一群,又一群,等我们回到了家,那乌鸦还在天空里叫着。

十

冯歪嘴子的女人一死,大家觉得这回冯歪嘴子算完了。扔下两个孩子,一个四五岁,一个刚生下来。

看吧,看他可怎样办!

老厨子说:

"看热闹吧,冯歪嘴子又该喝酒了,又该坐在磨盘上哭了。"

东家西舍的也都说冯歪嘴子这回可非完不可了,那些好看热闹的人,都在准备着看冯歪嘴子的热闹。

可是冯歪嘴子自己,并不像旁观者眼中的那样地绝望,好像他活着还很有把握的样子似的,他不但没有感到绝望已经洞穿了他,因为他看见了他的两个孩子,他反而镇定下来。他觉得在这世界上,他一定要生根的,要长得牢牢的。他不管他自己有这份能力没有,他看看别人也都是这样做的,他觉得他也应该这样做。

于是他照常地活在世界上,他照常地负着他那份责任。

于是他自己动手喂他那刚刚出生的孩子,他用筷子喂他,他不吃,他用调匙喂他。

喂着小的,带着大的,他该担水,担水,该拉磨,拉磨。

早晨一起来,一开门,看见邻人到井口去打水的时候,他总说一声:

"去挑水吗?"

若遇见了卖豆腐的,他也说一声:

"豆腐这么早出锅啦?"

他在这世界上他不知道人们都用绝望的眼光来看他,他不知道他已经处在了怎样的一种艰难的境地。他不知道他自己已经完了,他没有想过。

他虽然也有悲哀,他虽然也常常满满含着眼泪,但是他一看见他的大儿子会拉着小驴饮水了,他就立刻把那含着眼泪的眼睛笑了起来。

他说:

"慢慢地就中用了。"

他的小儿子,一天一天的喂着,越喂眼睛越大,胳臂,腿,越来越瘦。

在别人的眼里,这孩子非死不可。这孩子一直不死,大家都觉得惊奇。

到后来大家简直都莫名其妙了,对于冯歪嘴子的这孩子的不死,别人都起了恐惧的心理,觉得,这是可能的吗?这是世界上应该有的吗?

但是冯歪嘴子,一休息下来就抱着他的孩子。天太冷,他就烘了一堆火给他烤着。那孩子刚一咧嘴笑,那笑得才难看呢,因为又不像笑,又不像哭,而是介乎两者之间的那么一咧嘴。

但是冯歪嘴子却欢得不得了了。

他说:

"这小东西会哄人了。"

或是:

"这小东西懂人事了。"

那孩子到了七八个月才会拍一拍掌,其实别人家的孩子到七八个月,都会爬了,会坐着了,要学着说话了。冯歪嘴子的孩子都不会,只会拍一拍掌,别的都不会。

冯歪嘴子一看见他的孩子拍掌,他就眉开眼笑的。

他说:

"这孩子眼看着就大了。"

那孩子在别人的眼睛里看来,并没有大,似乎一天更比一天小似的。因为越瘦那孩子的眼睛就越大,只见眼睛大,不见身大,看起来好像那孩子始终也没有长似的。那孩子好像是泥做的,而不是孩子了,两个月之后,和两个月之前,完全一样。两个月之前看见过那孩子,两个月之后再看见,也绝不会使人惊讶,时间是快的,大人虽不见老,孩子却一天一天地不同。

看了冯歪嘴子的儿子,绝不会给人以时间上的观感。大人总喜欢在孩子的身上去触到时间。但是冯歪嘴子的儿子是不能给人这个满足的。因为两个月前看见过他那么大,两个月后看见他还是那么大,还不如去看后花园里的黄瓜,那黄瓜三月里下种,四月里爬蔓,五月里开花,五月末就吃大黄瓜。

但是冯歪嘴子却不这样的看法,他看他的孩子是一天比一天大。

大的孩子会拉着小驴到井边上去饮水了,小的会笑了,会拍手了,会摇头了。给他东西吃,他会伸手来拿。而且小牙也长出来了。

微微一咧嘴笑,那小白牙就露出来了。

尾 声

呼兰河这小城里边,以前住着我的祖父,现在埋着我的祖父。

我生的时候,祖父已六十多岁,我长到四五岁,祖父就快七十了。我还没有长到二十岁,祖父就七八十岁了。祖父一过了八十,祖父就死了。

从前那后花园的主人,而今不见了。老主人死了,小主人逃荒去了。

那园里的蝴蝶,蚂蚱,蜻蜓,也许还是年年仍旧,也许现在完全荒凉了。

小黄瓜,大倭瓜,也许还是年年地种着,也许现在根本没有了。

那早晨的露珠是不是还落在花盆架上,那午间的太阳是不是还照着那大向日葵,那黄昏时候的红霞是不是还会一会工夫变出来一匹马来,一会工夫会变出来一匹狗来,那么变着。

这一些不能想象了。

听说有二伯死了。

老厨子就是活着年纪也不小了。

东邻西舍也都不知怎样了。至于那磨房里的磨房官,至今究竟如何,则完全不晓得了。

以上我所写的并没有什么幽美的故事,只因他们充满我幼年的记忆,忘却不了,难以忘却,就记在这里了。

1940 年 12 月 20 日

不知是几分钟过后,
我才发现这个房间是如此的白,
棚顶是斜坡的棚顶,除了一张床,
地下有一张桌子,一围藤椅……

欧罗巴旅馆

楼梯是那样长,好像让我顺着一条小道爬上天顶。其实只是三层楼,也实在无力了。手扶着楼栏,努力拔着两条颤颤的,不属于我的腿,升上几步,手也开始和腿一般颤。

等我走进那个房间的时候,和受辱的孩子似的偎上床去,用袖口慢慢擦着脸。他——郎华,我的情人,那时候他还是我的情人,他问我了:

"你哭了吗?"

"为什么哭呢?我擦的是汗呀,不是眼泪呀!"

不知是几分钟过后,我才发现这个房间是如此的白,棚顶是斜坡的棚顶,除了一张床,地下有一张桌子,一围藤椅。离开床沿用不到两步可以摸到桌子和椅子。开门时,那更方便,一张门扇躺在床上可以打开。住在这白色的小室,我好像住在幔帐中一般。我口渴,我说:

"我应该喝一点水吧!"

他要为我倒水时,他非常着慌,两条眉毛好像要连接起来,在鼻子的上端扭动了好几下:"怎样喝呢?用什么喝?"

桌子上除了一块洁白的桌布,干净得连灰尘都不存在。

我有点昏迷,躺在床上听他和茶房在过道说了些时,又听到门响,他来到床边。我想他一定举着杯子在床边,却不,他的手两面却分张着:

"用什么喝?可以吧?用脸盆来喝吧!"

他去拿藤椅上放着才带来的脸盆时,毛巾下面刷牙缸被他发现,于是拿着刷牙缸走去。

旅馆的过道是那样寂静,我听他踏着地板来了。

正在喝着水,一只手指抵在白床单上,我用发颤的手指抚来抚去。他说:

"你躺下吧!太累了。"

我躺下也是用手指抚来抚去,床单有突起的花纹,并且白得有些闪我的眼睛,心想:不错的,自己正是没有床单。我心想的话他却说出了!

"我想我们是要睡空床板的,现在连枕头都有。"说着,他拍打我枕在头下的枕头。

"咯咯——"有人打门，进来一个高大的俄国女茶房，身后又进来一个中国茶房：

"也租铺盖吗？"

"租的。"

"五角钱一天。"

"不租。""不租。"我也说不租，郎华也说不租。

那女人动手去收拾：软枕，床单，就连桌布她也从桌子扯下去，床单夹在她的腋下。一切都夹在她的腋下。一秒钟，这洁白的小室跟随她花色的包头巾一同消失去。

我虽然是腿颤，虽然肚子饿得那样空，我也要站起来，打开柳条箱去拿自己的被子。

小室被劫了一样，床上一张肿胀的草褥赤现在那里，破木桌一些黑点和白圈显露出来，大藤椅也好像跟着变了颜色。

晚饭以前，我们就在草褥上吻着抱着过的。

晚饭就在桌子上摆着，黑"列巴"和白盐。

晚饭以后，事件就开始了。

开门进来三四个人，黑衣裳，挂着枪，挂着刀。进来先拿住郎华的两臂，他正赤着胸膛在洗脸，两手还是湿着。他们那些人，把箱子弄开。翻扬了一阵。

"旅馆报告你带枪，没带吗？"那个挂刀的人问。随后那人在床下扒得了一个长纸卷，里面卷的是一支剑。他打开，抖着剑柄的红穗头：

"你哪里来的这个？"

停在门口那个去报告的俄国管事，挥着手，急得涨红了脸。

警察要带郎华到局子里去。他也预备跟他们去，嘴里不住地说："为什么单独用这种方式检查我？妨碍我？"

最后警察温和下来，他的两臂被放开，可是他忘记了穿衣裳，他湿水的手也干了。

原因日间那白俄来取房钱，一日两元，一月六十元。我们只有五元钱。马车钱来时去掉五角。那白俄说：

"你的房钱，给！"他好像知道我们没有钱似的，他好像是很着忙，怕是我们跑走一样。他拿到手中两元票子又说："六十元一月，明天给！"原来包租一月三十元，为了松花江涨水才有这样的房价。如此，他摇手瞪眼地说："你的明天搬走，你的明天走！"

郎华说："不走，不走……"

"不走不行，我是经理。"

郎华从床下取出剑来，指着白俄：

"你快给我走开，不然，我宰了你。"

他慌张着跑出去了，去报告警察，说我们带着凶器，其实剑裹在纸里，那人以为是大枪，而不知是一支剑。

结果警察带剑走了，他说："日本宪兵若是发现你有剑，那你非吃亏不可，了不得的，说你是大刀会。我替你寄存一夜，明天你来取。"

警察走了以后，闭了灯，锁上门，街灯的光亮从小窗口跑下来，凄凄淡淡的，我们睡了。在睡中不住想：警察是中国人，倒比日本宪兵强得多啊！

天明了，是第二天，从朋友处被逐出来是第二天了。

黑"列巴"和白盐

玻璃窗子又慢慢结起霜来，不管人和狗经过窗前，都辨认不清楚。

"我们不是新婚吗？"他这话说得很响，他唇下的开水杯起一个小圆波浪。他放下杯子，在黑面包上涂一点白盐送下喉去。大概是面包已不在喉中，他又说：

"这不正是度蜜月吗！"

"对的，对的。"我笑了。

他连忙又取一片黑面包，涂上一点白盐，学着电影上那样度蜜月，把涂盐的"列巴"先送上我的嘴，我咬了一下，而后他才去吃。一定盐太多了，舌尖感到不愉快，他连忙去喝水：

"不行不行，再这样度蜜月，把人咸死了。"

盐毕竟不是奶油，带给人的感觉一点也不甜，一点也不香。我坐在旁边笑。

光线完全不能透进屋来，四面是墙，窗子已经无用，像封闭了的洞门似的，与外界绝对隔离开。天天就生活在这里边。素食，有时候不食，好像传说上要成仙的人在这地方苦修苦炼。很有成绩，修炼得倒是不错了，脸也黄了，骨头也瘦了。我的眼睛越来越扩大，他的颊骨和木块一样突在腮边。这些工夫都做到，只是还没成仙。

"借钱","借钱",郎华每日出去"借钱"。他借回来的钱总是很少,三角,五角,借到一元,那是很稀有的事。

黑"列巴"和白盐,许多日子成了我们唯一的生命线。

度 日

天色连日阴沉下去,一点光也没有,完全灰色,灰得怎样程度呢?那和墨汁混到水盆中一样。

火炉台擦得很亮了,碗、筷子、小刀摆在格子上。清早起第一件事点起火炉来,而后擦地板,铺床。

炉铁板烧得很热时,我便站到火炉旁烧饭,刀子、匙子弄得很响。炉火在炉腔里起着小的爆炸,饭锅腾着气,葱花炸到油里,发出很香的烹调的气味。我细看葱花在油边滚着,渐渐变黄起来……小洋刀好像剥着梨皮一样,把土豆刮得很白,很好看,去了皮的土豆呈乳黄色,柔和而有弹力。炉台上铺好一张纸,把土豆再切成薄片。饭已熟,土豆煎好。打开小窗望了望,院心几条小狗在戏耍。

家庭教师还没有下课,菜和米香引我回到炉前再吃两口,用匙子调一下饭,再调一下菜,很忙的样子像在偷吃。在地板上走了又走,一个钟头的课程还不到吗?于是再打开锅盖吞下几口。再从小窗望一望。我快要吃饱的时候,他才回来。习惯上知道一定是他,他都是在院心大声弄着嗓子响。我藏在门后等他,有时候我不等他寻到,就作着怪声跳出来。

早饭吃完以后,就是洗碗,刷锅,擦炉台,摆好木格子。假如有表,怕是十一点还多了!

再过三四个钟头,又是烧晚饭。他出去找职业,我在家里烧饭,我在家里等他。火炉台,我开始围着它转走起来。每天吃饭,睡觉,愁柴,愁米……

这一切给我一个印象:这不是孩子时候了,是在过日子,开始过日子。

飞 雪

是晚间,正在吃饭的时候,管门人来告诉:

"外面有人找。"

踏着雪，看到铁栅栏外我不认识的一个人，他说他是来找武术教师。那么这人就跟我来到房中，在门口他找擦鞋的东西，可是没有预备那样完备。表示着很对不住的样子，他怕是地板会弄脏的。厨房没有灯，经过厨房时，那人为了脚下的雪差不多没有跌倒。

一个钟头过去了吧！我们的面条在碗中完全凉透，他还没有走，可是他也不说"武术"究竟是学不学，只是在那里用手帕擦一擦嘴，揉一揉眼睛，他是要睡着了！我一面用筷子调一调快凝住的面条，一面看他把外衣的领子轻轻地竖起来，我想这回他一定是要走。然而没有走，或者是他的耳朵怕受冻，用皮领来取一下暖，其实，无论如何在屋里也不会冻耳朵，那么他是想坐在椅子上睡觉吗？这里是睡觉的地方？

结果他也没有说"武术"是学不学，临走时他才说：

"想一想……想一想……"

常常有人跑到这里来想一想，也有人第二次他再来想一想。立刻就决定的人一个也没有，或者是学或者是不学。看样子当面说不学，怕人不好意思，说学，又觉得学费不能再少一点吗？总希望武术教师把学费自动减少一点。

我吃饭时很不安定，替他挑碗面，替自己挑碗面，一会又剪一剪灯花，不然蜡烛颤嗦得使人很不安。

两个人一句话也不说，对着蜡烛吃着冷面。雪落得很大了！出去倒脏水回来，头发就是湿的。从门口望出去，借了灯光，大雪白茫茫，一刻就要倾满人间似的。

郎华披起才借来的夹外衣，到对面的屋子教武术。他的两只空袖口没进大雪片中去了。我听他开着对面那房子的门。那间客厅光亮起来。我向着窗子，雪片翻倒倾忙着，寂寞并且严肃的夜，围临着我，终于起着咳嗽关了小窗。找到一本书，读不上几页，又打开小窗，雪大了呢？还是小了？人在无聊的时候，风雨，总之一切天象会引起注意来。雪飞得更忙迫，雪片和雪片交织在一起。

很响的鞋底打着大门过道，走在天井里，鞋底就减轻了声音。我知道是汪林回来了。那个旧日的同学，我没能看见她穿的是中国衣裳或是外国衣裳，她停在门外的木阶上在按铃。小使女，也就是小丫环开了门，一面问：

"谁？谁？"

"是我，你还听不出来！谁！谁！"她有点不耐烦，小姐们有了青春更骄傲，可是做丫环的一点也不知道这个。假若不是落雪，一定能看到那女孩是怎样无知的把头缩回去。

又去读读书。又来看看雪，读了很多页了，但什么意思呢？我也不知道。因为我心里只记得：落大雪，天就转寒。那么从此我不能出屋了吧？郎华没有皮帽，他的衣裳没有皮领，耳朵一定要冻伤的吧？

在屋里，只要火炉生着火，我就站在炉边，或者更冷的时候，我还能坐到铁炉板上去把自己煎一煎。若没有木柈，我就披着被坐在床上，一天不离床，一夜不离床，但到外边可怎么能去呢？披着被上街吗？那还可以吗？

我把两只脚伸到炉腔里去，两腿伸得笔直，就这样在椅子上对着门看书；哪里看书，假看，无心看。

郎华一进门就说："你在烤火腿吗？"

我问他："雪大小？"

"你看这衣裳！"他用面巾打着外套。

雪，带给我不安，带给我恐怖，带给我终夜各种不舒适的梦……一大群小猪沉下雪坑去……麻雀冻死在电线上，麻雀虽然死了，仍挂在电线上。行人在旷野白色的大树林里，一排一排地僵直着，还有一些把四肢都冻丢了。

这样的梦以后，但总不能知道这是梦，渐渐明白些时，才紧抱住郎华，但总不能相信这不是真事。我说：

"为什么要做这样的梦？照迷信来说，这可不知怎样？"

"真糊涂，一切要用科学方法来解释，你觉得这梦是一种心理，心理是从哪里来的？是物质的反映。你摸摸你这肩膀，冻得这样凉，你觉得到肩膀冷，所以，你做那样的梦！"很快地他又睡去。留下我觉得风从棚顶，从床底都会吹来，冻鼻头，又冻耳朵。

夜间，大雪又不知落得怎样了！早晨起来，一定会推不开门吧！记得爷爷说过：大雪的年头，小孩站在雪里露不出头顶……风不住扫打窗子，狗在房后哽哽地叫……

从冻又想到饿，明天没有米了。

他的上唇挂霜了

他夜夜出去在寒月的清光下，到五里路远一条僻静的街上去教两个人读中学国文课本。这是新找到的职业，不能说是职业，只能说新找到十五元钱。

秃着耳朵，夹外套的领子还不能遮住下巴，就这样夜夜出去，一夜比一夜冷了！听得见人们踏着雪地的响声也更大。他带着雪花回来，裤子下口全是白色，鞋也被雪浸了一半。

"又下雪吗？"

他一直没有回答，像是同我生气。把袜子脱下来，雪积满他的袜口，我拿他的袜子在门扇上打着，只有一小部分雪星是震落下来，袜子的大部分全是潮湿了的。等我在火炉上烘袜子的时候，一种很难忍的气味满屋散布着。

"明天早晨晚些吃饭，南岗有一个要学武术的。等我回来吃。"他说这话，完全没有声色，把声音弄得很低很低……或者他想要严肃一点，也或者他把这事故意看做平凡的事。总之，我不能猜到了！

他赤了脚，穿上鞋，去到对门上武术课。

"你等一等，袜子就要烘干的。"

"我不穿。"

"怎么不穿，汪家有小姐的。"

"有小姐，管什么？"

"不是不好看吗？"

"什么好看不好看！"他光着脚去，也不怕小姐们看，汪家有两个很漂亮的小姐。

他很忙，早晨起来，就跑到南岗去，吃过饭，又要给他的小徒弟上国文课。一切忙完了，又跑出去借钱。晚饭后，又是教武术，又是去教中学课本。

夜间，他睡觉醒也不醒转来，我感到非常孤独了！白昼使我对着一些家具默坐，我虽生着嘴，也不言语；我虽生着腿，也不能走动；我虽生着手，而也没有什么做，和一个废人一般，有多么寂寞！连视线都被墙壁截止住，连看一看窗前的麻雀也不能够，什么也不能够，玻璃生满厚的和绒毛一般的霜雪。这就是"家"，没有阳光，没有暖，没有声，没有色，寂寞的家，穷的家，不生毛草荒凉的广场。

我站在小过道窗口等郎华，我的肚子很饿。

铁门扇响了一下，我的神经便要震荡一下，铁门响了无数次，来来往往都是和我无关的人，汪林她很大的皮领子和她很响的高跟鞋相配称，她摇摇晃晃，满满足足，她的肚子想来很饱很饱，向我笑了笑，滑稽的样子用手指点我一下：

"啊！又在等你的郎华……"她快走到门前的木阶，还说着："他出去，你天天等他，真是怪好的一对！"

她的声音在冷空气里来得很脆，也许是少女们特有的喉咙。对于她，我立刻把她忘记，也许原来就没把她看见，没把她听见。假若我是个男人，怕是也只有这样。肚子响叫起来。

汪家厨房传出来炒酱的气味，隔得远我也会嗅到，他家吃炸酱面吧！炒酱的铁勺子一响，都像说："炸酱，炸酱面……"

在过道站着，脚冻得很痛，鼻子流着鼻涕。我回到屋里。关好二层门，不知是想什么，默坐了好久。

汪林的二姐到冷屋去取食物，我去倒脏水见她，平日不很说话，很生疏，今天她却说：

"没去看电影吗？这个片子不错，胡蝶主演。"她蓝色的大耳环永远吊荡着不能停止。

"没去看。"我的袍子冷透骨了！

"这个片很好，煞尾是结了婚，看这片子的人都猜想，假若演下去，那是怎么美满的……"

她热心地来到门缝边，在门缝我也看到她大长的耳环在摆动。

"进来玩玩吧。"

"不进去，要吃饭啦！"

郎华回来了，他的上唇挂霜了！汪二小姐走得很远时，她的耳环和她的话声仍震荡着："和你度蜜月的人回来啦，他来了。"

好寂寞的，好荒凉的家呀！他从口袋取出烧饼来给我吃。他又走了，说有一家招请电影广告员，他要去试试。

"什么时候回来？什么时候回来？"我追赶到门外问他，好像很久捉不到的鸟儿，捉到又飞了！失望和寂寞，虽然吃着烧饼，也好像饿倒下来。

小姐们的耳环，对比着郎华的上唇挂着的霜。对门居着，他家的女儿看电影，戴耳环；我家呢？我家……

当　铺

"你去当吧！你去当吧，我不去！"

"好，我去，我就愿意进当铺，进当铺我一点也不怕，理直气壮。"

新做起来的我的棉袍，一次还没有穿，就跟着我进当铺去了！在当铺门口稍微徘徊了一下，想起出门时郎华要的价目——非两元不当。

萧红文集

包袱送到柜台上,我是仰着脸,伸着腰,用脚尖站起来送上去的,真不晓得当铺为什么摆起这么高的柜台!

那戴帽头的人翻着衣裳看,还不等他问,我就说了:

"两块钱。"

他一定觉得我太不合理,不然怎么连看我一眼也没看,就把东西卷起来,他把包袱仿佛要丢在我的头上,他十分不耐烦的样子。

"两块钱不行,那么,多少钱呢?"

"多少钱不要。"他摇摇像长西瓜形的脑袋,小帽头顶尖的红帽球,也跟着摇了摇。

我伸手去接包袱,我一点也不怕。我理直气壮,我明明知道他故意作难,正想把包袱接过来就走。猜得对对的,他并不把包袱真给我。

"五毛钱!这件衣服袖子太瘦,卖不出钱来……"

"不当。"我说。

"那么一块钱……再可不能多了,就是这个数目。"他把腰微微向后弯一点,柜台太高,看不出他突出的肚囊……一只大手指,就比在和他太阳穴一般高低的地方。

带着一元票子和一张当票,我快快地走,走起路来感到很爽快,默认自己是很有钱的人。菜市,米店我都去过,臂上抱了很多东西,感到非常愿意抱这些东西,手冻得很痛,觉得这是应该,对于手一点也不感到可惜,本来手就应该给我服务,好像冻掉了也不可惜。走在一家包子铺门前,又买了十个包子,看一看自己带着这些东西,很骄傲,心血时时激动,至于手冻得怎样痛,一点也不可惜。路旁遇见一个老叫花子,又停下来给他一个大铜板,我想我有饭吃,他也是应该吃啊!然而没有多给,只给一个大铜板,那些我自己还要用呢!又摸一摸当票也没有丢,这才重新走,手痛得什么心思也没有了,快到家吧!快到家吧!但是,背上流了汗,腿觉得很软,眼睛有些刺痛,走到大门口,才想起来从搬家还没有出过一次街,走路腿也无力,太阳光也怕起来。

又摸一摸当票才走进院去。郎华仍躺在床上,和我出来的时候一样,他还不习惯于进当铺。他是在想什么。拿包子给他看,他跳起来了:

"我都饿啦,等你也不回来。"

十个包子吃去一大半,他才细问:"当多少钱?当铺没欺负你吗?"

把当票给他,他瞧着那样少的数目:

"才一元,太少。"

虽然说当得的钱少，可是又愿意吃包子，那么结果很满足。他在吃包子的嘴，看起来比包子还大，一个跟着一个，包子消失尽了。

借

"女子中学"的门前，那是三年前在里边读书的学校。和三年前一样，楼窗，窗前的树；短板墙，墙外的马路，每块石砖我踏过它。墙里墙外的每棵树，尚存着我温馨的记忆；附近的家屋，唤起我往日的情绪。

我忘不了这一切啊！管它是温馨的，是痛苦的，我忘不了这一切啊！我在那楼上，正是我有着青春的时候。

现在已经黄昏了，是冬的黄昏。我踏上水门汀的阶石，轻轻地迈着步子。三年前，曾按过的门铃又按在我的手中。出来开门的那个校役，他还认识我。楼梯上下跑走的那一些同学，却咬着耳说："这是找谁的？"

一切全不生疏，事务牌，信箱，电话室，就是挂衣架子，三年也没有搬动，仍是摆在传达室的门外。

我不能立刻上楼，这对于我是一种侮辱似的。旧同学虽有，怕是教室已经改换了；宿舍，我不知道在楼上还是在楼下。

"梁先生——国文梁先生在校吗？"我对校役说。

"在校是在校的，正开教务会议。"

"什么时候开完？"

"那怕到七点钟吧！"

墙上的钟还不到五点，等也是无望，我走出校门来了！这一刻，我完全没有来时的感觉，什么街石，什么树，这对我发生什么关系？

"吟——在这里。"郎华在很远的路灯下打着招呼。

"回去吧！走吧！"我走到他身边，再不说别的。

顺着那条斜坡的直道，走得很远的我才告诉他：

"梁先生开教务会议，开到七点，我们等得了吗？"

"那么你能走吗？肚子还疼不疼？"

"不疼，不疼。"

圆月从东边一小片林梢透过来，暗红色的圆月，很大很混浊的样子，好像老人昏花的眼睛，垂到天边去。脚下的雪不住在滑着，响着，走了许多时候，一个行人没有遇见,来到火车站了!大时钟在暗红色的空中发着光,火车的汽笛震鸣着冰寒的空气,电车,汽车,马车,人力车,车站前忙着这一切。

顺着电车道走,电车响着铃子从我们身边一辆一辆地过去。没有借到钱,电车就上不去。走吧,挨着走,肚痛我也不能说。走在桥上,大概是东行的火车,冒着烟从桥下经过,震得人会耳鸣起来,锁链一般的爬向市街去。从岗上望下来,最远处,商店的红绿电灯不住地闪烁;在夜里的人家,好像在烟里一般;若没有灯光从窗子流出来,那么所有的楼房就该变成幽寂的、没有钟声的大教堂了!站在岗上望下去,"许公路"的电灯,好像扯在太阳下的长串的黄色铜铃,越远,那些铜铃越增加着密度,渐渐数不过来了!

挨着走,昏昏茫茫地走,什么夜,什么市街,全是阴沟,我们滚在沟中。携着手吧!相牵着走吧!天气那样冷,道路那样滑,我时时要滑倒的样子,脚下不稳起来,不自主起来,在一家电影院门前,我终于跌倒了,坐在冰上,因为道上无处不是冰。膝盖的关节一定受了伤害,他虽拉着我,走起来也十分困难。"肚子跌痛了没有?你实在不能走了吧?"

到家把剩下来的一点米煮成稀饭,没有盐,没有油,没有菜,暖一暖肚子算了。吃饭,肚子仍不能暖,饼干盒子盛了热水,盒子漏了。郎华又拿一个空玻璃瓶要盛热水给我暖肚子,瓶底炸掉下来,满地流着水。他拿起没有底的瓶子当号筒来吹。在那呜呜的响声里边,我躺到冰冷的床上。

广告员的梦想

有一个朋友到一家电影院去画广告,月薪四十元。画广告留给我一个很深的印象,我一面烧早饭一面看报,又有某个电影院招请广告员被我看到,立刻我动心了:我也可以吧?从前在学校时不也学过画吗?但不知月薪多少。

郎华回来吃饭,我对他说,他很不愿意作这事。他说:

"尽骗人。昨天别的报上登着一段招聘家庭教师的广告,我去接洽,其实去的人太多,招一个人,就要去十个,二十个……"

"去看看怕什么?不成,完事。"

"我不去。"

"你不去,我去。"

"你自己去?"

"我自己去!"

第二天早晨,我又留心那块广告,这回更能满足我的欲望。那文告又改登一次,月薪四十元,明明白白的是四十元。

"看一看去。不然,等着职业,职业会来吗?"我又向他说。

"要去,吃了饭就去,我还有别的事。"这次,他不很坚决了。

走在街,遇到他一个朋友。

"到哪里去?"

"接洽广告员的事情。"

"就是《国际协报》登的吗?"

"是的。"

"四十元啊!"这四十元他也注意到。

十字街商店高悬的大表还不到十一点钟,十二点才开始接洽。已经寻找得好疲乏了,已经不耐烦了,代替接洽的那个"商行"才寻到。指明的是石头道街,可是那个"商行"是在石头道街旁的一条顺街尾上,我们的眼睛缭乱起来。走进"商行"去,在一座很大的楼房二层楼上,刚看到一个长方形的亮铜牌钉在过道,还没看到究竟是什么个"商行",就有人截住我们:"什么事?"

"来接洽广告员的!"

"今天星期日,不办公。"

第二天再去的时候,还是有勇气的。是阴天,飞着清雪。那个"商行"的人说:

"请到电影院本家去接洽吧。我们这里不替他们接洽了。"

郎华走出来就埋怨我:

"这都是你主张,我说他们尽骗人,你不信!"

"怎么又怨我?"我也十分生气。

"不都是想当广告员吗?看你当吧!"

吵起来了。他觉得这是我的过错,我觉得他不应该同我生气。走路时,他在前面总比我快一些,他不愿意和我一起走的样子,好像我对事情没有眼光,使他讨厌的样子。冲突就这样越来越大,当时并不去怨恨那个"商行",或是那个电影院,只是他生气我,我生气他,真正的目的却丢开了。两个人吵着架回来。

第三天,我再不去了。我再也不提那事,仍是在火炉板上烘着手。他自己出去,戴着他的飞机帽。

"南岗那个人的武术不教了。"晚上他告诉我。

我知道,就是那个人不学了。

第二天，他仍戴着他的飞机帽走了一天。到夜间，我也并没提起广告员的事。照样，第三天我也并没有提，我已经没有兴致想找那样的职业。可是他自动的，比我更留心，自己到那个电影院去过两次。

"我去过两次，第一回说经理不在，第二回说过几天再来吧。有什么劲，只为着四十元钱，就去给他们耍宝！画的什么广告？什么情火啦，艳史啦，甜蜜啦，真是无耻和肉麻！"

他发的议论，我是不回答的。他愤怒起来，好像有人非捉他去作广告员不可。

"你说，我们能干那样无聊的事？"他竟骂起来，跟着，他就骂起自己来：
"真是混账，不知耻的东西，自私的爬虫！"

直到睡觉时，他还没忘掉这件事，他还向我说：

"你说，我们不是自私的爬虫是什么？只怕自己饿死，去画广告。画得好一点，不怕肉麻，多招来一些看情史的，使人们羡慕富丽，使人们一步一步地爬上去……就是这样，只怕自己饿死，毒害多少人不管，人是自私的东西，……若有人每月给二百元，不是什么都干了吗？我们就是不能够推动历史，也不能站在相反的方面努力败坏历史！"

他讲的使我也感动了。并且声音不自知地越讲越大，他已经开始更细地分析自己……

"你要小点声啊，房东那屋常常有日本朋友来。"我说。

又是一天，我们在"中央大街"闲荡着，很瘦很高的老秦在他肩上拍了一下。冬天下午三四点钟时，已经快要黄昏了，阳光仅仅留在楼顶，渐渐微弱下来，街路完全在晚风中，就是行人道上，也有被吹起的霜雪扫着人们的腿。

冬天在行人道上遇见朋友，总是不把手套脱下来就握手的。那人的手套大概很凉吧，我见郎华的赤手握了一下就抽回来。我低下头去，顺便看到老秦的大皮鞋上撒着红绿的小斑点。

"你的鞋上怎么有颜料？"

他说他到电影院去画广告了。他又指给我们电影院就是眼前那个，他说：

"我的事情很忙，四点钟下班，五点钟就要去画广告。你们可以不可以帮我一点忙？"

听了这话，郎华和我都没回答。

"五点钟，我在卖票的地方等你们。你们一进门就能看见我。"老秦走开了。

晚饭吃的烤饼，差不多每张饼都半生就吃下的，为着忙，也没有到桌子上去吃，就围在炉边吃的。他的脸被火烤得通红。我是站着吃的。看一看新买的小表，五点了，所以连汤锅也没有盖起我们就走出了，汤在炉板上蒸着气。

不用说我是连一口汤也没喝，郎华已跑在我的前面。我一面弄好头上的帽子，一面追随他。才要走出大门时，忽然想起火炉旁还堆着一堆木柴，怕着了火，又回去看了一趟。等我再出来的时候，他已跑到街口去了。

他说我："做饭也不晓得快做！磨蹭，你看晚了吧！女人就会磨蹭，女人就能耽误事！"

可笑的内心起着矛盾。这行业不是干不得吗？怎么跑得这样快呢？他抢着跨进电影院的门去。我看他矛盾的样子，好像他的后脑勺也在起着矛盾，我几乎笑出来，跟着他进去了。

不知俄国人还是英国人，总之是大鼻子，站在售票处卖票。问他老秦，他说不知道。问别人，又不知道哪个人是电影院的人。等了半个钟头也不见老秦，又只好回家了。

他的学说一到家就生出来，照样生出来："那是你愿意去。那不成，那不成啊！人，这自私的东西，多碰几个钉子也对。"

他到别处去了，留我一个人在家。

"你们怎么不去找我？"老秦一边脱着皮帽，一边说。

"还到哪里找去？等了半点钟也看不到你！"

"我们一同走吧。郎华呢？"

"他出去了。"

"那么我们先走吧。你就是帮我忙，每月四十元，你二十，我二十，均分。"

在广告牌前站到十点钟才回来。郎华找我两次也没有找到，所以他正在房中生气。这一夜，我和他就吵了半夜。他去买酒喝，我也抢着喝了一半，哭了，两个人都哭了。他醉了以后在地板上嚷着说：

"一看到职业，什么也不管就跑了，有职业，爱人也不要了！"

我是个很坏的女人吗？只为了二十元钱，把爱人气得在地板上滚着！醉酒的心，像有火烧，像有开水在滚，就是哭也不知道有什么要哭，已经失去了理智。他也和我同样。

第二天酒醒，是星期日。他同我去画了一天的广告。我是老秦的副手，他是我的副手。

第三天就没有去，电影院另请了别人。

广告员的梦到底做成了，但到底是碎了。

"牵牛房"

还不到三天,剧团就完结了!很高的一堆剧本剩在桌子上面。感到这屋子广大了一些,冷了一些。

"他们也来过,我对他们说这个地方常常有一大群人出来进去是不行啊!日本子这几天在道外捕去很多工人。像我们这剧团……不管我们是剧团还是什么,日本子知道那就不好办……"

结果是什么意思呢?就说剧团是完了!我们站起来要走,觉得剧团都完了,再没有什么停留的必要,很伤心似的。后来郎华的胖友人出去买瓜子,我们才坐下来吃着瓜子。

厨房有家具响,大概这是吃夜饭的时候。我们站起来快快地走了。他们说:
"也来吃饭吧!不要走,不要客气。"

我们说:"不客气,不客气。"其实,才是客气呢!胖朋友的女人,就是那个我所说的小"蒙古",她几乎来拉我。

"吃过了,吃过了!"欺骗着自己的肚子跑出来,感到非常空虚,剧团也没有了,走路也无力了。

"真没意思,跑了这些次,我头疼了咧!"

"你快点走,走得这样慢!"郎华说。

使我不耐烦的倒不十分是剧团的事情,因为是饿了!我一定知道家里一点什么吃的东西也没有。

因为没有去处,以后常到那地方闲坐,第四次到他家去闲坐,正是新年的前夜,主人约我们到他家过年。其余新识的那一群也都欢迎我们在一起玩玩。有的说:
"'牵牛房'又牵来两头牛!"

有人无理由地大笑起来,"牵牛房"是什么意思,我不能解释。

"夏天窗前满种着牵牛花,种得太多啦!爬满了窗门,因为这个叫'牵牛房'!"主人大声笑着给我们讲了一遍。

"那么把人为什么称做牛呢?"还太生疏,我没有说这话。

不管怎样玩,怎样闹,总是各人有各人的立场。女仆出去买松子,拿着三角钱,这钱好像是我的一样,非常觉得可惜,我急得要战栗了!就像那女仆把钱去丢掉一样。

"多余呀!多余呀!吃松子做什么!不要吃吧!不要吃那样没用的东西吧!"

这话我都没有说,我知道说这话还不是地方。等一会虽然我也吃着,但我一定不同别人那样感到趣味;别人是吃着玩,我是吃着充饥!所以一个跟着一个咽下它,毫没有留在舌头上尝一尝滋味的时间。

回到家来才把这可笑的话告诉郎华。他也说他不觉的吃了很多松子,他也说他像吃饭一样吃松子。

起先我很奇怪,两人的感觉怎么这样相同呢?其实一点也不奇怪,因为饿才把两个人的感觉弄得一致的。

公 园

树叶摇摇地挂满了池边。一个半胖的人走在桥上,他是一个报社的编辑。

"你们来多久啦?"他一看到我们两个在长石凳上就说。"多幸福,像你们多幸福,两个人逛逛公园……"

"坐在这里吧。"郎华招呼他。

我很快地让一个位置。但他没有坐,他的鞋底无意地踢撞着石子,身边的树叶让他扯掉两片。他更烦恼了,比前些日子看见他更有点两样。

"你忙吗?稿子多不多?"

"忙什么!一天到晚就是那一点事,发下稿去就完,连大样子也不看。忙什么,忙着幻想!"

"幻想什么?……这几天有信吗?"郎华问他。

"什么信!那……一点意思也没有,恋爱对于胆小的人是一种刑罚。"

让他坐下,他故意不坐下;没有人让他,他自己会坐下。于是他又用手拔着脚下的短草。他满脸似乎蒙着灰色。

"要恋爱,那就大大方方地恋爱,何必受罪?"郎华摇一下头。

一个小信封,小得有些神秘意味的,从他的口袋里拔出来,拔着蝴蝶或是什么会飞的虫儿一样,他要把那信给郎华看,结果只是他自己把头歪了歪,那信又放进了衣袋。

"爱情是苦的呢,是甜的?我还没有爱她,对不对?家里来信说我母亲死了那天,我失眠了一夜,可是第二天就恢复了。为什么她……她使我不安会整天,整夜?才通信两个礼拜,我觉得我的头发也脱落了不少,嘴上的小胡也增多了。"

当我们站起要离开公园时,又来一个熟人:"我烦忧啊!我烦忧啊!"像唱着一般说。

我和郎华踏上木桥了，回头望时，那小树丛中的人影也像对那个新来的人说：

"我烦忧啊！我烦忧啊！"

我每天早晨看报，先看文艺栏。这一天，有编者的说话：摩登女子的口红，我看正相同于"血"。资产阶级的小姐们怎样活着的？不是吃血活着吗？不能否认，那是个鲜明的标记。人涂着人的"血"在嘴上，那是污浊的嘴，嘴上带着血腥和血色，那是污浊的标记。

我心中很佩服他，因为他来得很干脆。我一面读报，一面走到院子里去，晒一晒清晨的太阳。汪林也在读报。

"汪林，起得很早！"

"你看，这一段，什么小姐不小姐，'血'不'血'的！这骂人的是谁？"

那天郎华把他做编辑的朋友领到家里来，是带着酒和菜回来的。郎华说他朋友的女友到别处去进大学了。于是喝酒，我是帮闲喝，郎华是劝朋友。至于被劝的那个朋友呢？他嘴里哼着京调哼得很难听。

和我们的窗子相对的是汪林的窗子。里面胡琴响了。那是汪林拉的胡琴。

天气开始热了，趁着太阳还没走到正空，汪林在窗下长凳上洗衣服。编辑朋友来了，郎华不在家，他就在院心里来回走转，可是郎华还没有回来。

"自己洗衣服，很热吧！"

"洗得干净。"汪林手里拿着肥皂答他。

郎华还不回来，他走了。

夏　夜

汪林在院心坐了很长的时间了。小狗在她的脚下打着滚睡了。

"你怎么样？我胳臂疼。"

"你要小声点说，我妈会听见。"

我抬头看，她的母亲在纱窗里边，于是我们转了话题。在江上摇船到"太阳岛"去洗澡这些事，她是背着她的母亲的。

第二天，她又是去洗澡。我们三个人租一条小船，在江上荡着。清凉的，水的气味。郎华和我都唱起来了。汪林的嗓子比我们更高。小船浮得飞起来一般。

夜晚又是在院心乘凉，我的胳臂为着摇船而痛了，头觉得发胀。我不能再听那一些话感到趣味。什么恋爱啦,谁的未婚夫怎样啦,某某同学结婚,跳舞……我什么也不听了,只是想睡。

"你们谈吧,我可非睡觉不可。"我向她和郎华告辞。

睡在我脚下的小狗,我误踏了它,小狗还在哽哽地叫着,我就关了门。

最热的几天,差不多天天去洗澡,所以夜夜我早早睡。郎华和汪林就留在暗夜的院子里。

只要接近着床,我什么全忘了。汪林那红色的嘴,那少女的烦闷……夜夜我不知道郎华什么时候回屋来睡觉。就这样,我不知过了几天了。

"她对我要好,真是……少女们。"

"谁呢?"

"那你还不知道!"

"我还不知道。"我其实知道。

很穷的家庭老师,那样好看的有钱的女人竟向他要好了。

"我坦白地对她说了:我们不能够相爱的,一方面有吟,一方面我们彼此相差得太远……你沉静点吧……"他告诉我。

又要到江上去摇船。那天又多了三个人,汪林也在内。一共是六个人:陈成和他的女人,郎华和我,汪林,还有那个编辑朋友。

停在江边的那一些小船动荡得落叶似的。我们四个跳上了一条船,当然把汪林和半胖的人丢下。他们两个就站在石堤上。本来是很生疏的,因为都是一对一对的,所以我们故意要看他们两个也配成一对,我们的船离岸很远了。

"你们坏呀!你们坏呀!"汪林仍叫着。

为什么骂我们坏呢?那人不是她一个很好的小水手吗?为她荡着桨,有什么不愿意吗?也许汪林和我的感情最好,也许也最愿意和我同船。船荡得那么远了,一切江岸上的声音都隔绝,江沿上的人影也消灭了轮廓。

水声,浪声,郎华和陈成混合着江声在唱。远远近近的那一些女人的阳伞,这一些船,这一些幸福的船呀!满江上是幸福的船,满江上是幸福了!人间,岸上,没有罪恶了吧!

再也听不到汪林的喊,他们的船是脱开离我们很远了。

郎华故意把桨打起的水星落到我的脸上。船越行越慢,但郎华和陈成流起汗来。桨板打到江心的沙滩了,小船就要搁浅在沙滩上。这两个勇敢的大鱼似的跳下水去,在大江上挽着船行。

一入了湾,把船任意停在什么地方都可以。

我浮水是这样浮的：把头昂在水外，我也移动着，看起来在浮，其实手却抓着江底的泥沙，鳄鱼一样，四条腿一起爬着浮。那只船到来时，听着汪林在叫。很快她脱了衣裳，也和我一样抓着江底在爬，但她是快乐的，爬得很有意思。在沙滩上滚着的时候，居然很熟识了，她把伞打起来，给她同船的人遮着太阳，她保护着他。陈成扬着沙子飞向他："陵，着镖吧！"

汪林和陵站了一队，用沙子反攻。

我们的船出了湾，已行在江上时，他们两个仍在沙滩上走着。

"你们先走吧，看我们谁先上岸。"汪林说。

太阳的热力在江面上开始减低，船是顺水行去的。他们还没有来，看过多少只船，看过多少柄阳伞，然而没有汪林的阳伞。太阳西沉时，江风很大了，浪也很高，我们有点担心那只船。李说那只船是"迷船"。

四个人在岸上就等着这"迷船"，意想不到的是他们绕着弯子从上游来的。

汪林不骂我们是坏人了，风吹着她的头发，那兴奋的样子，这次摇船好像她比我们得到的快乐更大，更多……

早晨在看报时，编辑居然作诗了。大概就是这样的意思：愿意风把船吹翻，愿意和美人一起沉下江去……

我这样一说，就没有诗意了。总之，可不是前几天那样的话，什么摩登女子吃"血"活着啦，小姐们的嘴是吃"血"的嘴啦……总之可不是那一套。这套比那套文雅得多，这套说摩登女子是天仙，那套说摩登女子是恶魔。

汪林和郎华在夜间也不那么谈话了。陵编辑一来，她就到我们屋里来，因此陵到我们家来的次数多多了。

"今天早点走……多玩一会，你们在街角等我。"这样的话，汪林再不向我们说了。她用不着约我们去"太阳岛"了。

伴着这吃人血的女子在街上走，在电影院里会，他也不怕她会吃他的血，还说什么怕呢，常常在那红色的嘴上接吻，正因为她的嘴和血一样红才可爱。

骂小姐们是恶魔是羡慕的意思，是伸手去攫取怕她逃避的意思。

在街上，汪林的高跟鞋，陵的亮皮鞋，咯噔咯噔和谐地响着。

又是春天

太阳带来了暖意，松花江靠岸的江冰坍下去，融成水了，江上用人支走的爬犁渐少起来。汽车更没有一辆在江上行走了。松花江失去了它冬天的威严，江上的雪已经不是闪眼的白色，变成灰的了。又过几天，江冰顺着水慢慢流动起来，那是很好看的，有意流动，也像无意流动，大块冰和小块冰轻轻地互相击撞发着响，啷啷着。这种响声，像是瓷器相碰的响声似的，也像玻璃相碰的响声似的。立在江边，我起了许多幻想：这些冰块流到哪里去？流到海去吧！也怕是到不了海，阳光在半路上就会全数把它们消灭尽……

然而它们是走的，幽游一般，也像有生命似的，看起来比人更快活。

那天在江边遇到一些朋友，于是大家同意去走江桥。我和郎华走得最快，松花江在脚下东流，铁轨在江空发啸，满江面的冰块，满天空的白云。走到尽头，那里并不是郊野，看不见绿茸茸的草地，看不见绿树，"塞外"的春来得这样迟啊！我们想吃酒，于是沿着土堤走下去，然而寻不到酒馆，江北完全是破落人家，用泥土盖成的房子，用柴草织成的短墙。

"怎么听不到鸡鸣？"

"要听鸡鸣做什么？"人们坐在土堤上揩着面，走得热了。

后来，我们去看一个战舰，那是一九二九年和苏俄作战时被打沉在江底的，名字是"利捷"。每个人用自己所有的思想来研究这战舰，但那完全是瞎说，有的说汽锅被打碎了才沉江的，有的说把驾船人打死才沉江的。一个洞又一个洞，这样的军舰使人感到残忍，正相同在街上遇见的在战场上丢了腿的人一样，他残废了，别人称他是个废人。

这个破战舰停在船坞里完全发霉了。

患　病

我在准备早饭，同时打开了窗子，春朝特有的气息充满了屋子。在大炉台上摆着已经去了皮的土豆，小洋刀在手中仍是不断地转着……浅黄色带着面性似的土豆，个个在炉台上摆好，稀饭在旁边冒着泡，我一面切着土豆，一面想着：江上连一块冰也融尽了吧！公园的榆树怕是发了芽吧！已经三天不到公园去，吃过饭非去看看不可。

"郎华呀！你在外边尽作什么？也来帮我提一桶水去……"

"我不管，你自己去提吧。"他在院子来回走，又是在想什么文章。于是我跑着，为着高兴。把水桶翻得很响，斜着身子从汪家厨房出来，差不多是横走，水桶在腿边左摇荡一下，右摇荡一下……

菜烧好，饭也烧好。吃过饭就要去江边，去公园。春天就要在头上飞，在心上过，然而我不能吃早饭了，肚子偶然疼起来。

我喊郎华进来，他很惊讶！但越痛越不可耐了。

他去请医生，请来一个治喉病的医生。

"你是患着盲肠炎吧？"医生问我。

我疼得那个样子，还晓得什么盲肠炎不盲肠炎的？眼睛发黑了，喉医生在我的臂上打了止痛药针。

"张医生，车费先请自备吧！过几天和药费一起送去。"郎华对医生说。

一角钱也没有了，我又不能说再请医生，白打了止痛药针，一点痛也不能止。

郎华又跑出去，我不知他跑出去做什么，说不出怀着怎样的心情在等他回来。

一个星期过去，我还不能从床上坐起来。第九天，郎华从外面举着鲜花回来，插在瓶子里，摆在桌上。

"花开了？"

"不但花开，树还绿了呢！"

我听说树绿了！我对于"春"不知怀着多少意义。我想立刻起来去看看，但是什么也不能做，腿软得好像没有腿了，我还站不住。

头痛减轻一些，夜里睡得很熟。有朋友告诉郎华：在什么地方有一个市立的公共医院，为贫民而设，不收药费。

当然我挣扎着也要去的。那天是晴天，换好干净衣服，一步一步走出大门，坐上了人力车，郎华在车旁走，起先他是扶着车走，后来，就走在行人道上了。街树不是发着芽的时候，已长好绿叶了！

进了诊疗所，到挂号处挂了名，很长的堂屋，排着长椅子，那里已经开始诊断。穿白衣裳的俄国女人，跑来跑去唤着名字，六七个人一起闯进病室去，过一刻就放出来，第二批人再被呼进去。到这里来的病人，都是穷人，愁眉苦脸的一个，愁眉苦脸的一个。撑着木棍的跛子，脚上生疮缚着白布的肿脚人，肺痨病的女人，白布包住眼睛的盲人，包住眼睛的盲小孩，头上生疮的小孩。对面坐着老外国女人，闭着眼睛，把头靠住椅子，好似睡着，然而她的嘴不住地收缩，她的包头巾在下巴上慢慢牵动……

小孩治疗室有孩子大大地哭叫。内科治疗室门口。外国女人又闯出来，又叫着外国名字；一会又有中国人从外科治疗室闯出来，又喊着中国名字……拐脚子和胖脸人都一起走进去……

因为我来得最晚。大概最后才能够叫到我,等得背痛,头痛。

"我们回去吧!明天再来。"坐在人力车上,我已无心再看街树,这样去投医,病象不但没有减轻,好像更加重了些。

不能不去,因为不要钱。第二次去,也被唤着名字走进妇科治疗室。虽等了两点钟,到底进了妇科治疗室。既然进了治疗室,那该说怎样治疗法。

把我引到一个屏风后面,那里摆着一张很宽、很高、很短的台子,台子的两边还立了两支叉形的东西,叫我爬上这台子。当时我可有些害怕了,爬上去做什么呢?莫非要用刀割吗?

我坚决地不爬上去。于是那肥胖的外国女人先上去了,没有什么,并不动刀。换着次序我也被治疗了一回,经过这样的治疗,并不用吃药,只在肚子上按了按,或是一面按着,一面问两句。

我的俄文又不好,所以医生问的,我并不全懂,马马虎虎的就走出治疗室。医生告诉我,明天再来一次,好把药给我。

以后我就没有再去,因为那天我出了诊断所的时候,我是问过一个重病的人,他哼着,他的家属哭着。我以为病人病到不可治的程度,"他们不给药吃,说药贵,让自己去买,哪里有钱买?"是这样说向我的。

去了两天诊疗所,等了几个钟头。怕是再去两天,再去等几个钟头,病人就会自然而然地好起来!可惜我没有那样的忍耐性。

十三天

"用不到一个月我们就要走的。你想想吧,去吧!不要闹孩子脾气,三两天我就去看你一次……"郎华说。

为着病,我要到朋友家去休养几天。我本不愿去,那是郎华的意思,非去不可,又因为病象又要重似的,全身失去了力量,骨节酸痛。于是冒着雨,跟着朋友就到朋友家去。

汽车在斜纹的雨中前行。大雨和冒着烟一般。我想:开汽车的人怎能认清路呢!但车行的更快起来。在这样大的雨中,人好像坐在房间里,这是多么有趣!汽车走出市街,接近乡村的时候,立刻有一种感觉,好像赴战场似的英勇。我是有病,我并没喊一声"美景"。汽车颠动着,我按紧着肚子,病会使一切厌烦。

当夜还不到九点钟,我就睡了。原来没有睡,来到乡村,那一种落寞的心情浸透了我。又是雨夜，窗子上淅沥地打着雨点。好像是做梦把我惊醒，全身沁着汗，这一刻又冷起来，从骨节发出一种冷的滋味，发着疟疾似的，一刻热了，又寒了！

要解体的样子，我哭出来吧！没有妈妈哭向谁去？

第二天夜又是这样过的，第三夜又是这样过的。没有哭，不能哭，和一个害着病的猫儿一般，自己的痛苦自己担当着吧！整整是一个星期，都是用被子盖着坐在炕上，或是躺在炕上。

窗外的梨树开花了，看着树上白白的花儿。

到端阳节还有二十天，节前就要走的。

眼望着窗外梨树上的白花落了！有小果子长起来，病也渐好，拿椅子到树下去看看小果子。

第八天郎华才来看我，好像父亲来了似的，好像母亲来了似的，我发羞一般的，没有和他打招呼，只是让他坐在我的近边。我明明知道生病是平常的事，谁能不生病呢？可是总要酸心，眼泪虽然没有落下来，我却耐过一个长时间酸心的滋味。好像谁虐待了我一般。那样风雨的夜，那样忽寒忽热、独自幻想着的夜。

第二次郎华又来看我，我决定要跟他回家。

"你不能回家。回家你就要劳动，你的病非休息不可，还没有两个星期我们就得走。刚好起来再累病了，我可没有办法。"

"回去，我回去……"

"好，你回家吧！没有一点理智的人，不能克服自己的人还有什么办法！你回家好啦！病犯了可不要再问我！"

我又被留下，窗外梨树上的果子渐渐大起来。我又不住地乱想：穷人是没有家的，生了病被赶到朋友家去。

已是十三天了！

最后的一个星期

刚下过雨，我们踏着水淋的街道，在中央大街上徘徊，到江边去呢？还是到哪里去呢？

天空的云还没有散，街头的行人还是那样稀疏，任意走，但是再不能走了。

"郎华，我们应该规定个日子，哪天走呢？"

"现在三号，十三号吧！还有十天，怎么样？"

我突然站住，受惊一般地，哈尔滨要与我们别离了？还有十天，十天以后的日子，我们要过在车上，海上，看不见松花江了，只要"满洲国"存在一天，我们是不能来到这块土地。

李和陈成也来了，好像我们走，是应该走。

"还有七天，走了好啊！"陈成说。

为着我们走，老张请我们吃饭。吃过饭以后，又去逛公园。在公园又吃冰激凌，无论怎样总感到另一种滋味，公园的大树，公园夏日的风，沙土，花草，水池，假山，山顶的凉亭……这一切和往日两样，我没有像往日那样到公园里乱跑，我是安静静地走，脚下的沙土慢慢地在响。

夜晚屋中又剩了我一个人，郎华的学生跑到窗前。他偷偷观察着我，他在窗前走来走去，假装着闲走来观察我，来观察这屋中的事情，观察不足，于是问了：

"我老师上哪里去了？"

"找他做什么？"

"找我老师上课。"

其实那孩子平日就不愿意上课，他觉得老师这屋有个景况：怎么这些日子卖起东西来，旧棉花，破皮褥子……

要搬家吧？那孩子不能确定是怎么回事。他跑回去又把小菊也找出来，那女孩和他一般大，当然也觉得其中有个景况。我把灯闭上了，要收拾的东西，暂时也不收拾了！

躺在床上，摸摸墙壁，又摸摸床边，现在这还是我所接触的，再过七天，这一些都别开了。

小锅，小水壶，终归被旧货商人所提走，在商人手里发着响，闪着光，走出门去！那是前年冬天，郎华从破烂市买回来的。现在又将回到破烂市去。

卖掉小水壶，我的心情更不能压制住。不是用的自己的腿似的，到木样房去看看许多木样还没有烧尽，是卖呢？是送朋友？门后还有个电炉，还有双破鞋。

大炉台上失掉了锅，失掉了壶，不像个厨房样。

一个星期已经过去四天，心情随着时间更烦乱起来。也不能在家烧饭吃，到外面去吃，到朋友家去吃。

看到别人家的小锅，吃饭也不能安定。后来，睡觉也不能安定。

"明早六点钟就起来拉床，要早点起来。"

郎华说这话，觉得走是逼近了！必定得走了。好像郎华如不说，就不走了似的。

夜里想睡也睡不安。太阳还没出来，铁大门就响起来，我怕着，这声音要夺去我的心似的,昏茫地坐起来。郎华就跳下床去,两个人从床上往下拉着被子、褥子。枕头摔在脚上,忙忙乱乱,有人打着门,院子里的狗乱咬着。

马颈的铃铛就响在窗外,这样的早晨已经过去,我们遭了恶祸一般,屋子空空的了。

我把行李铺了铺,就睡在地板上。为了多日的病和不安,身体弱的快要支持不住的样子。郎华跑到江边去洗他的衬衫,他回来看到我还没有起来,他就生气:

"不管什么时候,总是懒。起来,收拾收拾,该随手拿走的东西,就先把它拿走。"

"有什么收拾的,都已收拾好。我再睡一会,天还早,昨夜我失眠了。"我的腿痛,腰痛,又要犯病的样子。

"要睡,收拾干净再睡,起来!"

铺在地板上的小行李也卷起来了。墙壁从四面直垂下来,棚顶一块块发着微黑的地方,是长时间点蜡烛被烛烟所熏黑的。说话的声音有些轰响。空了!在屋子里边走起来很旷荡。

还吃最后的一次早餐——面包和肠子。

我手提个包袱。郎华说:

"走吧!"他推开了门。

这正像乍搬到这房子郎华说"进去吧"一样,门开着我出来了,我腿发抖,心往下沉坠,忍不住这从没有落下的眼泪,是哭的时候了!应该流一流眼泪。

我没有回转一次头走出大门,别了家屋!街车,行人,小店铺,行人道旁的杨树。转角了!

别了,"商市街"!

小包袱在手上挎着。我们顺了中央大街南去。

1935 年 5 月 15 日

回忆鲁迅先生

祖母上街尽是坐马车回来,
今天却不是,
她睡在仿佛是小槽子里,大概是槽子装置了两个大车轮。
非常轻快,雁似的从大门口飞来,一直到房门……

永远的憧憬和追求

一九一一年,在一个小县城里边,我生在一个小地主的家里。那县城差不多就是中国的最东最北部——黑龙江省——所以一年之中,倒有四个月飘着白雪。

父亲常常为着贪婪而失掉了人性。他对待仆人,对待自己的儿女,以及对待我的祖父都是同样的吝啬而疏远,甚至于无情。

有一次,为着房屋租金的事情,父亲把房客的全套的马车赶了过来。房客的家属们哭着诉说着,向我的祖父跪了下来,于是祖父把两匹棕色的马从车上解下来还了回去。

为着这匹马,父亲向祖父起着终夜的争吵。"两匹马,咱们是算不了什么的,穷人,这匹马就是命根。"祖父这样说着,而父亲还是争吵。九岁时,母亲死去。父亲也就更变了样,偶然打碎了一只杯子,他就要骂到使人发抖的程度。后来就连父亲的眼睛也转了弯,每从他的身边经过,我就像自己的身上生了针刺一样;他斜视着你,他那高傲的眼光从鼻梁经过嘴角而后往下流着。

所以每每在大雪中的黄昏里,围着暖炉,围着祖父,听着祖父读着诗篇,看着祖父读诗篇时微红的嘴唇。

父亲打了我的时候,我就在祖父的房里,一直面向着窗子,从黄昏到深夜——窗外的白雪,好像白棉花一样飘着;而暖炉上水壶的盖子则像伴奏的乐器似的振动着。

祖父时时把多纹的两手放在我的肩上,而后又放在我的头上,我的耳边便响着这样的声音:

"快快长吧!长大就好了。"

二十岁那年,我就逃出了父亲的家庭。直到现在还是过着流浪的生活。

"长大"是"长大"了,而没有"好"。

可是从祖父那里,知道了人生除掉了冰冷和憎恶而外,还有温暖和爱。

所以我就向这"温暖"和"爱"的方面,怀着永久的憧憬和追求。

1936 年 12 月 12 日

蹲在洋车上

看到了乡巴佬坐洋车,忽然想起一个童年的故事。

当我还是小孩的时候,祖母常常进街。我们并不住在城外,只是离市镇较偏的地方罢了!有一天,祖母又要进街,命令我:

"叫你妈妈把斗风给我拿来!"

那时因为我过于娇惯,把舌头故意缩短一些,叫斗篷作斗风,所以祖母学着我,把风字拖得很长。

她知道我最爱惜皮球,每次进街的时候,她问我:

"你要些什么呢?"

"我要皮球。"

"你要多大的呢?"

"我要这样大的。"

我赶快把手臂拱向两面,好像张着的鹰的翅膀。大家都笑了!祖父轻动着嘴唇,好像要骂我一些什么话,因我的小小的姿势感动了他。

祖母的斗篷消失在高烟囱的背后。

等她回来的时候,什么皮球也没带给我,可是我也不追问一声:

"我的皮球呢?"

因为每次她也不带给我;下次祖母再上街的时候,我仍说是要皮球,我是说惯了,我是熟练而惯于作那种姿势。

祖母上街尽是坐马车回来,今天却不是,她睡在仿佛是小槽子里,大概是槽子装置了两个大车轮。非常轻快,雁似的从大门口飞来,一直到房门。在前面挽着的那个人,把祖母停下,我站在玻璃窗里,小小的心灵上,有无限的奇秘冲击着。我以为祖母不会从那里头走出来,我想祖母为什么要被装进槽子里呢?我渐渐惊怕起来,我完全成个呆气的孩子,把头盖顶住玻璃,想尽方法理解我所不能理解的那个从来没有见过的槽子。

很快我领会了!见祖母从口袋里拿钱给那个人,并且祖母非常兴奋,她说叫着,斗篷几乎从她的肩上脱溜下去!

"呵！今天我坐的东洋驴子回来的，那是过于安稳呀！还是头一次呢，我坐过安稳的车子！"

祖父在街上也看见过人们所呼叫的东洋驴子，妈妈也没有奇怪。只是我，仍旧头皮顶撞在玻璃那儿，我眼看那个驴子从门口飘飘地不见了！我的心魂被引了去。

等我离开窗子，祖母的斗篷已是脱在炕的中央，她嘴里叨叨地讲着她街上所见的新闻。可是我没有留心听，就是给我吃什么糖果之类，我也不会留心吃，只是那样的车子太吸引我了！太捉住我小小的心灵了！

夜晚在灯光里，我们的邻居，刘三奶奶摇闪着走来，我知道又是找祖母来谈天的。所以我稳当当地占了一个位置在桌边。于是我咬起嘴唇来，仿佛大人样能了解一切话语，祖母又讲关于街上所见的新闻，我用心听，我十分费力！

"……那是可笑，真好笑呢！一切人站下瞧，可是那个乡下佬还是不知道笑自己，拉车的回头才知道乡巴佬是蹲在车子前放脚的地方，拉车的问：'你为什么蹲在这地方？'"

"他说怕拉车的过于吃力，蹲着不是比坐着强吗？比坐在那里不是轻吗？所以没敢坐下……"

邻居的三奶奶，笑得几个残齿完全摆在外面，我也笑了！祖母还说，她感到这个乡巴佬难以形容，她的态度，她用所有的一切字眼，都是引人发笑。

"后来那个乡巴佬，你说怎么样！他从车上跳下来，拉车的问他为什么跳？他说：'若是蹲着吗？那还行。坐着，我实在没有那样的钱。'拉车的说：'坐着，我不多要钱。'那个乡巴佬到底不信这话，从车上搬下他的零碎东西，走了。他走了！"

我听得懂，我觉得费力，我问祖母：

"你说的，那是什么驴子？"

她不懂我的半句话，拍了我的头一下，当时我真是不能记住那样繁复的名词。过了几天祖母又上街，又是坐驴子回来的，我的心里渐渐羡慕那驴子，也想要坐驴子。

过了两年，六岁了！我的聪明，也许是我的年岁吧！支持着我使我愈见讨厌我那个皮球，那真是太小，而又太旧了；我不能喜欢黑脸皮球，我爱上邻家孩子手里那个大的；买皮球，好像我的志愿，一天比一天坚决起来。

向祖母说，她答："过几天买吧，你先玩这个吧！"

又向祖父请求，他答："这个还不是很好吗？不是没有出气吗？"

我得知他们的意思是说旧皮球还没有破，不能买新的。于是把皮球在脚下用力捣毁它，任是怎样捣毁，皮球仍是很圆，很鼓，后来到祖父面前让他替我踏破！祖父变了脸色，像是要打我，我跑开了！

从此，我每天表示不满意的样子。

终于一天晴朗的夏日，戴起小草帽来，自己出街去买皮球了！朝向母亲曾领我到过的那家铺子走去，离家不远的时候，我的心志非常光明，能够分辨方向，我知道自己是向北走。过了一会，不然了！太阳我也找不着了！一些些的招牌，依我看来都是一个样，街上的行人好像每个要撞倒我似的，就连马车也好像是旋转着。我不晓得自己走了多远，只是我实在疲劳。不能再寻找那家商店；我急切地想回家，可是家也被寻觅不到。我是从哪一条路来的？究竟家是在什么方向？

我忘记一切危险，在街心停住，我没有哭，把头向天，愿看见太阳。因为平常爸爸不是拿指南针看看太阳就知道或南或北吗？我虽然看了，只见太阳在街路中央，别的什么都不能知道，我无心留意街道，跌倒了在阴沟板上面。

"小孩！小心点。"

身边的马车夫驱着车子过去，我想问他我的家在什么地方，他走过了！我昏沉极了！忙问一个路旁的人：

"你知道我的家吗？"

他好像知道我是被丢的孩子，或许那时候我的脸上有什么急慌的神色，那人跑向路的那边去，把车子拉过来，我知道他是洋车夫，他和我开玩笑一般：

"走吧！坐车回家吧！"

我坐上了车，他问我，总是玩笑一般地：

"小姑娘！家在哪里呀？"

我说："我们离南河沿不远，我也不知道哪面是南，反正我们南边有河。"

走了一会，我的心渐渐平稳，好像被动荡的一盆水，渐渐静止下来，可是不多一会，我忽然忧愁了！抱怨自己皮球仍是没有买成！从皮球联想到祖母骗我给买皮球的故事，很快又联想到祖母讲的关于乡巴佬坐东洋车的故事。于是我想试一试，怎样可以像个乡巴佬。该怎样蹲法呢？轻轻地从座位滑下来，当我还没有蹲稳当的时候，拉车的回头来：

"你要做什么呀？"

我说："我要蹲一蹲试试，你答应我蹲吗？"

他看我已经偎在车前放脚的那个地方，于是他向我深深地做了一个鬼脸，嘴里哼着：

"倒好哩！你这样孩子，很会淘气！"

车子跑得不很快，我忘记街上有没有人笑我。车跑到红色的大门楼，我知道家了！我应该起来呀！应该下车呀！不，目的想给祖母一个意外的发笑，等车拉到院心，我仍蹲在那里，像耍猴人的猴样，一动不动。祖母笑着跑出来了！祖父也是笑！我怕他们不晓得我的意义，我用尖音喊：

"看我！乡巴佬蹲东洋驴子！乡巴佬蹲东洋驴子呀！"

只有妈妈大声骂着我，忽然我怕要打我，我是偷着上街。

洋车忽然放停，从上面我倒滚下来，不记得被跌伤没有。祖父猛力打了拉车的，说他欺侮小孩，说他不让小孩坐车让蹲在那里。没有给他钱，从院子把他轰出去。

所以后来，无论祖父对我怎样疼爱，心里总是生着隔膜，我不同意他打洋车夫，我问：

"你为什么打他呢？那是我自己愿意蹲着。"

祖父把眼睛斜视一下："有钱的孩子是不受什么气的。"

现在我是廿多岁了！我的祖父死去多年了！在这样的年代中，我没发现一个有钱的人蹲在洋车上；他有钱，他不怕车夫吃力，他自己没拉过车，自己所尝到的，只是被拉着舒服滋味。假若偶尔有钱家的小孩子要蹲在车厢中玩一玩；那么孩子的祖父出来，拉洋车的便要被打。

可是我呢？现在变成个没有钱的孩子了！

1934 年 3 月 16 日

回忆鲁迅先生

鲁迅先生的笑声是明朗的，是从心里的欢喜。若有人说了什么可笑的话，鲁迅先生笑的连烟卷都拿不住了，常常是笑的咳嗽起来。

鲁迅先生走路很轻捷，尤其使人记得清楚的，是他刚抓起帽子来往头上一扣，同时左腿就伸出去了，仿佛不顾一切地走去。

鲁迅先生不大注意人的衣裳，他说："谁穿什么衣裳我看不见得……"

鲁迅先生生的病，刚好了一点，他坐在躺椅上，抽着烟，那天我穿着新奇的大红的上衣，很宽的袖子。

鲁迅先生说："这天气闷热起来，这就是梅雨天。"他把他装在象牙烟嘴上的香烟，又用手装得紧一点，往下又说了别的。

许先生忙着家务，跑来跑去，也没有对我的衣裳加以鉴赏。

于是我说："周先生，我的衣裳漂亮不漂亮？"

鲁迅先生从上往下看了一眼："不大漂亮。"

过了一会又接着说："你的裙子配的颜色不对，并不是红上衣不好看，各种颜色都是好看的，红上衣要配红裙子，不然就是黑裙子，咖啡色的就不行了；这两种颜色放在一起很浑浊……你没看到外国人在街上走的吗？绝没有下边穿一件绿裙子，上边穿一件紫上衣，也没有穿一件红裙子而后穿一件白上衣的……"

鲁迅先生就在躺椅上看着我："你这裙子是咖啡色的，还带格子，颜色浑浊得很，所以把红色衣裳也弄得不漂亮了。"

"……人瘦不要穿黑衣裳，人胖不要穿白衣裳；脚长的女人一定要穿黑鞋子，脚短就一定要穿白鞋子；方格子的衣裳胖人不能穿，但比横格子的还好；横格子的胖人穿上，就把胖人更往两边裂着，更横宽了，胖子要穿竖条子的，竖的把人显得长，横的把人显的宽……"

那天鲁迅先生很有兴致，把我一双短筒靴子也略略批评一下，说我的短靴是军人穿的，因为靴子的前后都有一条线织的拉手，这拉手据鲁迅先生说是放在裤子下边的……

我说："周先生，为什么那靴子我穿了多久了而不告诉我，怎么现在才想起来呢？现在我不是不穿了吗？我穿的这不是另外的鞋吗？"

"你不穿我才说的，你穿的时候，我一说你该不穿了。"

那天下午要赴一个宴会去，我要许先生给我找一点布条或绸条束一束头发。

许先生拿了来米色的绿色的还有桃红色的。经我和许先生共同选定的是米色的。为了取美，把那桃红色的，许先生举起来放在我的头发上，并且许先生很开心地说着：

"好看吧！多漂亮！"

我也非常得意，很规矩又顽皮地在等着鲁迅先生往这边看我们。

鲁迅先生这一看，脸是严肃的，他的眼皮往下一放向着我们这边看着：

"不要那样装饰她……"

许先生有点窘了。

我也安静下来。

鲁迅先生在北平教书时，从不发脾气，但常常好用这种眼光看人，许先生常跟我讲。她在女师大读书时，周先生在课堂上，一生气就用眼睛往下一掠，看着他们，这种眼光是鲁迅先生在记范爱农先生的文字曾自己述说过，而谁曾接触过这种眼光的人就会感到一个旷代的全智者的催逼。

我开始问："周先生怎么也晓得女人穿衣裳的这些事情呢？"

"看过书的，关于美学的。"

"什么时候看的……"

"大概是在日本读书的时候……"

"买的书吗？"

"不一定是买的，也许是从什么地方抓到就看的……"

"看了有趣味吗？"

"随便看看……"

"周先生看这书做什么？"

"……"没有回答，好像很难以答。

许先生在旁说："周先生什么书都看的。"

在鲁迅先生家里作客人，刚开始是从法租界来到虹口，搭电车也要差不多一个钟头的工夫，所以那时候来的次数比较少，记得有一次谈到半夜了，一过十二点电车就没有的，但那天不知讲了些什么，讲到一个段落就看看旁边小长桌上的圆钟，十一半了，十一点四十五分了，电车没有了。

"反正已十二点，电车也没有，那么再坐一会。"许先生如此劝着。

鲁迅先生好像听了所讲的什么引起了幻想,安顿地举着象牙烟嘴在沉思着。

一点钟以后,送我(还有别的朋友)出来的是许先生,外边下着的小雨,弄堂里灯光全然灭掉了,鲁迅先生嘱咐许先生一定让坐小汽车回去,并且一定嘱咐许先生付钱。

以后也住到北四川路来,就每夜饭后必到大陆新村来了,刮风的天,下雨的天,几乎没有间断的时候。

鲁迅先生很喜欢北方饭,还喜欢吃油炸东西,喜欢吃硬的东西,就是后来生病的时候,也不大吃牛奶。鸡汤端到旁边用调羹舀了一二下就算了事。

有一天约好我去包饺子吃,那还是住在法租界,所以带了外国酸菜和用绞肉机绞成的牛肉,就和许先生站在客厅后边的方桌边包起来。海婴公子围着闹的起劲,一会按成圆饼的面拿去了,他说做了一只船来,送在我们的眼前,我们不看他,转身他又做了一只小鸡。许先生和我都不去看他,对他竭力避免加以赞美,若一赞美起来,怕他更做的起劲。

客厅后边没到黄昏就先黑了,背上感到些微微的寒凉,知道衣裳不够了,但为着忙,没有加衣裳去。等把饺子包完了看看那数目并不多,这才知道许先生我们谈话谈得太多,误了工作。许先生怎样离开家的,怎样到天津读书的,在女师大读书时怎样做了家庭教师。她去考家庭教师的那一段描写,非常有趣,只取一名,可是考了好几十名,她之能够当选算是难的了。指望对于学费有点补助,冬天来了,北平又冷,那家离学校又远,每月除了车子钱之外,若伤风感冒还得自己拿出买阿司匹林的钱来,每月薪金十元要从西城跑到东城……

饺子煮好,一上楼梯,就听到楼上明朗的鲁迅先生的笑声冲下楼梯来,原来有几个朋友在楼上也正谈得热闹。那一天吃得是很好的。

以后我们又做过韭菜合子,又做过荷叶饼,我一提议鲁迅先生必然赞成,而我做的又不好,可是鲁迅还是在桌上举着筷子问许先生:"我再吃几个吗?"

因为鲁迅先生胃不大好,每饭后必吃"脾自美"药丸一二粒。

有一天下午鲁迅先生正在校对着瞿秋白的《海上述林》,我一走进卧室去,从那圆转椅上鲁迅先生转过来了,向着我,还微微站起了一点。

"好久不见,好久不见。"一边说着一边向我点头。

"刚刚我不是来过了吗?怎么会好久不见?就是上午我来的那次周先生忘记了,可是我也每天来呀……怎么都忘记了吗?"

周先生转身坐在躺椅上才自己笑起来,他是在开着玩笑。

梅雨季,很少有晴天,一天的上午刚一放晴,我高兴极了,就到鲁迅先生家去了,跑得上楼还喘着。鲁迅先生说:"来啦!"我说:"来啦!"

我喘着连茶也喝不下。

鲁迅先生就问我:

"有什么事吗?"

我说:"天晴啦,太阳出来啦。"

许先生和鲁迅先生都笑着,一种对于冲破忧郁心境的崭然的会心的笑。

海婴一看到我非拉我到院子里和他一道玩不可,拉我的头发或拉我的衣裳。

为什么他不拉别人呢?据周先生说:"他看你梳着辫子,和他差不多,别人在他眼里都是大人,就看你小。"

许先生问着海婴:"你为什么喜欢她呢?不喜欢别人?"

"她有小辫子。"说着就来拉我的头发。

鲁迅先生家生客人很少,几乎没有,尤其是住在他家里的人更没有。一个礼拜六的晚上,在二楼上鲁迅先生的卧室里摆好了晚饭,围着桌子坐满了人。每逢礼拜六晚上都是这样的,周建人先生带着全家来拜访。在桌子边坐着一个很瘦的很高的穿着中国小背心的人,鲁迅先生介绍说:"这是位同乡,是商人。"

初看似乎对的,穿着中国裤子,头发剃的很短。当吃饭时,他还让别人酒,也给我倒一盅,态度很活泼,不大像个商人;等吃完了饭,又谈到《伪自由书》及《二心集》。这个商人,开明得很,在中国不常见。没有见过的就总不大放心。

下一次是在楼下客厅后的方桌上吃晚饭,那天很晴,一阵阵的刮着热风,虽然黄昏了,客厅后还不昏黑。鲁迅先生是新剪的头发,还能记得桌上有一盘黄花鱼,大概是顺着鲁迅先生的口味,是用油煎的。鲁迅先生前面摆着一碗酒,酒碗是扁扁的,好像用做吃饭的饭碗。那位商人先生也能喝酒,酒瓶就站在他的旁边。

他说蒙古人什么样,苗人什么样,从西藏经过时,那西藏女人见了男人追她,她就如何如何。

这商人可真怪，怎么专门走地方，而不做买卖？并且鲁迅先生的书他也全读过，一开口这个，一开口那个。并且海婴叫他×先生，我一听那×字就明白他是谁了。×先生常常回来得很迟，从鲁迅先生家里出来，在弄堂里遇到了几次。

有一天晚上×先生从三楼下来，手里提着小箱子，身上穿着长袍子，站在鲁迅先生的面前，他说他要搬了。他告了辞，许先生送他下楼去了。这时候周先生在地板上绕了两个圈子，问我说：

"你看他到底是商人吗？"

"是的。"我说。

鲁迅先生很有意思的在地板上走几步，而后向我说："他是贩卖私货的商人，是贩卖精神上的……"

×先生走过二万五千里回来的。

青年人写信，写得太草率，鲁迅先生是深恶痛绝之的。

"字不一定要写得好，但必须得使人一看了就认识，年青人现在都太忙了……他自己赶快胡乱写完了事，别人看了三遍五遍看不明白，这费了多少工夫，他不管。反正这费了功夫不是他的。这存心是不太好的。"

但他还是展读着每封由不同角落里投来的青年的信，眼睛不济时，便戴起眼镜来看，常常看到夜里很深的时光。

鲁迅先生坐在××电影院楼上的第一排，那片名忘记了，新闻片是苏联纪念五一节的红场。

"这个我怕看不到的……你们将来可以看得到。"鲁迅先生向我们周围的人说。

珂勒惠支的画，鲁迅先生最佩服，同时也很佩服她的做人。珂勒惠支受希特勒的压迫，不准她做教授，不准她画画，鲁迅先生常讲到她。

史沫特烈，鲁迅先生也讲到，她是美国女子，帮助印度独立运动，现在又在援助中国。

鲁迅先生介绍人去看的电影：《夏伯阳》《复仇艳遇》……其余的如《人猿泰山》……或者非洲的怪兽这一类的影片，也常介绍给人的。鲁迅先生说："电影没有什么好的，看看鸟兽之类倒可以增加些对于动物的知识。"

鲁迅先生不游公园，住在上海十年，兆丰公园没有进过。虹口公园这么近也没有进过。春天一到了，我常告诉周先生，我说公园里的土松软了，公园里的风多么柔和。周先生答应选个晴好的天气，选个礼拜日，海婴休假日，好一道去，坐一乘小汽车一直开到兆丰公园，也算是短途旅行。但这只是想着而未有做到，并且把公园给下了定义。鲁迅先生说："公园的样子我知道的……一进门分做两条路，一条通左边，一条通右边，沿着路种着点柳树什么树的，树下摆着几张长椅子，再远一点有个水池子。"

我是去过兆丰公园的，也去过虹口公园或是法国公园的，仿佛这个定义适用在任何国度的公园设计者。

鲁迅先生不戴手套，不围围巾，冬天穿着黑石蓝的棉布袍子，头上戴着灰色毡帽，脚穿黑帆布胶皮底鞋。

胶皮底鞋夏天特别热，冬天又凉又湿，鲁迅先生的身体不算好，大家都提议把这鞋子换掉。鲁迅先生不肯，他说胶皮底鞋子走路方便。

"周先生一天走多少路呢？也不就一转弯到×××书店走一趟吗？"

周先生笑而不答。

"周先生不是很好伤风吗？不围巾子，风一吹不就伤风了吗？"

鲁迅先生这些个都不习惯，他说：

"从小就没戴过手套围巾，戴不惯。"

鲁迅先生一推开门从家里出来时，两只手露在外边，很宽的袖口冲着风就向前走，腋下夹着个黑绸子印花的包袱，里边包着书或者是信，到老靶子路书店去了。

那包袱每天出去必带出去，回来必带回来。出去时带着给青年们的信，回来又从书店带来新的信和青年请鲁迅先生看的稿子。

鲁迅先生抱着印花包袱从外边回来，还提着一把伞，一进门客厅早坐着客人，把伞挂在衣架上就陪客人谈起话来。谈了很久了，伞上的水滴顺着伞杆在地板上已经聚了一堆水。

鲁迅先生上楼去拿香烟，抱着印花包袱，而那把伞也没有忘记，顺手也带到楼上去。

鲁迅先生的记忆力非常之强，他的东西从不随便散置在任何地方。

鲁迅先生很喜欢北方口味。许先生想请一个北方厨子，鲁迅先生以为开销太大，请不得的，男佣人，至少要十五元钱的工钱。

所以买米买炭都是许先生下手。我问许先生为什么用两个女佣人都是年老的，都是六七十岁的？许先生说她们做惯了，海婴的保姆，海婴几个月时就在这里。

正说着那矮胖胖的保姆走下楼梯来了，和我们打了个迎面。

"先生，没吃茶吗？"她赶快拿了杯子去倒茶，那刚刚下楼时气喘的声音还在喉管里咕噜咕噜的，她确实年老了。

来了客人，许先生没有不下厨房的，菜食很丰富，鱼，肉……都是用大碗装着，起码四五碗，多则七八碗。可是平常就只三碗菜：一碗素炒豌豆苗，一碗笋炒咸菜，再一碗黄花鱼。

这菜简单到极点。

鲁迅先生的原稿，在拉都路一家炸油条的那里用着包油条，我得到了一张，是译《死魂灵》的原稿，写信告诉了鲁迅先生。鲁迅先生不以为稀奇，许先生倒很生气。

鲁迅先生出书的校样，都用来揩桌，或做什么的。请客人在家里吃饭，吃到半道，鲁迅先生回身去拿来校样给大家分着。客人接到手里一看，这怎么可以？鲁迅先生说：

"擦一擦，拿着鸡吃，手是腻的。"

到洗澡间去，那边也摆着校样纸。

许先生从早晨忙到晚上，在楼下陪客人，一边还手里打着毛线。不然就是一边谈着话一边站起来用手摘掉花盆里花上已干枯了的叶子。许先生每送一个客人，都要送到楼下门口，替客人把门开开，客人走出去而后轻轻地关了门再上楼来。

来了客人还到街上去买鱼或买鸡，买回来还要到厨房里去工作。

鲁迅先生临时要寄一封信，就得许先生换起皮鞋子来到邮局或者大陆新村旁边信筒那里去。落着雨天，许先生就打起伞来。

许先生是忙的，许先生的笑是愉快的，但是头发有一些是白了的。

夜里去看电影，施高塔路的汽车旁只有一辆车，鲁迅先生一定不坐，一定让我们坐。许先生，周建人夫人……海婴，周建人先生的三位女公子。我们上车了。

鲁迅先生和周建人先生，还有别的一二位朋友在后边。

看完了电影出来，又只叫到一部汽车，鲁迅先生又一定不肯坐，让周建人先生的全家坐着先走了。

鲁迅先生旁边走着海婴，过了苏州河的大桥去等电车去了。等了二三十分钟电车还没有来，鲁迅先生依着沿苏州河的铁栏杆坐在桥边的石围上了，并且拿出香烟来，装上烟嘴，悠然地吸着烟。

海婴不安地来回地乱跑，鲁迅先生还招呼他和自己并排坐下。

鲁迅先生坐在那和一个乡下的安静老人一样。

鲁迅先生吃的是清茶，其余不吃别的饮料。咖啡、可可、牛奶、汽水之类，家里都不预备。

鲁迅先生陪客人到深夜，必同客人一道吃些点心。那饼干就是从铺子里买来的，装在饼干盒子里，到夜深许先生拿着碟子取出来，摆在鲁迅先生的书桌上。吃完了，许先生打开立柜再取一碟。还有向日葵子差不多每来客人必不可少。鲁迅先生一边抽着烟，一边剥着瓜子吃，吃完了一碟鲁迅先生必请许先生再拿一碟来。

鲁迅先生备有两种纸烟，一种价钱贵的，一种便宜的。便宜的是绿听子的，我不认识那是什么牌子，只记得烟头上带着黄纸的嘴，每五十支的价钱大概是四角到五角，是鲁迅先生自己平日用的。另一种是白听子的，是前门烟，用来招待客人的，白听烟放在鲁迅先生书桌的抽屉里。来客人鲁迅先生下楼，把它带到楼下去，客人走了，又带回楼上来照样放在抽屉里。而绿听子的永远放在书桌上，是鲁迅先生随时吸着的。

鲁迅先生的休息，不听留声机，不出去散步，也不倒在床上睡觉，鲁迅先生自己说：

"坐在椅子上翻一翻书就是休息了。"

鲁迅先生从下午二三点钟起就陪客人，陪到五点钟，陪到六点钟，客人若在家吃饭，吃完饭又必要在一起喝茶，或者刚刚吃完茶走了，或者还没走又来了客人，于是又陪下去，陪到八点钟，十点钟，常常陪到十二点钟。从下午三点钟起，陪到夜里十二点，这么长的时间，鲁迅先生都是坐在藤躺椅上，不断地吸着烟。

客人一走，已经是下半夜了，本来已经是睡觉的时候了，可是鲁迅先生正要开始工作。

在工作之前，他稍微合一合眼睛，燃起一支烟来，躺在床边上，这一支烟还没有吸完，许先生差不多就在床里边睡着了。（许先生为什么睡得这样快？因为第二天早晨六七点钟就要来管理家务。）海婴这时在三楼和保姆一道睡着了。

全楼都寂静下去，窗外也一点声音没有了，鲁迅先生站起来，坐到书桌边，在那绿色的台灯下开始写文章了。许先生说鸡鸣的时候，鲁迅先生还是坐着，街上的汽车嘟嘟地叫起来了，鲁迅先生还是坐着。

有时许先生醒了，看着玻璃窗白蒙蒙的了，灯光也不显得怎么亮了，鲁迅先生的背影不像夜里那样高大。

鲁迅先生的背影是灰黑色的，依旧坐在那里。

人家都起来了，鲁迅先生才睡下。

海婴从三楼下来了，背着书包，保姆送他到学校去，经过鲁迅先生的门前，保姆总是吩咐他说：

"轻一点走，轻一点走。"

鲁迅先生刚一睡下，太阳就高起来了，太阳照着隔院子的人家，明亮亮的，照着鲁迅先生花园的夹竹桃，明亮亮的。

鲁迅先生的书桌整整齐齐的，写好的文章压在书下边，毛笔在烧瓷的小龟背上站着。

一双拖鞋停在床下，鲁迅先生在枕头上边睡着了。

鲁迅先生喜欢吃一点酒，但是不多吃，吃半小碗或一碗。鲁迅先生吃的是中国酒，多半是花雕。

老靶子路有一家小吃茶店，只有门面一间，在门面里边设座，座少，安静，光线不充足，有些冷落。鲁迅先生常到这吃茶店来，有约会多半是在这里边，老板是犹太也许是白俄，胖胖的，中国话大概他听不懂。

鲁迅先生这一位老人，穿着布袍子，有时到这里来，泡一壶红茶，和青年人坐在一道谈了一两个钟头。

有一天鲁迅先生的背后那茶座里面坐着一位摩登女子，身穿紫裙子黄衣裳，头戴花帽子……那女子临走时，鲁迅先生一看她，就用眼瞪着她，很生气地看了她半天。而后说：

"是做什么的呢？"

鲁迅先生对于穿着紫裙子、黄衣裳、花帽子的人就是这样看法的。

鬼到底是有的没有的？传说上有人见过，还跟鬼说过话，还有人被鬼在后边追赶过，吊死鬼一见了人就贴在墙上。但没有一个人捉住一个鬼给大家看看。

鲁迅先生讲了他看见过鬼的故事给大家听：

"是在绍兴……"鲁迅先生说，"三十年前……"

那时鲁迅先生从日本读书回来，在一个师范学堂里也不知是什么学堂里教书，晚上没有事时，鲁迅先生总是到朋友家去谈天。这朋友住的离学堂几里路，几里路不算远，但必得经过一片坟地。谈天有的时候就谈得晚了，十一二点钟才回学堂的事也常有，有一天鲁迅先生就回去得很晚，天空有很大的月亮。

鲁迅先生向着归路走得很起劲时，往远处一看，远远有一个白影。

鲁迅先生不相信鬼的，在日本留学时是学的医，常常把死人抬来解剖的，鲁迅先生解剖过二十几个，不但不怕鬼，对死人也不怕，所以对坟地也就根本不怕。仍旧是向前走的。

走了不几步，那远处的白影没有了，再看突然又有了。并且时小时大，时高时低，正和鬼一样。鬼不就是变幻无常的吗？

鲁迅先生有点踌躇了，到底向前走呢？还是回过头来走？本来回学堂不止这一条路，这不过是最近的一条就是了。

鲁迅先生仍是向前走,到底要看一看鬼是什么样,虽然那时候也怕了。

鲁迅先生那时从日本回来不久,所以还穿着硬底皮鞋。鲁迅先生决心要给那鬼一个致命的打击,等走到那白影旁边时,那白影缩小了,蹲下了,一声不响地靠住了一个坟堆。

鲁迅先生就用了他的硬皮鞋踢了出去。

那白影噢的一声叫起来,随着就站起来,鲁迅先生定眼看去,他却是个人。

鲁迅先生说在他踢的时候,他是很害怕的,好像若一下不把那东西踢死,自己反而会遭殃的,所以用了全力踢出去。

原来是个盗墓子的人在坟场上半夜做着工作。

鲁迅先生说到这里就笑了起来。

"鬼也是怕踢的,踢他一脚就立刻变成人了。"

我想,倘若是鬼常常让鲁迅先生踢踢倒是好的,因为给了他一个做人的机会。

从福建菜馆叫的菜,有一碗鱼做的丸子。

海婴一吃就说不新鲜,许先生不信,别的人也都不信。因为那丸子有的新鲜,有的不新鲜,别人吃到嘴里的恰好都是没有改味的。

许先生又给海婴一个,海婴一吃,又是不好的,他又嚷嚷着。别人都不注意,鲁迅先生把海婴碟里的拿来尝尝,果然不是新鲜的。鲁迅先生说:

"他说不新鲜,一定也有他的道理,不加以查看就抹杀是不对的。"

以后我想起这件事来,私下和许先生谈过,许先生说:"周先生的做人,真是我们学不了的。哪怕一点点小事。"

鲁迅先生包一个纸包也要包得整整齐齐,常常把要寄出的书,鲁迅先生从许先生手里拿过来自己包,许先生本来包得多么好,而鲁迅先生还要亲自动手。

鲁迅先生把书包好了,用细绳捆上,那包方方正正的,连一个角也不准歪一点或偏一点,而后拿着剪刀,把捆书的那绳头都剪得整整齐齐。

就是包这书的纸都不是新的,都是从街上买东西回来留下来的。许先生上街回来把买来的东西一打开随手就把包东西的牛皮纸折起来,随手把小细绳卷了一个卷。若小细绳上有一个疙瘩,也要随手把它解开的。准备着随时用随时方便。

鲁迅先生住的是大陆新村九号。

一进弄堂口，满地铺着大方块的水门汀，院子里不怎样嘈杂，从这院子出入的有时候是外国人，也能够看到外国小孩在院子里零星的玩着。

鲁迅先生隔壁挂着一块大的牌子，上面写着一个"茶"字。

在一九三五年十月一日。

鲁迅先生的客厅里摆着长桌，长桌是黑色的，油漆不十分新鲜，但也并不破旧，桌上没有铺什么桌布，只在长桌的当心摆着一个绿豆青色的花瓶，花瓶里长着几株大叶子的万年青。围着长桌有七八张木椅子。尤其是在夜里，全弄堂一点什么声音也听不到。

那夜，就和鲁迅先生和许先生一道坐在长桌旁边喝茶的。当夜谈了许多关于伪满洲国的事情，从饭后谈起，一直谈到九点钟十点钟而后到十一点钟。时时想退出来，让鲁迅先生好早点休息，因为我看出来鲁迅先生身体不大好，又加上听许先生说过，鲁迅先生伤风了一个多月，刚好了的。

但鲁迅先生并没有疲倦的样子。虽然客厅里也摆着一张可以卧倒的藤椅，我们劝他几次想让他坐在藤椅上休息一下，但是他没有去，仍旧坐在椅子上。并且还上楼一次，去加穿了一件皮袍子。

那夜鲁迅先生到底讲了些什么，现在记不起来了。也许想起来的不是那夜讲的而是以后讲的也说不定。过了十一点，天就落雨了，雨点淅沥淅沥地打在玻璃窗上，窗子没有窗帘，所以偶一回头，就看到玻璃窗上有小水流往下流。夜已深了，并且落了雨，心里十分着急，几次站起来想要走，但是鲁迅先生和许先生一再说再坐一下："十二点以前终归有车子可搭的。"所以一直坐到将近十二点，才穿起雨衣来，打开客厅外边的响着的铁门，鲁迅先生非要送到铁门外不可。我想为什么他一定要送呢？对于这样年轻的客人，这样的送是应该的吗？雨不会打湿了头发，受了寒伤风不又要继续下去吗？站在铁门外边，鲁迅先生说，并且指着隔壁那家写着"茶"字的大牌子："下次来记住这个'茶'字，就是这个'茶'的隔壁。"而且伸出手去，几乎是触到了钉在锁门旁边的那个九号的"九"字，"下次来记住茶的旁边九号。"

于是脚踏着方块的水门汀，走出弄堂来，回过身去往院子里边看了一看，鲁迅先生那一排房子统统是黑洞洞的,若不是告诉的那样清楚,下次来恐怕要记不住的。

鲁迅先生的卧室,一张铁架大床,床顶上遮着许先生亲手做的白布刺花的围子,顺着床的两边折着两床被子,都是很厚的,是花洋布的被面。挨着门口的床头的方向站着抽屉柜。一进门的左手摆着八仙桌,桌子的两旁藤椅各一,立柜站在和方桌一排的墙角,立柜本是挂衣服的,衣裳却很少,都是糖盒子、饼干桶子、瓜子罐给塞满了。有一次××老板的太太来拿版权的图章花,鲁迅先生就从立柜下边大抽屉里取出的。沿着墙角往窗子那边走,有一张装饰台,桌子上有一个方形的满浮着绿草的玻璃养鱼池,里边游着的不是金鱼而是灰色的扁肚子的小鱼。除了鱼池之外另有一只圆的表,其余那上边满装着书。铁床架靠窗子的那头的书柜里书柜外都是书。最后是鲁迅先生的写字台,那上边也都是书。

鲁迅先生家里,从楼上到楼下,没有一个沙发。鲁迅先生工作时坐的椅子是硬的,到楼下陪客人时坐的椅子又是硬的。

鲁迅先生的写字台面向着窗子,上海弄堂房子的窗子差不多满一面墙那么大,鲁迅先生把它关起来,因为鲁迅先生工作起来有一个习惯,怕吹风,风一吹,纸就动,时时防备着纸跑,文章就写不好。所以屋子里热得和蒸笼似的。请鲁迅先生到楼下去,他又不肯,鲁迅先生的习惯是不换地方。有时太阳照进来,许先生劝他把书桌移开一点都不肯。只有满身流汗。

鲁迅先生的写字桌,铺了块蓝格子的油漆布,四角都用图钉按着。桌子上有小砚台一方,墨一块,毛笔站在笔架上。笔架是烧瓷的,在我看来不很细致,是一个龟,龟背上带着好几个洞,笔就插在那洞里。鲁迅先生多半是用毛笔的,钢笔也不是没有,是放在抽屉里。桌上有一个方大的白瓷的烟灰盒,还有一个茶杯,杯子上戴着盖。

鲁迅先生的习惯与别人不同,写文章用的材料和来信都压在桌子上,把桌子都压得满满的,几乎只有写字的地方可以伸开手,其余桌子的一半被书或纸张占有着。

左手边的桌角上有一个带绿灯罩的台灯,那灯泡是横着装的,在上海那是极普通的台灯。

冬天在楼上吃饭,鲁迅先生自己拉着电线把台灯的机关从棚顶的灯头上拔下,而后装上灯泡子。等饭吃过,许先生再把电线装起来,鲁迅先生的台灯就是这样做成的,拖着一根长长的电线在棚顶上。

鲁迅先生的文章,多半是在这台灯下写。因为鲁迅先生的工作时间,多半是下半夜一两点起,天将明了休息。

卧室就是如此,墙上挂着海婴公子一个月婴孩的油画像。

挨着卧室的后楼里边,完全是书了,不十分整齐,报纸和杂志或洋装的书,都混在这间屋子里,一走进去多少还有些纸张气味。地板被书遮盖得太小了,几乎没有了,大网篮也堆在书中。墙上拉着一条绳子或者是铁丝,就在那上边系了小提盒、铁丝笼之类。风干荸荠就盛在铁丝笼,扯着的那铁丝几乎被压断了在弯弯着。一推开藏书室的窗子,窗子外边还挂着一筐风干荸荠。

"吃吧,多得很,风干的,格外甜。"许先生说。

楼下厨房传来了煎菜的锅铲的响声,并且两个年老的娘姨慢重重地在讲一些什么。

厨房是家庭最热闹的一部分。整个三层楼都是静静的,喊娘姨的声音没有,在楼梯上跑来跑去的声音没有。鲁迅先生家里五六间房子只住着五个人,三位是先生的全家,余下的二位是年老的女佣人。

来了客人都是许先生亲自倒茶,即或是麻烦到娘姨时,也是许先生下楼去吩咐,绝没有站到楼梯口就大声呼唤的时候。所以整个房子都在静悄悄之中。

只有厨房比较热闹了一点,自来水哗哗地流着,洋瓷盆在水门汀的水池子上每拖一下磨着嚓嚓地响,洗米的声音也是嚓嚓的。鲁迅先生很喜欢吃竹笋的,在菜板上切着笋片笋丝时,刀刃每划下去都是很响的。其实比起别人家的厨房来却冷清极了,所以洗米声和切笋声都分开来听得样样清清晰晰。

客厅的一边摆着并排的两个书架,书架是带玻璃橱的,里边有朵斯托益夫斯基[①]的全集和别的外国作家的全集,大半都是日文译本。地板上没有地毯,但擦得非常干净。

[①] 现通译为陀斯妥耶夫斯基。

海婴公子的玩具橱也站在客厅里,里边是些毛猴子,橡皮人,火车汽车之类,里面装的满满的,别人是数不清的,只有海婴自己伸手到里边找些什么就有什么。过新年时在街上买的兔子灯,纸毛上已经落了灰尘了,仍摆在玩具橱顶上。

　　客厅只有一个灯头,大概五十烛光。客厅的后门对着上楼的楼梯,前门一打开有一个一方丈大小的花园,花园里没有什么花看,只有一株很高的七八尺高的小树,大概那树是柳桃,一到了春天,喜欢生长蚜虫,忙得许先生拿着喷蚊虫的机器,一边陪着谈话,一边喷着杀虫药水。沿着墙根,种了一排玉米,许先生说:"这玉米长不大的,这土是没有养料的,海婴一定要种。"

　　春天,海婴在花园里掘着泥沙,培植着各种玩意。

　　三楼则特别静了,向着太阳开着两扇玻璃门,门外有一个水门汀的突出的小廊子,春天很温暖的抚摸着门口长垂着的帘子,有时帘子被风打得很高,飘扬的饱满的和大鱼泡似的。那时候隔院的绿树照进玻璃门扇里边来了。

　　海婴坐在地板上装着小工程师在修着一座楼房,他那楼房是用椅子横倒了架起来修的,而后遮起一张被单来算作屋瓦,全个房子在他自己拍着手的赞誉声中完成了。

　　这间屋感到些空旷和寂寞,既不像女工住的屋子,又不像儿童室。海婴的眠床靠着屋子的一边放着,那大圆顶帐子日里也不打起来,长拖拖的好像从棚顶一直拖到地板上,那床是非常讲究的,属于刻花的木器一类的。许先生讲过,租这房子时,从前一个房客转留下来的。海婴和他的保姆,就睡在五六尺宽的大床上。

　　冬天烧过的火炉,三月里还冷冰冰的在地板上站着。

　　海婴不大在三楼上玩的,除了到学校去,就是在院里踏脚踏车,他非常欢喜跑跳,所以厨房,客厅,二楼,他是无处不跑的。

　　三楼整天在高处空着,三楼的后楼住着另一个老女工,一天很少上楼来,所以楼梯擦过之后,一天到晚干净的溜明。

　　一九三六年三月里鲁迅先生病了,靠在二楼的躺椅上,心脏跳动得比平日厉害。脸色微灰了一点。

　　许先生正相反的,脸色是红的,眼睛显得大了,讲话的声音是平静的,态度并没有比平日慌张。在楼下一走进客厅来许先生就告诉说:

"周先生病了,气喘……喘得厉害,在楼上靠在躺椅上。"

鲁迅先生呼喘的声音,不用走到他的旁边,一进了卧室就听得到的。鼻子和胡须在扇着,胸部一起一落。眼睛闭着,差不多永久不离开手的纸烟,也放弃了。藤椅后边靠着枕头,鲁迅先生的头有些向后,两只手空闲地垂着。眉头仍和平日一样没有聚皱,脸上是平静的,舒展的,似乎并没有任何痛苦加在身上。

"来了吧?"鲁迅先生睁一睁眼睛,"不小心,着了凉……呼吸困难……到藏书的房子去翻一翻书……那房子因为没有人住,特别凉……回来就……"

许先生看周先生说话吃力,赶紧接着说周先生是怎样气喘的。

医生看过了,吃了药,但喘并未停。下午医生又来过,刚刚走。

卧室在黄昏里边一点一点地暗下去,外边起了一点小风,隔院的树被风摇着发响。别人家的窗子有的被风打着发出自动关开的响声,家家的流水道都是哗啦哗啦的响着水声,一定是晚餐之后洗着杯盘的剩水。晚餐后该散步的散步去了,该会朋友的会友去了,弄堂里来去的稀疏不断地走着人,而娘姨们还没有解掉围裙呢,就依着后门彼此搭讪起来。小孩子们三五一伙前门后门地跑着,弄堂外汽车穿来穿去。

鲁迅先生坐在躺椅上,沉静地,不动地合着眼睛,略微灰了的脸色被炉里的火染红了一点。纸烟听子蹲在书桌上,盖着盖子,茶杯也蹲在桌子上。

许先生轻轻地在楼梯上走着,许先生一到楼下去,二楼就只剩了鲁迅先生一个人坐在椅子上,呼喘把鲁迅先生的胸部有规律性的抬得高高的。

"鲁迅先生必得休息的。"须藤医生这样说的。可是鲁迅先生从此不但没有休息,并且脑子里所想的更多了,要做的事情都像非立刻就做不可,校《海上述林》的校样,印珂勒惠支的画,翻译《死魂灵》下部,刚好了,这些就都一起开始了,还计算着出三十年集(即《鲁迅全集》)。

鲁迅先生感到自己的身体不好,就更没有时间注意身体,所以要多作,赶快作。当时大家不解其中的意思,都以为鲁迅先生不加以休息不以为然,后来读了鲁迅先生《死》的那篇文章才了然了。

鲁迅先生知道自己的健康不成了,工作的时间没有几年了,死了是不要紧的,只要留给人类更多,鲁迅先生就是这样。

不久书桌上德文字典和日文字典都摆起来了，果戈里的《死魂灵》，又开始翻译了。

鲁迅先生的身体不大好，容易伤风，伤风之后，照常要陪客人，回信，校稿子。所以伤风之后总要拖下去一个月或半个月的。

瞿秋白的《海上述林》校样，一九三五年冬，一九三六年的春天，鲁迅先生不断地校着，几十万字的校样，要看三遍，而印刷所送校样来总是十页八页的，并不是统统一道地送来，所以鲁迅先生不断地被这校样催索着，鲁迅先生竟说：

"看吧，一边陪着你们谈话，一边看校样，眼睛可以看，耳朵可以听……"

有时客人来了，一边说着笑话，鲁迅先生一边放下了笔。有的时候也说："几个字了……请坐一坐……"

一九三五年冬天许先生说：

"周先生的身体是不如从前了。"

有一次鲁迅先生到饭馆里去请客，来的时候兴致很好，还记得那次吃了一只烤鸭子，整个的鸭子用大钢叉子叉上来时，大家看这鸭子烤的又油又亮的，鲁迅先生也笑了。

菜刚上满了，鲁迅先生就到躺椅上吸一支烟，并且合一合眼睛。一吃完了饭，有的喝了酒的，大家都闹乱了起来，彼此抢着苹果，彼此讽刺着玩，说着一些刺人可笑的话。而鲁迅先生这时候，坐在躺椅上，合着眼睛，很庄严地在沉默着，让拿在手上纸烟的烟丝，袅袅地上升着。

别人以为鲁迅先生也是喝多了酒吧！

许先生说，并不的。

"周先生的身体是不如从前了，吃过了饭总要闭一闭眼睛稍微休息一下，从前一向没有这习惯。"

周先生从椅子上站起来了，大概说他喝多了酒的话让他听到了。"我不多喝酒的。小的时候，母亲常提到父亲喝了酒，脾气怎样坏，母亲说，长大了不要喝酒，不要像父亲那样子……所以我不多喝的……从来没喝醉过……"

鲁迅先生休息好了，换了一支烟，站起来也去拿苹果吃，可是苹果没有了。鲁迅先生说：

"我争不过你们了,苹果让你们抢没了。"

有人抢到手的还在保存着的苹果,奉献出来,鲁迅先生没有吃,只在吸烟。

一九三六年春,鲁迅先生的身体不大好,但没有什么病,吃过了夜饭,坐在躺椅上,总要闭一闭眼睛沉静一会。

许先生对我说,周先生在北平时,有时开着玩笑,手按着桌子一跃就能够跃过去,而近年来没有这么做过。大概没有以前那么灵便了。

这话许先生和我是私下讲的:鲁迅先生没有听见,仍靠在躺椅上沉默着呢。

许先生开了火炉门,装着煤炭哗哗地响,把鲁迅先生震醒了。一讲起话来鲁迅先生的精神又照常一样。

鲁迅先生睡在二楼的床上已经一个多月了,气喘虽然停止。但每天发热,尤其是在下午热度总在三十八度三十九度之间,有时也到三十九度多,那时鲁迅先生的脸是微红的,目力是疲弱的,不吃东西,不大多睡,没有一些呻吟,似乎全身都没有什么痛楚的地方。躺在床上的时候张开眼睛看着,有的时候似睡非睡的安静地躺着,茶吃得很少。差不多一刻也不停的吸烟,而今几乎完全放弃了,纸烟听子不放在床边,而仍很远的蹲在书桌上,若想吸一支,是请许先生付给的。

许先生从鲁迅先生病起,更过度地忙了。按着时间给鲁迅先生吃药,按着时间给鲁迅先生试温度表,试过了之后还要把一张医生发给的表格填好,那表格是一张硬纸,上面画了无数根线,许先生就在这张纸上拿着米度尺画着度数,那表画得和尖尖的小山丘似的,又像尖尖的水晶石,高的低的一排连地站着。许先生虽每天画,但那像是一条接连不断的线,不过从低处到高处,从高处到低处,这高峰越高越不好,也就是鲁迅先生的热度越高了。

来看鲁迅先生的人,多半都不到楼上来了,为的请鲁迅先生好好地静养,所以把客人这些事也推到许先生身上来了。还有书、报、信,都要许先生看过,必要的就告诉鲁迅先生,不十分必要的,就先把它放在一处放一放,等鲁迅先生好些了再取出来交给他。然而这家庭里边还有许多琐事,比方年老的娘姨病了,要请两天假;海婴的牙齿脱掉一个要到牙医那里去看过,但是带他去的人没有,又得许先生。海婴在幼稚园里读书. 又是买铅笔,买皮球,还有临时出些个花头,跑上楼来了，说要吃什么花生糖，什么牛奶糖，他上楼来是一边跑着一边喊着，许先生连忙拉住了他，拉他下了楼才跟他讲：

"爸爸病啦，"而后拿出钱来，嘱咐好了娘姨，只买几块糖而不准让他格外的多买。

收电灯费的来了，在楼下一打门，许先生就得赶快往楼下跑，怕的是再多打几下，就要惊醒了鲁迅先生。

海婴最喜欢听讲故事，这也是无限的麻烦，许先生除了陪海婴讲故事之外，还要在长桌上偷一点工夫来看鲁迅先生为有病耽搁下来尚未校完的校样。

在这期间，许先生比鲁迅先生更要担当一切了。

鲁迅先生吃饭，是在楼上单开一桌，那仅仅是一个方木桌，许先生每餐亲手端到楼上去，每样都用小吃碟盛着，那小吃碟直径不过二寸，一碟豌豆苗或菠菜或苋菜，把黄花鱼或者鸡之类也放在小碟里端上楼去。若是鸡，那鸡也是全鸡身上最好的一块地方拣下来的肉；若是鱼，也是鱼身上最好一部分，许先生才把它拣下放在小碟里。

许先生用筷子来回地翻着楼下的饭桌上菜碗里的东西，菜拣嫩的，不要茎，只要叶，鱼肉之类，拣烧得软的，没有骨头没有刺的。

心里存着无限的期望，无限的要求，用了比祈祷更虔诚的目光，许先生看着她自己手里选得精精致致的菜盘子，而后脚板触了楼梯上了楼。

希望鲁迅先生多吃一口，多动一动筷，多喝一口鸡汤。鸡汤和牛奶是医生所嘱的，一定要多吃一些的。

把饭送上去，有时许先生陪在旁边，有时走下楼来又做些别的事，半个钟头之后，到楼上去取这盘子。这盘子装的满满的，有时竟照原样一动也没有动又端下来了，这时候许先生的眉头微微的皱了一点。旁边若有什么朋友，许先生就说："周先生的热度高，什么也吃不落，连茶也不愿意吃，人很苦，人很吃力。"

有一天许先生用波浪式的专门切面包的刀切着面包，是在客厅后边方桌上切的，许先生一边切着一边对我说：

"劝周先生多吃东西，周先生说，人好了再保养，现在勉强吃也是没有用的。"

许先生接着似乎问着我：

"这也是对的？"

而后把牛奶面包送上楼去了。一碗烧好的鸡汤，从方盘里许先生把它端出来了，就摆在客厅后的方桌上。许先生上楼去了，那碗热的鸡汤在方桌上自己悠然地冒着热气。

许先生由楼上回来还说呢：

"周先生平常就不喜欢吃汤之类，在病里，更勉强不下了。"

许先生似乎安慰着自己似的。

"周先生人强，喜欢吃硬的，油炸的，就是吃饭也喜欢吃硬饭……"

许先生楼上楼下地跑，呼吸有些不平静，坐在她旁边，似乎可以听到她心脏的跳动。

鲁迅先生开始独桌吃饭以后，客人多半不上楼来了，经许先生婉言把鲁迅先生健康的经过报告了之后就走了。

鲁迅先生在楼上一天一天地睡下去，睡了许多日子，都寂寞了，有时大概热度低了点就问许先生：

"什么人来过吗？"

看鲁迅先生好些，就一一地报告过。

有时也问到有什么刊物来吗？

鲁迅先生病了一个多月了。

证明了鲁迅先生是肺病，并且是肋膜炎，须藤老医生每天来了，为鲁迅先生把肋膜积水用打针的方法抽净，共抽过两三次。

这样的病，为什么鲁迅先生一点也不晓得呢？许先生说，周先生有时觉得肋痛了就自己忍着不说，所以连许先生也不知道，鲁迅先生怕别人晓得了又要不放心，又要看医生，医生一定又要说休息。鲁迅先生自己知道做不到的。

福民医院美国医生的检查，说鲁迅先生肺病已经二十年了。这次发了怕是很严重。

医生规定个日子，请鲁迅先生到福民医院去详细检查，要照 X 光的。

但鲁迅先生当时就下楼是下不得的，又过了许多天，鲁迅先生到福民医院去检查病去了。照 X 光后给鲁迅先生照了一个全部的肺部的照片。

这照片取来的那天许先生在楼下给大家看了，右肺的上尖是黑的，中部也黑了一块，左肺的下半部都不大好，而沿着左肺的边边黑了一大圈。

这之后，鲁迅先生的热度仍高，若再这样热度不退，就很难抵抗了。

那查病的美国医生，只查病，而不给药吃，他相信药是没有用的。

须藤老医生，鲁迅先生早就认识，所以每天来，他给鲁迅先生吃了些退热药，还吃停止肺病菌活动的药。他说若肺不再坏下去，就停止在这里，热自然就退了，人是不危险的。

在楼下的客厅里，许先生哭了。许先生手里拿着一团毛线，那是海婴的毛线衣拆了洗过之后又团起来的。

鲁迅先生在无欲望状态中，什么也不吃，什么也不想，睡觉似睡非睡的。

天气热起来了，客厅的门窗都打开着，阳光跳跃在门外的花园里。麻雀来了停在夹竹桃上叫了三两声就飞去，院子里的小孩们叽叽喳喳地玩耍着，风吹进来好像带着热气，扑到人的身上，天气刚刚发芽的春天，变为夏天了。

楼上老医生和鲁迅先生谈话的声音隐约可以听到。

楼下又来客人，来的人总要问：

"周先生好一点吗？"

许先生照常说："还是那样子。"

但今天说了眼泪又流了满脸。一边拿起杯子来给客人倒茶，一边用左手拿着手帕按着鼻子。

客人问：

"周先生又不大好吗？"

许先生说：

"没有的，是我心窄。"

过了一会鲁迅先生要找什么东西，喊许先生上楼去，许先生连忙擦着眼睛，想说她不上楼的，但左右看了一看，没有人能代替了她，于是带着她那团还没有缠完的毛线球上楼去了。

楼上坐着老医生，还有两位探望鲁迅先生的客人。许先生一看了他们就自己低了头不好意思地笑了，她不敢到鲁迅先生的面前去，背转着身问鲁迅先生要什么呢，而后又是慌忙地把线缕挂在手上缠了起来。

一直到送老医生下楼，许先生都是把背向着鲁迅先生而站着的。

每次老医生走，许先生都是替老医生提着皮提包送到前门外的。许先生愉快地、沉静地带着笑容打开铁门闩，很恭敬地把皮包交给老医生，眼看着老医生走了才进来关了门。

这老医生出入在鲁迅先生的家里，连老娘姨对他都是尊敬的，医生从楼上下来时，娘姨若在楼梯的半道，赶快下来躲开，站到楼梯的旁边。有一天老娘姨端着一个杯子上楼，楼上医生和许先生一道下来了，那老娘姨躲闪不灵，急得把杯里的茶都颠出来了。等医生走过去，已经走出了前门，老娘姨还在那里呆呆地望着。

"周先生好了点吧？"

有一天许先生不在家，我问着老娘姨。她说：

"谁晓得，医生天天看过了不声不响地就走了。"

可见老娘姨对医生每天是怀着期望的眼光看着他的。

许先生很镇静，没有紊乱的神色，虽然说那天当着人哭过一次，但该做什么，仍是做什么，毛线该洗的已经洗了，晒的已经晒起，晒干的随手就把它团成团子。

"海婴的毛线衣，每年拆一次，洗过之后再重打起，人一年一年地长，衣裳一年穿过，一年就小了。"

在楼下陪着熟的客人，一边谈着，一边开始手里动着竹针。

这种事情许先生是偷空就做的，夏天就开始预备着冬天的，冬天就做夏天的。

许先生自己常常说：

"我是无事忙。"

这话很客气，但忙是真的，每一餐饭，都好像没有安静地吃过。海婴一会要这个，要那个；若一有客人，上街临时买茶，下厨房煎炒还不说，就是摆到桌子上来，还要从菜碗里为着客人选好的夹过去。饭后又是吃水果，若吃苹果还要把皮削掉，若吃荸荠看客人削得慢而不好也要削了送给客人吃，那时鲁迅先生还没有生病。

许先生除了打毛线衣之外，还用机器缝衣裳，剪裁了许多件海婴的内衫裤在窗下缝。

因此许先生对自己忽略了，每天上下楼跑着，所穿的衣裳都是旧的，次数洗得太多，纽扣都洗脱了，也磨破了，都是几年前的旧衣裳，春天时许先生穿了一个紫红宁绸袍子，那料子是海婴在婴孩时候别人送给海婴做被子的礼物。做被子，许先生说很可惜，就捡起来做一件袍子。正说着，海婴来了，许先生使眼神，且不要提到，若提到海婴又要麻烦起来了，一定要说是他的，他就要要。

许先生冬天穿一双大棉鞋，是她自己做的。一直到二三月早晚冷时还穿着。

有一次我和许先生在小花园里拍一张照片，许先生说她的纽扣掉了，还拉着我站在她前边遮着她。

许先生买东西也总是到便宜的店铺去买，再不然，到减价的地方去买。

处处俭省，把俭省下来的钱，都印了书和印了画。

现在许先生在窗下缝着衣裳，机器声格哒格哒的，震着玻璃门有些颤抖。

窗外的黄昏，窗内许先生低着的头，楼上鲁迅先生的咳嗽声，都搅混在一起了，重续着、埋藏着力量。在痛苦中，在悲哀中，一种对于生的强烈的愿望站得和强烈的火焰那样坚定。

许先生的手指把捉了在缝的那张布片，头有时随着机器的力量低沉了一两下。

许先生的面容是宁静的、庄严的、没有恐惧的，她坦荡的在使用着机器。

海婴在玩着一大堆黄色的小药瓶，用一个纸盒子盛着，端起来楼上楼下地跑。向着阳光照是金色的，平放着是咖啡色的，他召集了小朋友来，他向他们展览，向他们夸耀，这种玩意只有他有而别人不能有。他说：

"这是爸爸打药针的药瓶，你们有吗？"

别人不能有，于是他拍着手骄傲地呼叫起来。

许先生一边招呼着他，不叫他喊，一边下楼来了。

"周先生好了些？"

见了许先生大家都是这样问的。

"还是那样子，"许先生说，随手抓起一个海婴的药瓶来："这不是么，这么多瓶子，每天打针，药瓶也积了一大堆。"

许先生一拿起那药瓶，海婴上来就要过去，很宝贵地赶快把那小瓶摆到纸盒里。

在长桌上摆着许先生自己亲手做的蒙着茶壶的棉罩子，从那蓝缎子的花罩下拿着茶壶倒着茶。

楼上楼下都是静的了，只有海婴快活的和小朋友们的吵嚷躲在太阳里跳荡。

海婴每晚临睡时必向爸爸妈妈说："明朝会！"

有一天他站在上三楼的楼梯口上喊着：

"爸爸，明朝会！"

鲁迅先生那时正病的沉重，喉咙里边似乎有痰，那回答的声音很小，海婴没有听到，于是他又喊：

"爸爸，明朝会！"他等一等，听不到回答的声音，他就大声地连串地喊起来：

"爸爸，明朝会，爸爸，明朝会，……爸爸，明朝会……"

他的保姆在前边往楼上拖他，说是爸爸睡下了，不要喊了。可是他怎么能够听呢，仍旧喊。

这时鲁迅先生说"明朝会"，还没有说出来喉咙里边就像有东西在那里堵塞着，声音无论如何放不大。到后来，鲁迅先生挣扎着把头抬起来才很大声地说出：

"明朝会，明朝会。"

说完了就咳嗽起来。

许先生被惊动得从楼下跑来了，不住地训斥着海婴。

海婴一边哭着一边上楼去了，嘴里唠叨着：

"爸爸是个聋人哪！"

鲁迅先生没有听到海婴的话，还在那里咳嗽着。

鲁迅先生在四月里，曾经好了一点，有一天下楼去赴一个约会，把衣服穿的整整齐齐，手下夹着黑花布包袱，戴起帽子来，出门就走。许先生在楼下正陪客人，看鲁迅先生下来了，赶快说：

"走不得吧，还是坐车子去吧。"

鲁迅先生说："不要紧，走得动的。"

许先生再加以劝说，又去拿零钱给鲁迅先生带着。

鲁迅先生说不要不要，坚决地走了。

"鲁迅先生的脾气很刚强。"

许先生无可奈何的，只说了这一句。

鲁迅先生晚上回来，热度增高了。

鲁迅先生说：

"坐车子实在麻烦，没有几步路，一走就到。还有，好久不出去，愿意走走……动一动就出毛病……还是动不得……"

病压服着鲁迅先生又躺下了。

七月里，鲁迅先生又好些。

药每天吃，记温度的表格照例每天好几次在那里画，老医生还是照常地来，说鲁迅先生就要好起来了，说肺部的菌已经停止了一大半，肋膜也好了。

客人来差不多都要到楼上来拜望拜望。鲁迅先生带着久病初愈的心情，又谈起话来，披了一张毛巾子坐在躺椅上，纸烟又拿在手里了，又谈翻译，又谈某刊物。

一个月没有上楼去，忽然上楼还有些心不安，我一进卧室的门，觉得站也没地方站，坐也不知坐在哪里。

许先生让我吃茶，我就依着桌子边站着，好像没有看见那茶杯似的。

鲁迅先生大概看出我的不安来了，便说：

"人瘦了，这样瘦是不成的，要多吃点。"

鲁迅先生又在说玩笑话了。

"多吃就胖了，那么周先生为什么不多吃点？"

鲁迅先生听了这话就笑了，笑声是明朗的。

从七月以后鲁迅先生一天天地好起来了，牛奶，鸡汤之类，为了医生所嘱也隔三差五地吃着，人虽是瘦了，但精神是好的。

鲁迅先生说自己体质的本质是好的，若差一点的，就让病打倒了。

这一次鲁迅先生保持了很长时间，没有下楼更没有到外边去过。

在病中，鲁迅先生不看报，不看书，只是安静地躺着。但有一张小画是鲁迅先生放在床边上不断看着的。

那张画，鲁迅先生未生病时，和许多画一道拿给大家看过的，小得和纸烟包里抽出来的那画片差不多。那上边画着一个穿大长裙子飞散着头发的女人在大风里边跑，在她旁边的地面上还有小小的红玫瑰的花朵。

记得是一张苏联某画家着色的木刻。

鲁迅先生有很多画，为什么只选了这张放枕边。

许先生告诉我的，她也不知道鲁迅先生为什么常常看这小画。

有人来问他这样那样的，他说：

"你们自己学着做，若没有我呢！"

这一次鲁迅先生好了。

还有一样不同的，觉得做事要多做……

鲁迅先生以为自己好了，别人也以为鲁迅先生好了。

准备冬天要庆祝鲁迅先生工作三十年。

又过了三个月。

一九三六年十月十七日，鲁迅先生病又发了，又是气喘。

十七日，一夜未眠。

十八日，终日喘着。

十九日的下半夜，人衰弱到极点了。天将发白时，鲁迅先生就像他平日一样，工作完了，他休息了。

1939 年 10 月